在文字的密林中漫步

李泉／著

代序

從閱讀開始

沒有想到，今生會和書結緣，會擁有那麼多的書。

書櫥早已裝滿書，家中所有能放不能放的地方，也多被書占去。我的居所，也成為我的書房和圖書館。在同一個空間裏，我和我的書，一起呼吸，一起入眠或甦醒，一起傾聽秋日的落雨，一起在冬日的黃昏中沉思、低語。

空間是海綿裏的水，只要願意擠，總還是有的。終於在客廳找到半面牆，可做書櫥半個。此牆下半部為暖氣片子，上半部別人家多做個裝飾品架子，擺些罈罈罐罐的地方，我空著。寬窄大小，頂天不立地，天然一半好書櫥。書櫥做好，部分散兵遊勇立刻各就各位，燃眉之急暫解。

不瞭解書的心情，反正我是如自己喬遷新居，在新書櫥前往復徘徊，心情暢美之極。此時，陣容嚴整，雄壯堂皇的一隊隊一列列，一掃東倒西歪、散兵遊勇的狼狽相。忙時，調兵遣將，進退有序；閒下來，打開所有櫥窗，對面的沙發一坐，腿往茶几一搭，風光無限在眼前。這間小小的屋子，像趟列車，載著我和我的書，穿越思想的山谷和文字的密林，在直抵精神的陽光和拂動心靈的微風中，開始或完成那一次次溫暖和百感交集的旅程。

　　能早早與書結緣，是我人生的幸事。縱觀個人史，本人的「啟蒙」階段總是要比別人晚。別人早早就明白要好好學習，天天向上時，我還遊手好閒，玩興不減；別人已是情思悶悶，情竇初開，我卻「發育」遲緩，不解風情；別人一進入社會就八面玲瓏，世事洞明，而我卻懵懂未開，不知所措。所以青年時就找到自己真正喜歡的事，對我而言絕對是件大事。別的事可以晚一點，惟獨這件事不能晚。因為讀書是一種生活方式，一種可以接近生活本質的生活方式；讀書也是一種信念，一種腳踏實地，不隨波逐流的信念。當我找到讀書是自己的最愛時，實際上是找到了真正屬於自己的生活，開始獲得自己把握自己的能力。這比什麼都重要。

　　讀書是怎樣一種感覺呢？有點像饑餓的人沉浸在美味中，嗜睡的人對美夢的留戀，但這僅是一點感官上的快感，讀書帶來的更多是精神上的愉悅，心靈的滿足。這種愉悅與滿足所產生的巨大享受，不是語言能說清楚的，甚至不願用語言去描述，捨不得與別人分享。所有的享受，都容易使人懶惰，讀書也不例外，而且精神享受所產生的懶惰尤甚。有時就常做這樣的白日夢，能整天不幹別的，光讀書，就好了。魯迅先生在〈讀書雜談〉中，喻「嗜好的讀書」猶如打牌，「天天打，夜夜打，連續地去打，有時被公安局捉去了，放出來之後還要打……目的不在贏錢，而在有趣。」「嗜好的讀書，能夠手不釋卷的原因也就是這樣。」

　　書中自有黃金屋，書中自有顏如玉。真一頭扎進了書裏，反而會對擺在眼前的「黃金屋」視而不見，錯過撈個「黃金屋」的諸多機會，更是會冷落「顏如玉」，令「顏如玉」耿耿於懷忿忿不平，又無可奈何。當然，讀書沒有狹隘的功利動機，不等於就是

沒有追求沒有目標，也難免會有「僭越」的想法，想一吐為快。但等提起筆來，卻欲言又止，無處下筆，此時才發現，不是材料不夠，就是設計不周。材料與設計，書中均有現成的模型，此時讀書，是以書為師，不再走馬觀花，而是醉心於其中的機巧關鍵，平時難以領略的意味、忽略過的細節，此時無不妙處畢現。但再好的設計終是別人的，自己要寫，還要重新設計重新思考。而引人思考正是讀書真正的價值所在。讀書就是學會思考，養成思考的習慣。讀書人可以不寫作，但一定要思考，不思考的讀書人是給書搬家的勞動力，不過是把書從一個房間搬到另一個房間，搬得再多，跟他自己是沒有什麼關係的。讀書與思考的關係，就是孔子說的：「學而不思則惘，思而不學則殆。」思考的時候，書就不再是老師，而是朋友，彼此間進行的是平等的交流。思考的時候，人才能從對書的崇拜中走出來，發出自己的聲音，沿著書的階梯一步步登上高處。思考中，人獲得是一種獨立的權利。思考或書寫，也是享受，是甘苦同在的享受，應該就是所說的「幸福」那樣的東西。

　　真正的生活是從閱讀和思考開始。正確的閱讀人生，平靜的思考人生，然後重新審視自己審視生活，發現自己的淺薄、浮躁、迷惘，開始無比強烈地渴望改變這一切，並為創造一種新生活而不懈努力，不管遇到多大困難都決不妥協。閱讀與思考能賦予人生活最重要的能力，洞察真相的能力。面對各種誘惑與假相，不會輕易為外物左右而迷失自己，牢牢把握住自己生命中最重要的東西。這樣的生活品質是任何外在的、物質的標準所難以衡量、難以比擬的。

　　最喜歡的事是讀書，最不喜歡的事也就有了：那些無意義、浪費時間的事。有的人以消磨時間為樂，消磨自己的時間，可能也是一種樂趣，只是不為別人所知。還有很多人，專門消磨別人的時間，並以此為理所當然。對這樣的人和事，深惡而痛絕之，猶恐避之不及。但還是有很多這樣的人和事無法避開，也不再生氣上火，既來之，則安之。每在這樣的環境中，就來個神遊物外，或乾脆就觀察思考眼前這樣的人，好歹也是生活的一部份，其中總有某一方面的意義，有助於對生活的理解。這只能算不是辦法的辦法了。

　　閱讀和書籍構築起我生活的另一個世界。在這個世界裏，我與那些書、那些人，在不經意中，完成了一次又一次的「精神豔遇」。我的經歷讓我相信，總有自己喜歡的書，在世界的某個角落等待著，等待著與你的不期而遇。「噢，你也在這裏嗎」，那種喜悅，無法言喻。

　　生活從閱讀開始，從思考開始。每一件正當的、真正喜歡的事，都有改變生活的力量。條件是要找到它，並從精神上投入其中。找到它是一種幸運，投入其中就成為享受。充實的人生無非如此。

目次

卷一　現實關懷

在一個真正的思想者那裏，
思想是一株長在地上的植
物，不管它經歷了怎樣的風
雨，它的根總是越來越牢固
地抓緊腳下的泥土。

章太炎的白話文

1

為什麼讀《章太炎的白話文》？吳齊仁的一篇〈編者短言〉給出原因：

太炎先生是中國文學界的泰斗，這是誰也知道的，並且誰也樂意承認的。不過他著的書，往往說理太深，又用的是「老氣橫秋」的文言，初學的人，看了總覺得不太舒服。因此便自然發生一種要求：就是，怎樣能直接聽他的講？好了！有了！你們的唯一講義，就是這本書。這本書的特色：第一，章先生一生親筆做的白話文，極少，編者煞費苦心，才收集這幾篇；第二，篇數雖少，差不多把求中國學問的門徑，與修身立道，網羅無遺，讀之既增知識，又可以培養道德；第三，以極淺顯的白話，說最精透的學理，可以作白話文的模範。——這是編者願介紹於大家的主要特點。

吳齊仁，也就是後來的出版名家張靜廬。這篇短文，反覆玩味，真是達到了添一字則多，減一字則少的境界。一本大家的小書，三言兩語，交待到了骨頭裏。

　　陳子善專門著文，介紹過這本書的出版。一九二一年，以白話文運動為標誌的文學革命已風起雲湧，後來成為上海新文學出版名家的張靜廬初出茅廬，就為泰東圖書局編印了這部別致的《章太炎的白話文》，既迎合了時代潮流，又以事實證明章太炎早在一九一七年胡適、陳獨秀倡導文學革命之前就做過白話文。此書在一年之內連印三版，可見其受歡迎的程度。張靜廬的策劃雖然精明，卻百密一疏，誤收了錢玄同的〈中國文字略說〉一文。兩年之後，錢玄同本人首先在〈答顧頡剛先生〉中加以「揭露」。十八年後，黎錦熙在《錢玄同先生傳》中又判定此書應該叫做《錢玄同的白話文》。從此以訛傳訛，此書又長期錯誤的劃歸錢玄同名下。一九七二年六月，臺北藝文印書館重印此書，在〈重印前言〉中，批露此書重見天日的始末：

　　《章太炎的白話文》出版於民國十年，所輯論文七篇（自一至七）皆為光緒三十三年（一九○七）《民報》被禁後，先生閒處東京時對留學生講學之紀錄。第八篇為光緒三十二年初抵東京時，在神田區錦輝館歡迎會上之演講辭，乃此次重印所新增。六十年前章先生對於「留學」、「教育」、「中國文化」等問題，均有精闢之見解；今方加強民族精神教育之際，先哲讜論，尤堪重視。

　　此小冊原為丁文淵先生所有，在德國留學時贈與關德懋先生者。第二次世界大戰起，關先生歸國，書物留存客舍。戰後奉命使德，重訪故居，獨此小冊安然無恙；睹物思人，頗欲流傳以資紀念。案此書國內藏書目錄未見，所收講學七篇既不見於《章氏叢書》，亦未見《太炎先生著述目錄》，倘非丁先生攜去海外，歷劫倖存，重歸故國，或將佚失無聞。今日讀上，對於研究章氏早年之學術思

想，關係至巨。爰特為之重印，以貢獻於學術界，兼為丁先生作紀念焉。

臺北藝文將這本書作為「加強民族精神教育之際」，可見對此書的重視程度。而此書倖存及得以重印的過程，尤令人感歎唏噓。

《章太炎的白話文》共計九篇文章，七十餘頁的一本小冊子，吳齊仁說：「篇數雖少，差不多把求中國學問的門徑，與修身立道，網羅無遺」。這話不算大。單是一篇〈經的要義〉，便是這位近代經學大師對畢生心得的概括。在具體方法上，比如學習歷史，章氏認為：「看歷史不是只要記得秦朝漢朝的名號，也不是只要記得出名的帝王出名的將相。……大概歷史中間最重要的幾件，第一是制度的變遷；第二是形勢的變遷；第三是生計的變遷；第四是禮俗的變遷；第五是學術的變遷；第六是文辭的變遷；都在志和雜傳裏頭。」(〈常識與教育〉) 僅這六義，便可為後學者撥開許多雲霧。

2

關於治學，是仁者見仁、智者見智的事。就國學而論，章氏的泰斗地位是公認的。但一些事關教育與文化的觀點，其滯怠之處也顯而易見。畢竟是一百年前的看法了，差距與原因，今天已無須多說。章氏的白話文引我思考的是一個問題：作為一種語言形式，白話文的功能與它所承載的內容之間的關係應該是怎樣的。

　　吳齊仁說章氏是「以極淺顯的白話文說最精透的學理，可以做白話文的模範。」從吳氏評章氏的這句話中可以看出：白話文的任務是要以淺顯解構精深；白話文的模範首先不是美學意義上的，而是實用意義上的，即模範的白話文是用大家聽得懂的話把大家不好懂的事情說明白了，講清楚了，把高深的學問變成尋常的知識。這在吳、章眼裏就成為所謂的「常識」。章太炎的白話文講的就是常識。章氏發問：老兄有經典常識嗎？說：有！那麼就問：現在的《尚書》五十八篇，那幾篇是真？那幾篇是假？《周禮》的六官，和近代的六部，怎麼的不同？《春秋》的三傳，哪一家的傳最先成？哪一家的在第二次？哪一家的在第三次？鄭司農是什麼人？老兄有歷史常識嗎？說：有！那麼就問：「二十四史」，那幾部有〈本紀〉？有〈表〉？有〈志〉？歐洲人在什麼時候初通中國？從秦朝到現在，那一代有丞相？從秦朝以後，那幾代郡縣都有學校？那幾代沒有？古來說的井田法，到什麼時候真正廢了？老兄有地理常識嗎？說：有！那麼就問：苗人真是上古的三苗嗎？中國的各省，為什麼大小不同到這個樣子？……老兄有清代政治的常識嗎？清代設大學士的衙門有幾個？正稅是哪幾件？從九品未入流的官銀，為什麼比兵反少？老兄有禮俗的常識嗎？生母的父母兄弟，兒子都不認作外親，照法律應該怎麼樣？什麼時候才有偶像？什麼時候才有砂糖？……淺顯易懂的白話文河床裏從一開始流淌的就是常識之水。白話文從內容到形式的遙相呼應，顯示了白話文運動的興起亦不是美學意義上的要求，仍是實用主義的。雖然以後徐志摩、盧隱、廢名等也有一系列動人之極但在今日看來卻甚是索然的新語言，但與今日的語言畢竟是

不同的。因為它們誕生於並不屬於它們的世界，它們的任務是摧毀舊的語言世界，創造一個新的語言世界。因此，並沒有走出用的目的。它們共同對抗的是艱深難懂的文言文和其所代表的鬼魅世界。

當語言本身的力量越來越難以控制，並開始對它所承載的物主施以權利的僭越，白話文的蛻變已在不知不覺中上演。美學意義上的獨立，標誌著白話文完成了由彼至此的轉變。與此同時，白話文也與常識分道揚鑣。此後白話文的發展開始與它所反抗的那個鬼魅世界的語言呈現出了驚人的相似：一邊在倚靡華麗的幻境中顧影自憐，留下的卻是乾枯腐朽空洞無物的屍骸；一邊在艱深難解的奧義與學理中，故作深沉故弄玄虛。

魏晉六朝駢文大盛，爾後走向艱澀難懂、華而不實，至盛唐已完全僵化。韓柳崛起，主張革新文體，廢除駢文，建立自然的、通俗明暢的語言規範，並強調「文從字順各識職」（韓愈〈樊紹述墓誌銘〉），終挽狂瀾於既倒。宋初文風，再度奢靡，歐陽修、王安石、三蘇等人再度興起古文運動，予以徹底蕩除。古文世界亦有類似於白話文運動的革新，亦有〈永州八記〉〈答李翊書〉這樣的「言淺而思深，意微而詞顯」（《一瓢詩話》）的散文與學理，亦能將精深的學理變為「大白話」的「常識」。而白話文亦可以在自己的身上借屍還魂裝神弄鬼，拋棄書寫常識的要求，一路走向晦澀孤絕空洞虛無的懸崖。白話文聲色俱厲得氾濫，使一種語言形式對另一種語言形式的反抗難以自圓其說，或者說，語言王朝的興起更替自有其內在規律。

　　常識似乎成為語言內部的一種喻示———一個語言時代的到來或遠去。常識與語言的分揚，是出於語言的美學獨立，也更多流露了語言自身對常識的力不從心。缺失了精透學理的孳乳，常識無以為繼，失血的蒼白成為白話文可怖的美。常識在語言世界遠去的身影，總是寫滿了學理匱乏的無奈與傷感。而所謂的「常識」又在語言的饑不擇食中被茹毛飲血，濃妝淡抹，插上了象徵權威的「大王旗」。不要說章太炎眼中的歷史常識，就是朝代帝王的名號也成難得的學問。那個「以極淺顯的白話，說最精透的學理」的夢想正被大量以及更大量的權威與神聖所擠壓所排斥。章太炎說：「常識不是古今如一，後來人的常識應該勝過古人」。那語言呢？

當年遊俠人黃侃

　　陳平原有本書,《當年遊俠人》。書名取自黃侃的一句詩:當年遊俠人,今日窮途客。每每想起此詩,悲愴蒼涼之感不減。讀《量守廬學記——黃侃的生平和學術》始知,此詩不單單是抒懷,更是實指。

　　書中記錄黃侃生平的多篇文章,都提到黃侃「遊俠人」的經歷。陸敬的《黃季剛先生革命事蹟紀略》則專論了黃侃的革命事蹟。中學時期的黃侃,已開始接受革命思想,同學中有查光佛、鄭江灝、董用威(必武)等人。這些人後來都成為著名的革命黨人。當時,黃侃還與宋教仁關係很好。湖廣總督張之洞認為黃侃是當世不可多得的人才,官費資助其留學日本。在日本,黃侃加入孫中山領導的同盟會,從事革命活動,張之洞聽說此事,停止了對他的官費資助。回國後,黃侃成為清政府通輯的要犯。他一面躲避官府的輯捕,一面往來於武昌、蘄春等地,從事演講、發動群眾、組織孝義會等革命活動。當時的豪傑之士都願意和他結交,時稱「黃十公子」(黃侃排行第十)。黃侃有兩件要事,一時著名。一件是他在革命黨人詹大悲等人辦的《大江報》上發表一篇文章,名為〈大亂者,救中國之妙藥也〉。此文一出,震動一時,革命者大受鼓舞,而清政府大為惶懼,逮捕了詹大悲等人。此文

成為日後武昌起義的導火索。還有一事亦驚險有加。黃侃在家鄉參加革命起義，打算攻打縣城，奪取槍械，武裝隊伍。因經驗不足，計畫洩露，遭到清軍鎮壓。黃侃不得已，奔赴上海。不久，轟轟烈烈的辛亥革命以袁世凱竊取大總統職位而告終。反動封建軍閥官僚搖身一變，成為民國官員，而革命黨人或遭排擠打擊，或被暗殺，或背叛革命，或意志消沉，退出政治舞臺。國事日非，黃侃決意不再過問政治，專門研究學問。

量守廬是黃侃在九華村的居所之名。《量守廬學記》為黃侃的師友和後學晚進對其生平和治學的研究與回憶文集。書中記錄了一個真實的黃侃。所謂真實，即不捕風捉影，專注於奇聞軼事，而是由其親近和熟悉的人述其生平、治學和學術成就。一代大師激烈、刻苦、嚴謹、睿智、孤傲的形象躍然紙上。文中不乏溢美欽佩之辭，讀之卻無過譽肉麻之感。因為每一位作者都在以嚴肅的態度，真摯的感情來深切懷念自己心目中的良師益友。書中披露這段非比尋常的經歷，使人對黃侃有了更為完整和深刻的認識。

黃侃的革命經歷，鮮為人知，為世人所折服的，是其學術。評價黃侃的學術，程千帆有句話很合適多數人：「具體地評贊季剛老師的學術，我是沒資格的。」世人對黃侃學術的讚譽，多是只停留在「章黃之學」、小學集大成者、傳統語言文字學承前啟後者種種。可談的，倒是學術之外，治學其中。

黃侃自云，學有所成要具備三個條件：天賦、勤奮和師承。這三者，量黃侃身而出。凡中國傳統學術研究，首靠個人的記憶條件、精力條件。黃侃不單記憶超強，精力過人，而且勤奮異常，才華超邁。黃侃授徒常至深夜，第二天一早，學生登門，便見案桌上已圈

點批識過一大摞書籍，好像昨夜不曾休息。黃侃讀書，不管一部書是百卷十卷，要讀十日百日，必從頭圈點至尾，絕不中道而止。對於小學、經學種種要著，則是反覆閱讀圈點，展卷不休，溫故求新。所以凡書為訛誤，一經過眼，便能明定是非真偽。黃侃治學天賦超群，如此天賦，尚且不憚囊螢映雪的苦功，可見治學之道無他，唯刻苦嚴謹而已。黃侃要求門下弟子和自己的兒子也是如此。入得門來，便必須勤奮刻苦。長子念華考入北大，同門和朋友相邀出遊，念華一概不出，緊遵父命，每日點讀《漢書》一卷，開學上課也不敢違例。黃侃的文學天賦極高。不管是詩是文，每一動筆，無不安雅流暢，令人沉浸。

文人革命，無非以筆墨為刀槍，做搖旗吶喊之功。黃侃能赤膊上陣，廝殺於槍林彈雨中。革命者從學，能精專一心，淹貫古今，在純學術領域達到「集大成」和「承前啟後」境界者，世之寡見。棄武從文或投筆從戎不難，難在凡事都能做到極至。由此觀黃侃其人，天賦之外，性情必然激烈執拗。激烈者，願望強烈，意氣激蕩，剛直有加，奮不顧身；執拗者，意念如山，寧折不彎，一意已決，誓志不移。

即使拜師收徒，也可見其性情激烈執拗一面。黃侃與章太炎、劉師培三人一起，無話不談。但有黃侃在座，劉師培絕不與章太炎討論經學。除非黃侃拜劉師培為師。黃侃便擇一日，拿了拜師贄敬，正式向劉師培磕頭拜師。黃劉二人，只差一歲，黃侃以師禮相待，劉師培才正式授經黃侃。黃侃的小學師承章門，經學得自劉師培，集二家所長，而自成一家。黃侃收徒，亦是要受拜師之禮，才算列入門下。楊樹達令其侄伯峻拜黃侃為師，命伯峻必

須要行磕頭禮，奉贄敬，禮必，黃侃才說：「從這時起，你是我的門生了。」

黃侃治學的精神、態度、方法和成就，量守廬諸弟子有精到陳要。而世俗最為樂道的，是黃侃的狷狂。手邊恰有一書，曹聚仁的《文壇三憶》，其中記載了有關黃侃的一段小插曲：有一天，黃建中先生剛下了課，從教室裏退出，門口便碰上黃侃先生（他的老師）。季剛先生，一向那麼老氣橫秋地，問道：「你教的什麼？」黃建中便恭而敬之說：「哲學概論」。「你自己懂不懂？不要在教室裏亂吹！」黃侃毫不留情地淋了黃建中一頭冷水。當時，黃建中是暨南大學的教務長，在學生面前，被黃侃訓叱，弄得十分尷尬。

游壽言：「師才性褊急，與世多忤，尤痛挽近士不悅學，恐學術中斷，偶見不快意者，常於課堂上力排之，間雜嘲謔，語憤激面沉痛。」（〈敬業記學〉）劉賾說：「先師篤於親戚故舊，情懷悱惻，而性激口直，不能容物。其與相處愈厚者，愈喜藉故苛責之，使不得解脫，雖至親不能倖免。」（〈師門憶語〉）黃侃這樣的事，相傳不在少數。中國人喜歡這樣的事。這是所謂的名士派頭。所以，也就尤擅製造這樣的奇談軼事。黃侃與吳瞿安水火難容一事，程千帆就力證，斷無此事，純屬臆造訛傳。

黃侃的狷狂，有來自性格的一面，人生經歷，則加深了這種性格，使這種性格更為張揚。壯懷激烈，報國無門，連拔劍嘆惜都已不再，只剩皓首窮經，終老書齋。黃侃是學以言志。學術已是人生理想的絕地。絕地中唯有的希望是學有所成。而這種希望相對於「遊俠人」來說，太過微弱與虛無，並不足以填補已逝的豪情壯志。當年遊俠人，今日窮途客。豪俠本色仍狂，激越之狂；

11

窮途末路之士亦狂，絕望之狂。黃侃的狷狂，並非沽名釣譽的故作驚人之舉，究其精神深處，仍是豪俠本色在絕地中的真實流露，是極度落沒與哀傷的宣洩。不瞭解黃侃的曲折經歷，不瞭解他內心深處的沉痛，就不會理解他狷狂的處世，不會懂得他治學而非為治學的理想。

革命先驅黃侃，不應被忘記。作為學術大師，黃侃英年早逝，是中國學術的巨大損失。《量守廬學記》，不舉黃侃的奇談軼事，而只述其生平和學術，正是對黃侃最大的尊重與還原。

近代中國政治的「保姆」張君勱

　　謝泳在《雜書過眼錄》中數度提到張君勱關於社會改革的觀點和思路，對其人卻少有介紹。對謝泳來說，張君勱是位已經熟悉到沒有必要再做介紹的人物。研究中國近代社會政治史，不能不知道張君勱。讀過一本《張君勱傳》，煌煌數百頁的大部頭，對其人生平、性格、生活的介紹竟不足十頁，其餘皆是通過摘抄張氏著作對其人政治思想和觀點的介紹。生硬、乏味之極。記載中所看到的，張君勱是個狂熱的社會政治活動家。

　　張君勱生於一八八七年一月十八日，本名嘉森，字君勱。張家在江蘇是望族。先世原為嘉定鹽商，至曾祖改行行醫，後祖父、父輩又兩代行醫，祖父還曾登科入仕，頗得政聲。張君勱六歲開蒙，與其弟張嘉璈（公權）同入家塾。他讀書用功，又善於動腦，悟力過人，有時提的問題，老師也撓頭。他玩起來點子多，小朋友都稱他「小軍師」。一九〇二年，張君勱和弟弟張公權一同參加寶山縣縣試，一同取中秀才。張公權也是聰明過人，後曾任興武將軍督理浙江軍務朱瑞的秘書長。一九一五年，張秘書長巡視杭州中學時，讀了徐志摩的一篇文章，對徐志摩的才華讚不絕口，認定其會成就非凡，於是跟徐家談婚，把妹妹嫁給徐志摩。當年，十五歲的張幼儀嫁給了徐志摩。張君勱成了徐志摩的大舅哥。

　　張君勱卒於一九六九年二月二十三日，其一生是為政治的一生。早年追隨梁啟超從事立憲活動，當過段祺瑞政府的秘書長，馮國璋總統府的秘書，三十年代先後組建過中國國家社會黨、中國民主政團同盟和中國民主社會黨，作為國防參議會參議員、國民參政會參政員及各種黨派會員，參加了幾乎當時國家所有重要的政治會議，還獨立起草過國家憲法，與當時國內國外政治和學界的首腦人物多有過密切交往。

　　張君勱對政治的狂熱少見。一九一四年，第一次世界大戰暴發，時值張君勱入柏林大學學習的第二年。由於英日同盟的關係，當時德國盛傳日本將幫助俄國進攻德國。中國人因和日本人一樣長著一張黃面孔，因此時常受到德國人的不友好對待，甚至人身安全受到威脅。這種情形下，不少中國留學生出於安全考慮，提前回國。但在張君勱眼裏，這卻是一生中難得看到的世界大戰，他不僅在德國留下了，而且每天研究戰爭的進展和戰時的德國社會。以至於引起了房東的懷疑，以為他是個日本間諜，導致受到員警的監視。張君勱的政治生涯中，遭到過危及生命的綁架，並因此瘸了一條腿，受到不止一次的軟禁，最長一次達兩年之久，還曾流亡海外，但一切絲毫沒有影響他的政治熱情，他像個政治「癮君子」，無論經過多少挫折磨難，始終奔走於中國政治的風口浪尖。

　　張君勱對中國文化有過深入的研究，堪稱現代新儒的重鎮。出過多種論學文集，《明日之中國文化》、《新儒家思想史》、《中西印哲學論文集》、《民族復興之學術基礎》等等；創辦過大學，像政治大學、學海書院和民族文化書院；還當過北京大學和燕京大學的教

14

授。中國近代思想文化史上最深刻，又最富戲劇性的一次論戰「科玄論戰」，便是張君勱一手挑起的。

一九二三年二月，時任北大教授的張君勱在清華大學作題為〈人生觀〉的講演，提出人生的特質是主觀的、直覺的、綜合的、自由意志的、單一性的，所以無論科學如何發展，對人生問題也只能徒喚奈何。不意引起地質學家丁文江的極大反感，旋即撰文〈玄學與科學〉予以反擊，由此引發一場「科學與人生觀」的大辯論。梁啟超、陳獨秀、張東蓀、林宰平、胡適、王星拱、吳稚暉等名流紛紛發表見解，爭相參戰。一時間，騰蛟起鳳，俊采星馳，「科學與人生觀」成為當時學界熱點。就當時的社會輿論看，這場論戰的結果是科學派凱旋而歸。張君勱落了個「玄學鬼」的外號。從當時的局面上看，科學派人數也遠超過玄學派。這一方面是時勢使然，另一方面也是張君勱等到人對科學所知實在太少，難免犯常識錯誤。然而，思想的孰是孰非並不是以一時的「勝負」決定的。當初，陳獨秀已經指出，玄學派的大本營根本未被攻陷，科學派中人「有的還是表面上在那裏開戰，暗中卻已投降了。」姑且不論陳獨秀的結論如何。現在再度回顧這場論爭，我們也許會說，陳獨秀不幸而言中。玄學派在理論上相當幼稚，但他們的問題卻不失為深刻。在二十世紀末，丁文江式的科學樂觀主義和科學獨斷論轉而成為人們反思的對象了。

張君勱因為現代新儒的緣故，重新受到人們的重視。但觀其生平，他社會政治活動家的身份依然是首要的、核心的。他搞學術是為自己的政治觀點服務，辦大學、當教授都是發生在他政治活動受限或政治失意時。把他介定為「徘徊於學術和政治之間」的人物，並不準確。

　　張君勱在中國近代歷史上的名氣和他的實際表現極不相符。這主要是因為他的「中間人」立場。政治上，張君勱支持過國民黨政策，成為蔣介石的座上客，又因反對國民黨而綁架軟禁；他與共產黨有過密切的關係，周恩來在他六十一歲生日時送他一塊「民主之壽」的壽匾，最終又鬧到勢不兩立，被毛澤東宣佈為最後一名頭等戰犯；他是中國民主政團同盟的創建人和主要領導人之一，又因違背盟訓被勒令退盟；他熱情地宣傳介紹俄國十月革命，卻又對俄國十月革命進行大肆攻擊，堅決反對中國走俄國道路。在思想學術上，他既反對馬克思主義，反對唯物史觀，也反對自由主義西化派；他從小進的是新式學堂，十五歲卻考取秀才；十九歲進入日本早稻田大學政治經濟科，一九一〇年回國參加清政府鑑定留學生的考試，被授予翰林院庶起士。他精通三門外語，寧用德文、英文和文言文寫作，卻拒絕使用白話文。因此，無論在政治上還是思想學術上，儘管張君勱從不缺少自己的聲音，而且總是以組織者的身份衝鋒在前，一馬當先，但他始終無法成為某一方面的代表人物。在今天，連當時政界、學界的二、三流人物的名氣也要比他大。

　　照常理推測，張君勱思想的「中間性」必然使他的內心充滿了矛盾和痛苦。其實絕非如此。這是小看了張君勱。張君勱雖然立場複雜，觀點多元，但並不矛盾。因為在不同階段，他的觀點、立場都是明確唯一的，因此他的行動也就堅決果斷毫不猶豫。隨著時局的變化和新思想的到來，他的觀點和想法會改變，這使他的政治生命很少受到致命打擊，即使受到了打擊，轉變在他也是一件可以解決的事情。在觀點和立場轉變的過程中，也許會有暫時的迷惘，但

構不成哲學家或思想家那樣難以決斷的痛苦。一旦思想轉變完成，他就又獲得政治的新生，重新投入到新的目標中去。這種「中間人」的立場，反而成就了他超長的政治生命和政治熱情。他是眼看著中國近代社會政治長起來的，他是中國近代社會政治最熱心的「保姆」之一。

由胡適所想到的

1

　　蔡元培讀了胡適的半本《紅樓夢》研究稿，聘胡適為北大文學系教授。蔡東藩抱著自己譯的五百萬字的白話二十五史演義，找到蔡元培，蔡元培說，如果你來，我可以請你做教員。胡適的半本書，並不鮮見，《中國哲學史大綱》和《白話文學史》，也都是只有上卷。「半本書」或一篇文章，似乎可作為胡適學術的一種象徵──開風氣之先。其價值，蔡元培已給出一個形象的答案。

　　一九一七年，當時的胡適還是美國哥倫比亞大學的研究生，他在《新青年》上發表〈文學改良芻議〉，後又有〈歷史的文學觀念論〉（一九一七年）、〈建設的文學革命論〉（一九一八年）等文，以旗手之姿，大力倡導文學革命。惹得那位中國「茶花女之父」林紓寫信給蔡元培，攻擊白話文：「若盡廢古書，行用土語為文字，則都下引車賣漿之徒所操之語，按之皆有文法……據此則凡京津之稗販，均可用為教授矣。」胡適倡導，更一馬當先。一九二〇年出版中國新文學史上第一部白話詩集《嘗試集》；獨幕劇《終身大事》，

在楊太真和杜麗娘歌舞飄飄的古典舞臺，燃亮了現代話劇的第一縷燈光。「問題小說」〈一個問題〉開啟中國現代小說的第一個流派，葉聖陶、羅家倫、楊振聲、冰心等紛紛導跡尋蹤。以西方近代哲學的體系和方法為先秦哲學增妝著色，一九一九年出版的《中國哲學史大綱》（上卷）蔡元培稱其為「第一部新的哲學史」。馮友蘭認為「在中國哲學史研究的近代化工作中，胡適創始之功，是不可埋沒的」。開創新紅學研究考據派，並精研佛學，「要把禪宗史全部從頭改寫」。在《白話文學史》中，胡適首次將佛經以文學作品身份引入文學史，眼光獨具。

　　胡適作品我最早讀到的是詩歌。其新詩中的抒情小詩，別有一番心思情致。「我這心頭一念：／才從竹竿巷，忽到竹竿尖；／忽在赫貞江上，忽在凱約湖邊；／我若真個害刻骨的相思，／便一分鐘繞遍地球三千萬轉！」（〈一念〉一九一七年）再讀〈湖上〉、〈藝術〉、〈夢與詩〉、〈醉與愛〉、〈瓶花〉、〈題凌叔華女士畫的雨後西湖〉，活脫脫一個湖畔邊，新月下的浪漫詩人。名為「嘗試」，胡適在新詩中對白話的運用自有一股老道。

　　唐德剛在《胡適雜憶》中評價：「胡適之先生的了不起之處，便是他原是我國新文化運動的開山宗師，但是經過五十年之考驗，他既未流於偏激，亦未落伍。始終一貫地保持了他那不偏不倚的中流砥柱的地位。開風氣之先，據杏壇之首；實事求是，表率群倫，把我們古老的文明，導向現代化之路。熟讀近百年中國文化史，群賢互比，我還是覺得胡老師是當代第一人！」

　　僅就「開風氣之先」而言，胡適稱得上「當代第一人」。

2

　　一九五八年十二月，史學家何炳棣奉英屬哥倫比亞大學校長之命，飛往港澳洽購一個五萬多冊線裝書的私人收藏，返美途中，在胡適寓所做客六天（一九五八年十二月二十日至二十六日）。這六天裏，何炳棣見到胡適是天天忙於會客，二人反而很少有長談的機會。某晚稍閒，何炳棣問胡適：「胡先生，據我揣測，您生平醒的時間恐怕三分之二都用在會客，對不對？」胡適沉思片刻，說這估計大概與事實相差不遠。

　　胡博士一生，是致力於推進新思潮的一生。一九一七年，二十六歲的胡適獲哲學博士學位，同年回國，參加編輯《新青年》，並任北京大學教授。一九二〇年創辦《努力週報》，一九二三年與徐志摩等組織新月社，一九二四年與陳西瀅、王世杰等創辦《現代評論》週刊，一九三二年與蔣廷黻、丁文江、傅斯年、翁文灝創辦《獨立評論》，胡適先後共為其撰寫了一千三百零九篇文章。一個不可思議的數字。

　　一九二五年，胡適應聘為「中英庚款顧問委員會」中國會員，被選為中華圖書館協會董事兼財政委員會委員、索引委員會書記，同年十一月，被推舉為北平圖書館委員會書記。一九二六年，全年隨「中英庚款顧問委員會」的「中國訪問團」在國內外訪問，直至十二月三十一日去美國。一九二七年被選為中華教育文化基金董事會董事，一九二八年受聘為上海中國公學校長，一九三二

年德國普魯士科學院選其為通訊委員，一九三五年被選為國民政府中央研院第一屆評議會評議員。而一九三一年到一九三七年期間，胡適還一直擔任北京大學文學院院長兼中國文學系主任，並不斷從事各種講學和訪問。一九三八年任國民政府駐美國大使，一九四三年應聘為美國國會圖書館東方部名譽顧問，一九四四年九月在哈佛大學講學。一九四五年出任國民政府代表團代表在三藩市出席聯合國制憲會議；以國民政府代表團首席代表的身分，在倫敦出席聯合國教科文組織會議，制訂該組織的憲章。一九四六年七月回到北平，任北京大學校長。一九五〇年應聘為普林斯敦大學葛思德東方圖書館館長，一九五七年十一月任臺灣國立中央研究院院長。

辦報、宣傳，當領導，當導師，各種社會兼職，胡博士生平馬不停蹄。以上諸事不僅最耗時間與精力，而且皆是人事，最需要與人打交道。「生平醒的時間恐怕三分之二都用在會客」。這情形大致「與事實相差不遠」。何炳棣言外之意，是胡博士用在做學問上的時間，只占平時的三分之一。這便是了不得的事。被唐德剛譽為「當代第一人」的胡博士，只是用三分之一的時間，便在學術上達到如此成就和影響，拿到三十五個榮譽博士頭銜，這份超常的精力才智讓人佩服得無語以對。

董橋有文〈連胡先生都要請人過目〉，講胡適在國民政府任公職時，行公文，必請人過目，不斷修正，力求萬全，以免事敗。那不用會客的三分之一時間，還要用在政治遊戲中，真是難為胡博士了。

3

　　胡適的《白話文學史》是半部書，只有上冊。民國十年（一九二一年），教育部辦第三屆國語講習所，要胡適講國語文學史。胡適在八星期之內「編」了十五篇講義，約有八萬字，文學內容從漢朝平民文學講起，至南宋的白話文。當年國語講習所畢業了，講義也就停止了。次年，胡適想起此事，又擬出一個大計畫，重新列了一個自《國風》起，歷經春秋戰國、漢魏六朝、唐、兩宋、金元、明清至新文學運動的史綱，打算寫一部完整的白話文學史。這個計畫終是沒有完成，只是進一步充實了漢魏六朝、唐、兩宋三個部分的內容，共二十八萬字。

　　從閱讀的趣味角度，文學史可分為兩類，一類是「編輯」的。上各種學接觸到文學史多屬此類，有古代的、近代的、現代的、外國的、精編的、節選的。另一類是「創作」的。此類者除了胡適的《白話文學史》，還有王國維的《宋元戲曲史》、魯迅的《中國小說史略》、陸侃如和馮沅君的《中國詩史》，當然還有夏志清的《中國現代小說史》等等。這裏牽涉到一個問題：文學史還可以是「創作」的嗎？我的回答是：不僅可以，而且有趣味的、經得起時間考驗的文學史，必然是「創作」的。就像上面提到的這些。

　　創作的文學史是一個人思想、才識、情感的真實體現。它因為作者的身心投入和風格的形成，而具有了鮮活的生命；以只屬於一個人的聲音，而讓人銘記不忘。尤其是在不易出新的文學史作品

中，這種個人化的解讀就越顯得重要和珍貴。這樣的文學史一般有這麼幾個特點，首先是有生命感。創作的文學史是一個原始生命的創造和誕生。作者為完成屬於他自己的作品而注入了自己的情感體驗和學識。在作者那裏，寫這樣一部評論和創作一部小說、修改一首詩歌沒有什麼兩樣，都是自己真實思想和情感的反映。甚至要傾注更多的心血。其次是有性格。有話就說，有屁就放，是其所是，非其所非，把話說到明處，說得明白，不做含糊之語，不藏藏掖掖。再者是眼光獨特，往往能別開生面。觀點與眾不同，選題選材破於常規，發前人所未所發，開風氣之先，令人耳目一新。

　　文學研究與欣賞需要理性，卻更是心靈和情感之旅。不能為研究的作品所打動，做出的評論自然也難打動人。能夠打動人的評論，已不僅是原作的依附，完全可以具有屬於自己的生命。這樣的文學史，是文學研究和文學作品本身存在的生命力所在，是對作品最大的尊重。一部《紅樓夢》，如果在大家眼中都是一個模樣，文學研究和文學作品都就走到了盡頭。同是讀《紅樓夢》，有蔡元培、胡適，也有王國維、魯迅、俞平伯，這是文學研究的幸事，也是《紅樓夢》的幸事。在當時的大學中，幾位學者同開一門課，學生自主選擇自己喜歡聽的，這是何等令人羨慕與神往的盛況。許淵沖在回憶錄中曾提到，自己的中學老師汪國鎮講《中國文學史》，就是自編的教材。後來，許淵沖在聯大聽余冠英教授的《中國文學史》，覺得汪老師的文學史簡直不在其下。這位汪老師一身硬骨，在日軍進攻南京時，寧可殺身成仁，也不肯隨校南遷，於一九三八年七月二日，慘遭日寇殺害，他的《中國文學史》遂成絕響。梅貽琦言，「大學」者，有大師之學校也。大師者，當是以其卓識成一家之言

者。那時的大學裏，凡著名學者人師，無不以不同凡響而卓然成家。如果有識之士能夠搜集到這些做教材之用的文學史，以叢書出版，必會成為中國文學史之林的不朽勝舉。

在一種著史者以及讀史者眼中，最怕把話說死，說絕，甚至說清。說清就難免說得主觀。因為如此，便不「辯證」。著史的擔心被別人挑出毛病，讀史的就怕書中說得不對。為求全、求穩、求後路，一本文學史寫出來，讀下來，不甜不鹹，不慍不火，不冷不熱，也半死不活。文學欣賞與研究不同於搞數學，所依據的不是非此即彼的邏輯原理，而只是個人主觀的情感態度。文學評論只能是建立在一種假設絕對的前提下，否則，便無法開口。所以，評論者應大膽直言，所執觀點看似絕對，其實只是代表某一方面。作為讀者，讀某一評論，也不是為了得到一個好與壞的結論，或是其他什麼絕對的、可以引以為教旨的真理。好或環只是不同觀點的表達，都是一千個哈姆雷特中普通的兩個。至於總結絕對的真理，既不是評論家的任務，也不是評論家所能做到的。如果有宣稱有這一功能的書，那麼，寫書的人就是騙子，相信的人就是傻子。讀者要讀的是一個人他是怎麼讀一本書，這本書給他帶來了怎樣的感受和影響，由此看到他的價值標準、審美取向，瞭解他的內心世界和精神世界。如果這些在他的評論中統統都沒有涉及，那這樣的書根本就不值得去讀。

「創作」與「編輯」也非截然分開。「創作」文學史也不可避免要選題選材，選題選材也是「編輯」。選哪些作者、選哪些作品本身就是主觀的反映。選題選材的眼光獨特，視野開闊，同樣有價值。胡適的《白話文學史》有兩章專門談佛教的翻譯文學，這種選

材在文學史中很少見。當年，我的一個中文老師編著了兩本《唐詩》、《宋詞》教材。對詩人和作品的選取就以自己的主觀喜好為主，讀起就很有意思，很耐人尋味。

　　文學史的忌處不在偏頗、過火、說錯，而在於中庸、麻木、短識、面目平庸。凡是有感情、有見識、有個性的論著，都是好作品，也必然吸引人。它的深層價值是作者「獨立之思想，自由之精神」的體現。由此可延及其他史論。如果把傳記也看成是一部個人的歷史記錄，那麼，這樣的傳記也必然精彩之至。

沈從文和王力的常識世界

1

沈從文說過一段話，給我的印象非常深刻，他說專家跟非專家只有一個區別：專家有常識，一般人沒有常識。沈從文用四十年時間做古物的研究，建立了這樣的常識，比如說一塊綢緞，打眼前一過，就知道是明清的還是宋元的。

沈從文的話自謙了。專家肯定有常識，但專家不會只有常識。反過來說，沒有常識，則一定不是專家。比如余秋雨。批評余秋雨的一種觀點就是他在歷史文化常識方面出了很多錯，金文明石破天驚「逗」余秋雨就是抓住了他這樣一百多處錯誤。余秋雨也許是戲劇方面的專家，是文筆優美的散文家，但與歷史專家不搭界。

沈從文這句話裏容納的，是一個世界。沈從文自己把這個世界稱作〈野人獻曝〉。

沈從文最完整、最重要的學術研究成果是《中國古代服飾研究》。他是研究中國古代服飾的專家。但是，沈從文研究的不僅僅只限於服飾，金錦、刺繡、染纈、古鏡、玻璃工藝、漆工藝、螺甸

工藝、扇子、金花箋、車乘等，都在他的研究範圍之內。他的研究範圍非常廣，廣泛之中也有特殊：值錢的「熱門」東西少，無人過問的「冷門」多；對具體物品關注的少，對文化關注的多。沈從文研究的東西，多是古代日常生活用品，金石瓷玉，法書名畫這樣的值錢東西少。為什麼他對這些東西特別感興趣，因為這些東西裏，有他最關注的常識。

常識這種東西好像無所不在，但在貴重文物上是不容易看到的。一方面，貴重文物本身就少，不常見；另一方面，貴重文物正是因其有不尋常之處才寶貴。能見到難得一見的寶貝，人們的精力自然都集中在那些與眾不同之處，而顧不上泛泛一般處。就像進飯店點菜，特色菜比家常燒，總是要受關注。由於關注的是常識，沈從文的目光從不停留在具體物件上。〈野人獻曝〉中雖然提到不少實物，但沒有什麼具體東西，能給人留下深刻印象。給人留下印象的是製作工藝、藝術演變和歷史發展的進程。原本有些值錢的東西，如古玉、陶瓷也因為是為常識服務，而讓人忘記了它們的「價值」。

沈從文用常識構築的是藝術史和文化史。他的〈龍鳳藝術〉、〈魚的藝術〉、〈獅子在中國藝術上的應用及其發展〉談的是龍鳳、魚、獅子在中國古代應用藝術中的演變；〈談錦〉、〈談刺繡〉、〈談挑花〉〈中國古玉〉、〈中國古代陶瓷〉、〈扇子史話〉、〈玻璃工藝的歷史探討〉、〈漆工藝問題〉、〈中國馬具的發展〉講的是各種物品的製作工藝和發展簡史；至於那本《中國古代服飾研究》，可以看成是他研究常識的集大成之作。

文學世界裏的沈從文自稱是「鄉下人」。文物世界裏的沈從文依然不改「鄉下人」本色。看書的時候，我有意留心與市場、價格

有關的一些字眼，想借此多學些文物「知識」，可是全書無一處提到。這個「鄉下人」「土」的根本沒有文物是錢，是要用價格來衡量的概念。在研究漆器的一篇文章裏，沈從文說：「有一點還想特別提出，即愛好的不僅僅是美術，還更愛那個產生動人作品的性格的心，一種真正『人』的素樸的心」，「一切美術品都包含了那個作者生活掙扎形式，以及心智的尺衡，我理解的也就細而深。」從這裏可以知道，藝術品對沈從文意味著什麼。在文學世界裏，他筆下的人物，是和他一樣是有著純樸的性情、善良的心的鄉下人。在「罎罎罐罐花花朵朵」的世界裏，他喜歡的還是那些有著「素樸的心」，為生活而掙扎的真正的「人」。不管在哪裡，這個「鄉下人」的眼和心從來沒有離開過那些有著「素樸的心」，為生活而掙扎的真正的「人」。用被人「看不起」的文物「常識」書寫文化史、藝術史，就是這個「鄉下人」在文物世界裏對真正的「人」的關懷。

　　常識世界裏的沈從文謙虛、拘謹，也有著不易察覺的自負。在談及某一問題時，他總是說自己只是有點「常識」而已。但那句「專家有常識，一般人沒有常識」，還是吐露了這個「鄉下人」內心「壓抑不住的自負」。

2

　　研究中國傳統文化的專家大都專門談過常識，像章太炎的《國學概論》、胡適的《讀書與治學》、顧頡剛的《中國史學入門》、俞陛雲的《詩境淺說》、施蟄存的《金石叢話》、王力的《中國古代文

化常識》、朱光潛的《詩論》、朱自清的《經典常談》、呂叔湘的《語
文常談》、白壽彝的《史學遺產六講》、陳從周的《梓翁說園》、龍
榆生的《詞學十講》、楊東蒓的《中國學術史講話》、趙樸初的《佛
教常識答問》等等。近年來，被各種文化常識類叢書收入次數較多
的是朱自清的《經典常談》。三聯書店的「三聯精選」一九九九年、
北京出版社的「大家小書」二〇〇二年、中華書局的「國學入門叢
書」二〇〇三年、江蘇教育出版社的「國學書庫・文史類叢」二〇
〇五年，都在第一輯收錄了此書。此外，還有朱光潛的《詩論》和
《談美書簡》。

　　王力主編的《中國古代文化常識》是較綜合的一種，包括了天
文、曆法、樂律、地理、職官、科舉、姓名、禮俗、宗法、宮室、
車馬、飲食、衣物、什物十四個方面的中國古代文化常識。一遍走
馬觀花下來，感觸頗深：不懂常識，在古籍中寸步難行。比如曆法，
在春秋戰國就有夏曆、殷曆、周曆三種曆制，至唐，三種曆都用過，
先秦古籍中也是各曆都有，一部《詩經》中就三種曆都用。曆法如
對不上號，歷史必然是亂作一團。還有職官，原來以為宰相是一個
官，其實宰相是理國政的丞相、掌軍事的太尉和皇帝的秘書長兼監
察的禦使大夫的合稱，是三個官，後來分別改為大司徒、大司馬和
大司空，合稱「三公」，都是宰相。

　　瞭解職官的設立和行政區域的劃分，國家政治地貌的基本概況
就呼之欲出；如果把各朝各代的職官設立和行政區域的劃分，一一
排列，加以對比，就應該能看到整個國家在政治演進中的變化之規
律之得失。這是常識裏的大學問。

　　常識通不通，看閒書也是大相異趣。我讀了一些歷史小說，多是在不解常識「風情」的情況下讀的，效果可想而知。對人物來歷、官職性質、許可權大小、學歷高低一知半解，對當時的宗法、禮俗不瞭解，自然無法體會其人其事的種種妙處，讀故事只能是囫圇吞棗，最終也只剩下「面如重棗」或「眼似銅鈴」。

　　《東周列國志》裏的人物姓名就包含了人物的血統、國名、氏名、性別、排行、所居地名、封邑、官職、技藝特長等豐富資訊。能不能讀懂這本書，先看能不能讀懂人物的名字。讀《儒林外史》一定要知道科舉制和古代學歷的劃分；至於地理和官職許可權方面的常識，是讀像《三國》或《水滸》這樣的小說所必備的知識。

　　薩孟武先生讀《三國》，對諸葛亮有一個看法：「諸葛亮為琅琊人，他不蠖伏於東海之濱，乃躬耕於南陽之野。在兵馬倥傯之際，南陽為軍隊常經之地，隱居於此，果是『苟全性命於亂世，不求聞達於諸候』麼？他『每自比於管仲樂毅』，其志已非匏瓜，蓋欲『求善價而沽』。不過『王公不致敬盡禮』，則寧願獨善其身而已。」這個看法沒有地理常識作依據是不會想到的。這只是文中的小趣而已。

　　關於《水滸》的作者問題，有學者就是從地理方面入手的。《水滸》中凡寫北方之地，多是張冠李戴，南轅北轍，漏洞百出，讓人找不著「北」，對南方之地卻能精確到一鄉、一山、一廟、一橋而不出錯。故推斷《水滸》作者為南方人。

　　什麼是常識？用大家聽得懂的話把大家不懂的事情說明白了，講清楚了，把高深的學問變成尋常的知識，就是常識。有常識的人一定是下過苦功夫研究那些不好懂的學問，先把不好懂的學問

弄明白了，才深入淺出，才有了常識。真正的常識是精透學問的一種表現形式，一點也不價廉。

學習常識也不是件容易事，也得耐著性子下功夫。像禮俗、車馬、飲食、衣物、什物，名稱多，細節多，瑣碎之極，不像今天，一個名稱就概括了好多內容；至於天文、曆法，早幾百年婦孺皆知的東西，今天看實在是非常陌生且專業的知識；還有地理、職官、姓名、宗法，都是體系複雜嚴謹，看著看著就會顧頭顧不上腳。沈從文說專家就是有常識的人，也就不是自謙了。

吳世昌談詩與語音

　　一九三〇年，燕京大學英文系二年級的學生吳世昌在《燕京學報》上發表一篇名為〈釋《書》《詩》之「誕」〉的論文。這是吳世昌的第一篇學術論文，也是《燕京學報》第一次刊登的本科學生論文。此文一出，學界轟動，立即被譯成德文，以後又被譯成俄文。胡適在當時讀到這篇論文後，頗為震驚，發表了一篇〈我們還不配讀經〉的文章，對此文大加稱讚，文中列吳世昌為當代研究經書有成績的三人之一，另外兩人是楊樹達和丁聲樹。

　　英文系出身的吳世昌以後成為著名的紅學家、詞學家和文史專家。北京出版社曾出版過他的學術著作：《紅樓探源》、《詩詞論叢》、《詞林新話》和《文史雜談》。

　　《文史雜談》第一篇就是〈釋《書》《詩》之「誕」〉。這篇論文的價值，從當時人們的反應可略窺一二。那麼，它好在哪裡？簡單點說，就是「訂正訛漏」，發前人所未發，「以求得確解」。這一點也是吳世昌治學最突出的特點。除〈釋〉文外，〈文史雜談〉中所載的《詩》三百篇「言」字新解〉、〈從「莊公寤生」說起〉、〈《漢書·外戚傳》「對食」解〉、〈《莊子·秋水》篇闕文臆補〉、〈詩與語音〉、〈《禮記·檀弓》篇對後世文學的影響〉及〈略論我國古代俯身葬問題〉諸文，無不是開疆裂土式的第一人語。

　　本文要多說幾句的是〈詩與語音〉一文。目的倒不在於展示吳世昌「第一人」的風采，主要是因為現在還有很多人對古代詩詞懷有興趣。較其他古文體而言，古代詩詞是人們閱讀的比較多的，特別是學生和老師，研讀古詩詞是不可少的功課。所以希望通過吳世昌的這篇文章，能為他們多打開一扇窗，激起他們研究和學習的興趣，同時，也讓他們能更深切地去感受美、體驗美。

　　吳世昌認為，詩文中很多的感覺和情緒直接是由字音引起的。《人間詞話》說秦少游的「可堪孤館閉春寒，杜鵑聲裏斜陽暮」，所引起的情緒是「淒厲」。為什麼是淒厲而不別的什麼情緒，吳世昌解釋，「可堪孤館」都是直硬的「k-」音，讀一次喉頭哽住一次，最後「館」字剛口鬆一點，到「閉」字的「p-」音又把聲氣給雙唇堵住了一次，因為聲氣的哽苦難吐，讀者的情緒自然給引得淒厲了。李商隱的〈無題〉：「劉郎已恨蓬山遠，更隔蓬山一萬重」，較之歐陽修的「平蕪盡處是春山，行人更在春山外」，給人感覺更為深摯，原因也在於此。「更隔」二字都是「k-」音收聲的母音，一起連讀時，有種格格不能吐的感覺，就得異常使勁，由此，讀者對於詩的感覺就更為親切，對於詩中的情緒的瞭解已不是被動，而是處於主動的地位了。

　　「k-」「p-」「t-」諸音都有令人讀時使勁的感覺，很簡單的原因是因為這些字都是爆破音。從音韻學上看，爆破音以外，其次得使勁的是磨擦音，如「s-」「z-」「ch-」等音。如果爆破音和磨擦音連續的讀，較之單個讀就尤要使勁。

　　舊詩詞語音中，最習見的是淺齒音（t- s- sh- ts-諸音），因為淺齒音最適合表達細膩幽婉之情。李清照的「尋尋覓覓冷冷清清淒淒

慘慘戚戚」，差不多人盡皆知，但很少有人能說出它的妙處。譽之者也不過說，「是鍛造出來，非偶然拈得也。」吳世昌如此分析：幾字中，除了「覓覓」「冷冷」外，其餘都是淺齒的「ts-」聲。「ts-」音如果語尾是「-e」「-i」讀的時候，只是舌尖在齒齦輕輕地閃動，字音所引起的感覺和情緒也就很輕，淒涼幽婉之情遂出。淺齒音中，「t-」音較實，很能輕輕地點逗情感，如馬聲的「得得」，簷聲的「點滴」。「sh-」音比較空虛，「s-」音所暗示的則是最深最細的感覺。比如李後主的「寂寞梧桐深院鎖清秋」。「深」、「鎖」都是「s-」音；「清」、「秋」都是「ts-」音；「桐」字的「t-」音是一種預備的聲音，不致於使以下的「s-」的字音顯得太輕飄，使全句的情調比較重一點。而這幾個以「s-」音為主要的音調，間隔又逐漸縮短，全句讀起來，便有一聲緊似一聲的感覺，讀者的情緒也就不知不覺的隨之而緊湊。

陸游的〈長相思〉：雲千重，水千重，身在千重雲水中。月明收釣筒。這十八個字中有十二個字有「s-」音，其中八個是「ts-」音，全部情調給人太輕的感覺，所以收束時用較重的音調襯壓一下，方才與詩人的風格相符。如果詩人原意就是要給讀者一種輕清倩麗的感覺，那只能用比較輕清的字音。如晏小山的〈清平樂〉講了一個幽逸的愛情故事，有這麼二句：「柳蔭深深細路，花梢小小層樓」。「深深」、「細」、「梢」、「小小」都是「s-」音，全是有氣無聲的字母，讀起來也得小聲小氣，正有「柳蔭」、「花梢」幽期密約的情味。

齒音是磨擦成聲的。磨擦的意思是聲氣出來的不自由，不能縱橫奔放，這聲音本身就有一種艱澀悽楚的感覺。不用說，陸放翁、李義山都是極擅長用這種手法的。

　　吳世昌還觀察到，口腔的部位和動作，也能表現詩中的情緒。《西廂記》：「撲刺刺宿鳥飛騰，顫巍巍花梢弄影」。這「刺刺」二音讀起來時舌片翻空，叫人意識的非意識的感到宿鳥飛騰之狀。讀「巍巍」二音時，上下唇向外顫動，不但和前面的「顫」音相隔應，並且還能象徵花枝的微動。古詩詞中疊字狀詞的運用，自有其精妙的技巧和藝術。

　　字音不同不但能夠暗示各種不同的情調，所引起的情境也不相同。情境不同，又可影響到詩人對於人生的態度。最典型的一個例子，陶淵明的「採菊東籬下，悠然見南山」。吳世昌說，如果我們把它改為「悠然見西山」或「悠然見北山」，或「悠然見東山」，不一定比南山更壞，但總覺得不是陶淵明的詩，甚至於和他的人格身世都不相稱。這話似乎武斷而主觀，但如果聽了吳世昌的分析，我們的態度也許會有所改變。「西山」二字都是以「s-」音起，宜於寫淒清輕倩的感情。「東山」的「東」字以「t-」音起，「山」字以「s-」音起，而二字的收音都有「n-」，所以「東山」二字都是發揚宏亮之聲，也就是只宜於表現高昂那一類的感情。如用「北山」，因為「北」字以「p-」音起，是爆破音，所表現的是迫切急遽的情感。——所以，「西山」、「東山」、「北山」所引起的淒清輕倩、發揚宏亮、迫切急遽都不與陶淵明當時的情境、陶淵明的身世、人格相稱，也與上文的「悠然」不相稱。只有「南」字所暗示的沉鬱迂緩的情調，才能表達此老遲暮採菊，淡泊寧遠的心境。

　　吳世昌此文是在西諦先生的督促下寫完的，想是西諦先生對此也很感興趣。

王元化的現實關懷

1

　　一個真正的思想者，他的內心必定充滿了對現實世界的無比關懷。這是王元化帶給我的最深切的感受。在一個真正的思想者那裏，思想是一株長在地上的植物，不管它經歷了怎樣的風雨，它的根總是越來越牢固地抓緊腳下的泥土。即使有一天當它死去，它的根也不會離開土地。當它消失在大地，與泥土融為一體，大地會因此而更加肥沃。

　　強烈的現實關懷，是思想者王元化最為明顯的特徵。這種關懷，來自於他對具體的某個人，對人所生活的世界的關心，來自於他對一個學術問題或是歷史片段的發微。在《人物‧書話‧記事》一書中，王元化對魯迅、胡適、章太炎等前賢，重在論其學。對在今天被「新左老左們」捧得紅極一時的顧准、張中曉，還有蔡達君、滿濤、馮契、韋卓民、王若水、孫冶方、馮定這樣一些自己熟悉，而鮮為他人所知的學者，則重在其人而兼論其學。這種定位就很客觀。王元化所記人物，是對新中國思想理論界部分工作者的一次巡

禮。儘管他們的性情、經歷、理論建樹，各有不同，但那一代思想理論工作者的風貌，還是在王元化筆下得到了充分展示。在思想上，他們既不墨守成規，更不媚時取寵，深思熟慮，卓然成家。學識上，他們頭腦睿智，治學嚴謹，淵博之極。性情上，或是溫靜謙和，或是直率淳樸。在他們身上毫無高深莫測的哲學家的架子，也沒有賣弄才情，自命不凡的姿態。做人和研究學問，他們都處處顯示自然的本色，在單純中蘊含著深刻，樸素中寄寓著睿智。王元化說，他們的為人為文和時流的作風恰恰相反。他們是具有獨立人格的一群知識份子，因此，他們才是那個年代中國思想者的真正代表。

作為過來人，王元化注意到了那一代知識份子的特別之處。要認識他們的思想，理解他們的言行，就必須仔細體會他們所處的時代和環境。不能體會他們所處的時代和環境，不理解他們所經歷的苦難，不理解在接連不斷的運動中他們的恐懼與憤怒，不理解犧牲者或是道德失敗者的人性是怎樣被扭曲的，就不會懂得他們和他們的思想。王元化首在記人，而兼議思想和學術，正是由一個人的經歷來折射出時代與環境，由對一個具體生命的關懷來表達自己對人所生活的現實世界的關懷。也正是因為如此，那些思想與學術才走出了空洞的說教，而具有了和人一樣的生命力和現實感。讀王元化筆下的人物，不會熱血沸騰，而那份沉重與清醒，卻是久久不散。

從一個人的讀書和議事中，很能看出他是以一種什麼樣的方式與現實世界發生聯繫。王元化一生喜愛與推崇的書是《約翰‧克利斯朵夫》。為購得這部書，他賣了自己的衣服。王元化的這部書是傅雷的譯本。這部書傅雷譯了一輩子。即使書已經出版了，傅雷還在不斷重譯。譯書成為傅雷與書中人物交流的方式。這部

書王元化帶在身邊，讀了一輩子。克利斯朵夫同樣給了他人生不盡的鼓舞與信心。王元化說，每在困境中要妥協，要倒下的時候，是克利斯朵夫的影子重又燃起了他對人生的希望和對藝術的信仰。克利斯朵夫身上有傅雷王元化喜愛的東西，而這些東西又必定是現實世界所極其缺乏的，甚至是不容存在的。王元化對克利斯朵夫的謳歌，也成為他對現實世界無聲的揭批。還有果戈理、斯坦尼斯拉夫斯基、契訶夫，或者是卓別林、撒繆爾・詹森、歌德、柯勒律治，王元化對他們的思想世界和藝術世界都有著細緻入微地體驗。這種體驗不是來自於文學史，和「那些皮面上的笑容和眼淚，口頭上的豪言和壯語」，而是來自於在作品中爬行的「微生物」。你只要看看他對契訶夫「幾乎無事的悲劇」的理解和同情，對果戈理筆下的靈魂的撞擊，就會知道他對於苦難的人生和殘酷的現實生活，有著多麼深切的體悟。他的讀史文章，像〈沈藎之死〉、〈曾國藩說「挺經」〉、〈偽造合影〉、〈李鴻章辦外交〉，都有這種特點。直接議事的〈挽風氣 貶流俗〉、〈和而不同 群而不黨〉、〈「學術中心何處尋」〉、〈教育折騰〉、〈不要產生太多的文化泡沫〉諸文，則是在較為明顯的針貶時弊。

2

王元化有一篇文章寫自己讀《九尾龜》。在充斥著約翰・克利斯朵夫、莎士比亞、胡適、王國維的書話一輯中，《九尾龜》顯得與眾不同。

《九尾龜》是本「醒世小說」。所謂「醒世」者，無非是講述刁妓如何訛詐「瘟生」、騙子如何謀陷嫖客、光棍如何欺凌良善、戲子如何勾通官妾，以及「候補」重賂權臣、女眷蒙哄寓公等奇談怪事。《九尾龜》主人公為常熟名士，姓章，單名瑩字，別號秋谷。此人生得長身玉立，風流倜儻。論才情，是「胸羅星斗，倚馬萬言」；論胸襟，是「海闊天空，山高月朗」；論意氣，是「蛟龍得雨，鷹隼盤空」，更兼家財富饒，真是個「美玉良金，隨珠和璧」。比《水滸傳》中王婆教西門慶的「潘、驢、鄧、小、閒」，條件還要足。

章秋谷混跡於上海、蘇州等地的青樓瓦舍間，接觸了妓女、嫖客、幫閒、流氓、戲子、騙手、高賈、腐吏、龜奴、嬖妾、孌童等形形色色人物。章秋谷有腦子又有文化，三教九流的手段，無所不精，是典型的流氓才子。他瞭解妓女的心思，又洞悉嫖客的慾望，輕易將各色人物玩弄於掌中。有妓女或是騙手想打他的主意，都是自討苦吃。章秋谷自己雖入狹邪，與下流為伍，卻又卓而不群，行事亦正亦邪。他自己欺凌弱小無往而不利，卻不恥流氓行徑。他認為引誘良家婦女者真是死有餘辜，自己卻又費盡心機幹過此事。遇有紈絝子弟尋樂，他助妓女訛財；見有妓女計詐書生文士，他又助人脫計；遇舊識良人入道，他則勸其回頭是岸。他一邊如魚得水般廝混於風月場中，同時又儼然以「道德審判者」身分自居，對惡人醜事進行處罰和揭露。章秋谷可算是當時流氓的鼻祖。清末民初，還有有錢並以才子自居的遺少，常以「章秋谷」為筆名舞文弄墨。

王元化把章秋谷的行徑概括為「揚之可以使上天，抑之可以使入地」的中國祖傳秘方，即要別人幫助就主張互助論，要占別人便

宜就主張生存競爭，要別人退讓就主張托爾斯泰主義……王元化
說，章秋谷這樣有才有貌的人混跡於風月場，是當時一種盛行的風
氣。因為千金小姐、大家閨秀不容易到手，所以就找妓女來代替。
這種風氣直到五四運動爆發，也沒有革除乾淨。新文藝運動的幹將
劉半農被《新青年》編輯請到北京之後，幾乎有一年多，還有這上
海帶來的「紅袖添香夜讀書」的想法，後來好容易才給《新青年》
的同仁罵掉了。

　　王元化除了對書中人物的「遺傳」行徑進行了評析，還在章秋
谷身上，看到了後來某些思想意識的預演。有這樣兩段：

　　章秋谷特別憎恨維新黨和留學生：「你知道現在上海的新黨，
日本的留學生，一個個都是有志之士麼？這是信得大錯了！他們那
般人，開口奴隸，閉口革命，實在他的本意，是求為奴隸而不可得」
（七回）。這意思是說：罵奴隸是因為自己不能做奴隸，罵貪官污
吏是因為自己不能做貪官污吏，罵靠老婆嫁奩成名的文學家是因為
自己沒有娶得有錢的老婆，「沒有葡萄吃所以才說葡萄是酸的」。不
想俠客的豪語竟成了刻毒的諷刺，而過了幾十年後偏偏還有人應驗
了他的話……

　　章秋谷的「人種論」又成了過去民族主義文學家的先驅：「他
們（上海的新黨、日本的留學生──筆者注）現在的宗旨，是開口
閉口總說滿人不好，非我族類，其心必異，固然不錯。要曉得滿洲
人雖是蒙古入關，究竟還是我們亞洲的同種；所欲分滿漢，先分中
西。這幫人就該幫扶同種，擯斥外人，方不背同類相扶的主義。不
料他們非但不能如此，反去儀仗著外國人的勢力，拼命的欺負同種
的中國人」（七回）。可是有背同類相扶的道理的不是新黨、留學生，

卻是章秋谷自己，他斥責留學生說：「你可知租界上邊，哪裡容得你這般胡鬧」（七十回）。這不是倚仗著外國人的勢力欺負同種的中國人的口吻還是什麼？

　　思想家目光如炬，在《九尾龜》中發掘出這樣的價值，自當是對現實世界的最好關注。

3

　　在與吳步鼎的交往中，王元化的這一特點也得到很充分的體現。

　　一九四二年至一九四三年，上海淪陷時期，經人介紹，王元化在儲能中學教了一年的書。儲能中學即原寧波孝實中學，抗戰爆發後，遷至上海。吳步鼎是王元化教的初中一年級的學生。王元化對這批學生印象很深。也許是因為環境惡劣，生活艱難，這些孩子都更早懂事，關心國家大事，關心抗戰前途，奮發向上，顯得很成熟。其貌不揚的吳步鼎在學校舉行的作文比賽中，得過全校第一名。這很令王元化驚訝。

　　吳步鼎患有肺病，經常請假不能上課。王元化離開諸能後，吳步鼎病情加重，只得輟學在家養病。一九四五年下半年至一九四六年上半年，王元化與吳步鼎通信七封，其後不久，吳步鼎病逝。

　　在通信中，王元化不僅安慰吳，鼓勵吳，與吳交流對文學的看法，探討人生的問題，而且還時常對吳說起自己工作上的事情，傾訴自己的內心世界，完全把吳當作自己的知心朋友，平等以待，而毫無尊者、應付之舉。在這七封信裏，王元化用真誠和思考，書寫

了自己對一個年青而短暫的生命的深切關懷。同時，這也成為王元化對自己那一時期內心和精神世界的珍貴記錄。

這些書信原由吳步鼎的弟弟保存，幾經風雨波折，現由上海檔案館保存。現摘錄書信部分內容如下：

一

⋯⋯下次我去找些好書借給你讀。你讀過《約翰·克利斯朵夫》麼？我經常把它放在手邊。當我對生活感到疲乏，精神感到沮喪的時候，就打開它來讀，讓它療治我的空虛。希望這本書也會給你同樣的力量。

我雖然不像你在生病，但生活中有許多事在壓迫著我，消耗著我的精力。我不比病人更少痛苦。我所經歷過的，大概你是不會想到的。許多不應有的事，恰恰是有些高喊革命的人做出來的。這你想得到嗎？羅曼·羅蘭說過，跟在獅子後面的狼是到處都有的。我為什麼要寫舅爺爺這樣一個舊時代的人？因我在茫茫人海中找不到感情的寄託。較之那些皮面上的笑容和眼淚，口頭上的豪言和壯語，我寧可神往舊時代樸素的小人物。有人說我的小說愛到屠格涅夫的影響。這其實是不對的。我並不怎麼喜愛屠格涅夫的作品。這篇小說是讀了〈舊式的地主〉的影響。果戈理在寫舊地主時說，他在一群穿著燕尾服的紳士中間，常常想到已經消逝的那些可愛的老人面龐。

⋯⋯

二

……在我所讀過的高爾基著作中，我比較喜歡這兩本（《人間》和《童年》），特別是《人間》。他寫出了少年時代的慘澹的生活，我想你一定會喜歡的。過去，這曾將它借給蔡達君，他讀了，高興得很。他告訴我，不知讀了多少遍，還把其中一些他所喜愛的句子，抄在一個小本子上。……

三

你的身體怎樣？望保重，最近新出的刊物如雨後春筍，大批大批地湧現出來，但辦得好的並不多。《文藝復興》可以一看，但撰寫的人都是名家，似乎缺少了一點青年人的朝氣。其他的刊物多剪抄雜湊而成，不值一看。……

五

今天由馮文慧轉來的信已收到。為什麼要寫這麼長？我曾托朱壽曾轉告你不要寫回信，怕於你身體有礙。……

……我比你大不少歲，閱世閱人不少，但真正的人並不多，得意的、享福的、掌權的、操縱別人的，以美名標榜自己的……太多了。但這個世界的命運應該由人來決定，我們不要自暴自棄，有苦難就忍受吧，把溫暖和陽光送到世上來。我並不把死放在心上，但不要毫無意義地死掉。讓我們珍惜自己的生命。

……

六

……我已退出《文壇》，現打算和滿濤、林淡秋、馮雪峰合辦一個《現實文藝叢刊》，由中國文化投資公司出版。其中將發表我的一篇小說（是寫一個殘廢人的）。希望你讀後，提提你的看法。

近來手邊無好書可讀。偶爾去書店去翻翻最近出版的新作，大多浮淺得很。不是空喊，就是那些十分草率的急就篇。倒是幾本舊書，讓越讀越有味。契訶夫的劇本真是好極了。不知你讀過他的《櫻桃園》沒有？大可一讀。不過，一般讀者似乎不大能瞭解契訶夫的樸素和平靜。你讀後有什麼感想？我願意你找一本《櫻桃園》讀讀看。我們編的那個小刊物，下期就預備發表一篇介紹契訶夫的論文。我相信會幫助你去理解契訶夫的。

不要太多想到身體。……老想著自己的病，會使自己情緒壞起來。……你已經在讀《克利斯朵夫》，好極了。……

七

……據我推想，你讀了《沙寧》不會怎麼滿意的。書有股虛無氣息，這個人物也太頹廢了，充滿著世紀末的悲哀。我雖然不是強者，但我也不喜歡這種精神太不健康的作品。何況《沙寧》寫得也並不深刻。我喜歡《克利斯朵夫》，這是一個人，你會覺得他並不陌生，是屬於你自己的靈魂，包括你的堅強和你的軟弱……我也不喜歡錢鍾書的《圍城》。樸素地說話，真誠地寫文章的人太少了。我如果能讀到你寫

的東西，我會多麼高興啊！我們都喜愛文學，都把文學當做照耀陰霾人間的火把，為什麼不把自己的生命奉獻給它呢？

　　一年多來我碰了不少釘子，不是我做錯了事，而是我不肯作違心之論，不肯說慌，不肯趨炎附勢。我受到的打擊不是來自黑暗勢力，有的冷箭從背後射來，竟出自革命營壘……這些你也許還不明白，我向你說這些話，是要讓你知道，每個人都有他的不幸。但是，我們還是應該堅強一些。

夏志清的幾本書

1

　　初識夏志清，是讀他的那本《中國現代小說史》。接著又購得他的《新文學的傳統》，後一書比前一書早上櫃兩個月。夏志清其名在眼前晃多了，隱約感到，好像似曾相識，翻一翻書堆，果是。幾年前，已陸續購得他的文學論著《人的文學》、《文學的前途》和散文集《雞窗集》。與書重晤，不由又愧又喜。愧的是，這些好書明珠暗投，落入我手，即束之高閣，再難見天日；喜的是，自己還算有慧眼，當時雖不知夏志清為何許人，卻能收之囊中，甚是得意。對夏濟安的《夏濟安日記》就無此好運了。當時，《夏濟安日記》與《人的文學》，遼寧教育出版社作為「萬有文庫」系列叢書出版，對二夏的關係及夏濟安其人，一概不知，書遂錯過。如果能早些知道，《日記》一書是不會錯過的。

　　這幾本書在編輯上，雖較原集有增刪，基本維持了原貌，也算難得。原集的價值是很寶貴的。它是作者在一個階段內，思想、寫作或生活狀況的集中記錄，是對作者某一段成長歷程較為完整的留影。它又是對時代的反映。原集原生態的特色，蘊含了豐富的時代

資訊，往往更能見時代的真實，因而起到了文化記錄的歷史意義。原集還是一個完整的生命體。從思想內容到裝幀形式，及出版過程、社會影響，具有了獨立的美學價值。夏志清的這幾本書，《中國現代小說史》在涉及政治思想傾向方面有刪減，這不可避免，影響不大。《雞窗集》應陳子善的建議，自其他集子中選七篇文章增補，實屬添足之舉。《文學的前途》是與《愛情‧社會‧小說》兩書之精選，大可不必。《人的文學》與《新文學的傳統》則為原貌。

《中國現代小說史》為英文著作：英文本耶魯大學出版社一九六一年出版，一九七一年修定再版，中譯本分別由臺灣傳記文學出版社和香港友聯出版社於一九七九年初版，復旦大學出版社二〇〇五年出版國內中譯本。

其餘幾種為中文著作。

《文學的前途》：臺北純文學出版社一九七四年初版，後收入「三聯精選」文庫，上海三聯書店二〇〇二年出版。

《人的文學》：臺北純文學出版社一九七七初版，後收入《新世紀萬有文庫》，瀋陽遼寧教育出版社一九九八年初版。

《新文學的傳統》：臺北時報出版公司一九七九年初版，新星出版社二〇〇五年出版。

《雞窗集》：一九八四年臺北九歌出版社初版，二〇〇〇年上海三聯出版。

另一重要著作《中國古典小說導論》，英文本哥倫比亞大學出版社一九六八年初版，中譯本由安徽文藝出版社於一九八八年初

版。中文論著《愛情・社會・小說》，可能是夏志清的第一本中文論著，國內尚未見此書。再就是《夏志清文學評論集》（一九八七年）、《夏志清論中國文學》（二〇〇四年）、《夏志清序跋》（二〇〇四年）等。後幾種估計是選集，文章有新的，也有出自已有的幾本集子。

專家稱夏志清「學貫中西，著述等身，是國際公認的研究中國文學的權威。」此一評價中，還可再加一句「博古通今」，而「著述等身」一說，則可稍議。夏志清的《中國現代小說史》和《中國古典小說導論》二作，甚至只一部《中國現代小說史》，已足以青史留名。從文學實績和影響來說，夏志清是「著述超身」。若看實際作品數量，夏志清作品之少，實在是出乎意料。

《中國現代小說史》與《中國古典小說導論》為兩部巨著。其他有四本論著（《愛情・社會・小說》、《文學的前途》、《人的文學》、《新文學的傳統》），一本散文集（《雞窗集》），還有三本評論集、序跋之類的著作。包括大量重複收入的文章在內，總共加起來不過十部作品。除去兩部文學史類巨作，所見其他作品都是文章合集的尺牘薄冊（估計未見的幾本也不會長）。就夏志清的身份才華和出版的作品數量看，實在不能算多。在《新文學的傳統》一書〈自序〉中，夏志清說：「本書收集了近作十八篇：三篇寫於一九七六年（同年另有四篇已集《人的文學》），一九七七年寫的五篇，一九七八年寫的六篇，今年（一九七九年）寫的三篇。這四年中還寫了回憶過去、雜談電影的散文好多篇，與本書所集性質不同，一時尚不便結集。」「性質不同」、「不便結集」的文章，所指的當是後來的《雞窗集》中的散文。「好多篇」，實際是九篇文章。」一年寫五至七篇

論學文章，隔二、三年出一本合集小冊，四年寫九篇散文，就今日之標準來說，進度無論如何不能說是快的。較之前輩錢鍾書，後輩李歐梵，及國內外諸多學人，夏志清造字速度實屬緩慢。

2

《雞窗集》是夏志清的一部散文集，其中只有十一篇文章是散文，其他的應算論學文章。十一章中，三篇記錄求從幼年到大學的求學生活，四篇介紹了自己愛好電影的經歷，一篇談平劇，再就是三篇悼文。對個人生活、求學、工作經歷的記錄，夏志清是屬於貧瘠的。在〈歲除的哀傷——紀念亡友哈利〉（《雞窗集》）一文中，夏志清難得的記錄了一段自己婚後有女的生活，這可能是其文章中僅有的呈現——

> 今年元旦，有位主編從臺北打電話來同我拜年，同時不忘催稿。拿出舊稿重讀一遍，覺得這次聖誕假期，更不如往年，更沒有時間作研究、寫文章。自珍即要 6 歲了，比起兩年前，並沒有什麼進步。這幾天馱著下樓梯到底樓門廊空地去玩。她騎在我肩上，非常開心，只苦了我，多少該做的事，永遠推動不了。馱她時當然不能戴眼鏡。昨夜大除夕，美國人守歲，少不了喝酒。有人喝醉人，在靠近大門前吐了一地，我看不清楚，滑了一交，虧得小孩未受驚嚇。二人摔交，我左掌最先著地，承受了二人的重量，疼痛不堪。虧得骨頭未斷，否則大除夕還得到醫院急診室去照 X 光，上石膏，更不是

味道。我用功讀書，數十年如一日，想不到五六年來，為了
小孩，工作效率愈來愈差，撫摩著微腫的左掌，更增添了歲
除的哀傷。

這一段文字所流露的哀傷與酸楚，深切之極而實非做作。陪著
女兒遊戲，當是做父親極大的幸福。夏志清卻道「她騎在我肩上，
非常開心，只苦了我，多少該做的事，永遠推動不了。」「我用功
讀書，數十年如一日，想不到五六年來，為了小孩，工作效率愈來
愈差，撫摩著微腫的左掌，更增添了歲除的哀傷。」作為一個學者，
不能專心於自己的研究，空任時光逝去，令人惋惜。作為一個父親，
有這種牢騷，卻不能讓人原諒。但其中一句「自珍即要六歲了，比
起兩年前，並沒有什麼進步」，讀來很讓人困惑並隱隱不安。又重
新翻讀林以亮為《雞窗集》序中的一句：「自珍是志清的愛女，自
幼身體不夠健全⋯⋯」在〈重會錢鍾書紀實〉一文中，又有錢鍾書
電話與夏志清聯繫，常是祝願小女早日開竅。幾可明瞭，夏志清因
何極少提及家庭、愛女等私人生活，因何會有文中感歎，又因何自
《中國古典小說導論》後難見要著。幾年前，楊絳出版了《我們仨》，
回憶了以錢緩為主的楊錢家庭生活。錢瑗是楊絳與錢鍾書的愛女，
早亡。錢鍾書的朋友為紀念錢瑗，曾出了《我們的錢瑗》一書，聊
算白髮送黑髮的撫慰。夏志清之痛則又是另一番滋味。自一九七二
年有女以來，夏志清的精力、時間再也難集中，想是更不得不為女
兒勞心費神。此真天不憐人。

3

在《雞窗集》中，夏志清記錄一件事：「那次我去宋家集會，可能宋淇有意做媒，也說不定。楊絳本家有位才女，宋淇要我見見，只是那晚她是否在場，我已記不清了。我只記得楊家寓所離我家不遠，硬了頭皮去拜訪過兩次，那時我同哥哥一樣，心裏只愛自己看中的女孩子，對別的女孩子不可能發生興趣。在楊小姐家裏我見到她爸爸，真是位白首窮經的宿儒，小姐本人國學根基也極深，我那時專研英國文學，對國學相當外行，自感學問太差，也就不去看她了。」

夏志清所說的楊家才女，是楊必，楊絳先生的小妹妹，一位文學翻譯家。許淵沖就對楊必的譯文很是推崇，把楊必和傅雷齊觀：「看看中國的外文界，翻譯界，真正名符其實的名家，寥若晨星。在我看來，英譯中要達到楊必《名利場》的水平，法譯中要達到傅雷譯作的水平，才可以算是翻譯文學，譯者才可以算是名家，因為他們的譯作可以和創作並列於文學之林而毫無遜色。」（《追憶逝水年華》）

楊必行八。楊父愛用古字，因為「必」是「八」的古音：家裏就稱阿必。楊必一九六八年去世，楊絳做〈記楊必〉，回憶追念楊必短暫的一生。文中簡記楊必譯《名利場》始末：「傅雷曾請楊必教傅聰英文。傅雷鼓勵她翻譯。阿必就寫信請教默存指導她翻一本比較短而容易翻的書，試試筆。默存盡老師之責，為她找了

瑪麗亞·埃傑窩斯的一本小說。建議她譯為《剝削世家》。阿必很
快譯完，也很快就出版了。傅雷以翻譯家的經驗，勸楊必不要翻
名家小說，該翻譯大作家的名著。阿必又求教老師。默存想到了
薩克雷名著的舊譯本不夠理想，建議她重譯，題目改為《名利場》。
阿必欣然準備翻譯這部名作，隨即和人民文學出版社訂下合同。」
「楊必翻譯的《名利場》如期交卷，出版社評給她最高的稿酬。
她向來體弱失眠，工作緊張了失眠更厲害，等她趕完《名利場》，
身體就垮了。」

　　讀楊絳筆下的楊必，很容易聯想到林黛玉。「阿必從小體弱，
一輩子嬌弱。脾氣嬌是慣出來的，連爸爸媽媽都說阿必太嬌了。我
們姊妹也嫌她嬌……」脾氣嬌，身體嬌，又都才華出眾，聰慧異常。
〈記楊必〉記錄了楊必自幼及長的生活片段，親情至深，真情動人。
對楊必的感情經歷，文中未加涉筆。倒是夏志清曾兩次提到過與楊
必的交往。

　　一九七九年，錢鍾書訪問哥倫比亞大學，會晤夏志清，夏志清
講到：「那天上午同錢談話，我即問起她，不料錢謂她已病故十年
了，終身未婚。我同楊璧從未 date 過一次，但聞訊不免心頭有些
難過，一九四三年下半年，我賦閒在家，手邊一個錢也沒有，曾至
楊家晤談過兩三次，討論學問，到後來話題沒有了，我也不好意思
再去了。假如上街玩一兩次，看場電影、吃頓飯，話題就可增多了，
友誼也可持久。偏偏兩個人都是書呆子，加上寓所不大，楊的父親
即在同室，不同我寒暄，照舊讀他的線裝書，不免令我氣餒。」（〈重
會錢鍾書記實〉）

　　這是夏志清和錢鍾書此次會晤中，唯一的學問外話題。一望便知，是對一段前世姻緣的緬懷。楊璧，即楊必。夏志清連名字尚未搞清，可見確實是緣份未到。楊必的學生曾對夏志清說：楊必是很驕傲的，看不起人。如果當年楊夏二人玉成，那簡直就是天下第一對，絕配！

　　年青人戀愛，特別是像夏楊這樣的高知驕傲青年，縱有萬般因由，也全只在「心裏只愛自己看中的女孩子，對別的女孩子不可能發生興趣。」夏志清得知楊必已故，請錢鍾書寄楊必譯《名利場》，藉以紀念這位不便稱之為朋友的朋友。

4

　　夏志清的成名作是《中國現代小說史》。這部著作給我的第一感受是敢於直言，在文學世界裏是其所是，非其所非，憑著個人感受我行我素。陳獨秀的〈文學革命論〉「真可謂集無知與不負責任之大成」；「《故事新編》的淺薄與零亂，顯示了一個傑出的（雖然路子狹小的）小說家可悲的沒落。」郭沫若的「詩看似雄渾，其實骨子裏並沒有真正內在的感情：節奏的刻板，驚嘆號的濫用，都顯示缺乏詩才。」《三個叛逆的女性》「成了笑料的泉源。」另一方面，「在中國現代小說中，能真正反映出當代歷史，洞察社會實況的，《蝕》可算是第一部。」在得景色神髓，人類微妙感情脈絡的勾畫上，「現代文學作家中，沒有一個人及得上」沈從文。夏更直言，沈從文、張天翼、錢鍾書和張愛鈴是中國現代最偉大的四位小說

家。讀到這些，不禁莞爾。夏志清把結論下的如此乾脆俐落，明白無遮，就如一個初出茅廬、胸無城府的毛頭評論家，絲毫不懂得油滑中庸，不知道給自己留條後路。

小說史或文學史或文化史，在我印象中多數是還未看完就已面容模糊，似曾相識：對缺點或是不提或是來幾句象徵性的過場話，特別是對大作家，就像我寫的很多工作總結一樣；所說優點又多是不說也知道的正確的廢話。我想寫某種文學史的作家都會面臨一個基本困境：如何處理好忠於史實與作者個人主觀見解、情感取向的關係。忠於前者，是為保歷史之清白；違背，往往並不是自己想要如此，恰是為了表示極盡忠於歷史，而渲染過度。於是便畏首畏尾，不敢說話。如果作者本身根本就無見，則文學史更成了紀事年表。是否忠於歷史，不是一時之間可以下結論的。但忠於自己的真實感受，是忠於現實忠於歷史的首要。夏志清的小說史吸引人，首先是不拿「自己的真誠反應去適應一套關於中國現代小說的既定理論。」

夏志清絕頂聰明，他對作家的獨悟，很令人回味。他說魯迅「不能從自己故鄉以外的經驗來滋育他的創作，」「是他一個真正的缺點。」「只有當冰心忍往不去談理說教，」「她才是一個相當具有感性的作家。」對蔣光慈、丁玲及蕭軍，他說「現在看起來，這些作家的一生似乎比他們的作品更有歷史意義」。直言與獨悟就難免有偏頗遺漏，如夏志清自己所言，對魯迅的《狂人日記》評價低了，遺漏了蕭紅這位他認為較重要的作家；同時，這也使夏志清的很多觀點難以令人苟同。倒是這樣，他的《中國現代小說史》有了內在的個性。

　　小說史在內地一經出版，即有評論家指出夏志清的兩點功績：一是張愛玲、錢鍾書的竄紅得益於他的宣傳；二是找到了中國出不了諾貝爾級文學大師的原因。這些「功績」，今天看來，當然簡單偏頗，經不起推敲。如果張、錢的掘起是因為夏的宣傳，那在夏眼中與之齊名的張天翼，以及師陀何以至今沒有達到張、錢的盛名？如果沒有夏志清，張、錢是不是現在還默默無聞？政治因素就是中國出不了大師的原因？夏志清對中國現代小說史是有貢獻，但也絕沒到一言興邦、一言喪邦的地步。

　　夏志清的批評原則和批評方法，主要得益於他較早的接觸到了西方文學的一些精華。他所接觸的那些東西，如今漸為人知。他的文學批評原則和批評方法在當下已稱不上新鮮，也無高深難解的理論體系，但卻是最樸實、最難得的，一種在堅持個人化體味和思考的基礎上的充滿人性關懷和文學關懷的文學原創。夏志清的小說史是一個人對文學的獨立思考和創作，而不是記敘或轉載。四十多年後，夏志清對很多作家和作品的見解，仍能以其深入獨到引發人們的思考，就不是一件可以忽略的事情。

　　這部著作的國內版本，由復旦大學出版社在二〇〇五年出版。從夏志清在序言中的介紹來推斷，這個版本應是比原本刪減了四分之一至三分之一，但這已不影響窺「豹」之全貌。

5

　　原版《中國現代小說史》，為英文著作，一九六一年由耶魯大學出版社出版。此書一經出版，立即引起國際漢學界的注意，夏志清也因此成為研究中國現代小說的重鎮。可以設想，挾研究中國現代小說的氣勢，夏志清下一步必會在中國現代或當代文學研究領域再起風雲。七年之後，擺在人們面前的，卻是奠定夏志清在二十世紀國際漢學權威地位的另一部重要著作《中國古典小說導論》（一九六八年英文本哥倫比亞大學出版社初版）。

　　無獨有偶，在夏志清的中文著作中，也出現了這一「返古」現象。一九七四年，臺北純文學出版社出版了他的《文學的前途》（上海三聯書店二〇〇二年出版）。一九七九年，臺北時報出版公司出版了《新文學的傳統》（新星出版社二〇〇五年出版）。從「現代」回到「古典」，從「前途」回望「傳統」，這種一百八十度的大轉彎發生在一個研究現代文學的專家身上，是很有意思的事。

　　《新文學的傳統》是夏志清的一部學術隨筆集，收錄了夏一九七六至七九年的部分文章，是夏志清出版較晚的一部著作。也是一部回顧與反思意識較濃的作品。夏志清的反思，不單純是對過去的回顧，還包括對當代文學（臺灣文學）的思考。也正是這種對過去與當代文學的雙層思考，或許能夠讓人從中找到夏志清發生上述轉變的緣由。

　　在《新文學的傳統・自序》中，夏志清開宗明義，宣佈了自己的「回歸」：「我在《中國現代小說史》裏曾嘲笑陳獨秀那篇〈文學革命論〉，現在思想他當年提倡『國民文學』、『寫實文學』、『社會文學』，的確為新文學家指點了一條必走的路徑，而他所要打倒的『貴族文學』、『古典文學』、『山林文學』的確一直沒有給新文學家多少創作的靈感。『文學革命』以來，文學史家耕耘最勤而收穫最大的那塊園地也即是我國固有的『國民文學』、『寫實文學』、『社會文學』（胡適簡稱之為『白話文學』）。因此我可以說『新文學的傳統』，不單指現代文學，也包括了屬於同一傳統的古代文學。」這番話，有兩點需要注意：一個是夏志清對五四文學觀點態度的轉變；一個是他所矚目的古典文學是指有「新文學的傳統」的古典文學。這兩點又是糾纏在一起的。

　　夏志清的轉變，來自於對當代文學的切身體會。《新文學的傳統》分四輯：第一輯「新的傳統」，收兩篇文章，一篇是對當代四位台港作家寫的中國現代文學史的合評；另一篇是《中國現代小說史》中譯本序。第二輯「五四人物」，漫談胡適、陳衡哲、許地山、顧一樵諸人作品。第三輯「當代小說」，是作為權威的夏志清對臺灣本土當代文學的掃描。最後一輯雖為「師友文章」，學術氣息依然不減。這四輯的內容編排，可進行比較分析。把兩篇與文學史有關的文章作為第一輯，主要是為起到提綱挈領的作用，並為以下三輯樹立標準。在第一輯的「指標」衡量下，其下三輯「五四人物」與「當代小說」、「師友文章」又形成一種潛在的比較。而第一輯中，夏志清在合評四部文學史時，把自己的一篇小說史序並列編輯，其意不言自明，不僅是通過比照，來表達自己的觀點，也是為進一步

凸顯幾部文學史的不足。其所言：「文學史不斷會有人重寫，但流水賬式的文學史，求全而不求精，而且對任何一位作家未備較精闢的評傳，只能算是『文學史參考資料』」（〈現代中國文學史四種合評〉）。所指已經很直白了。

在對臺灣本土小說的掃描中，夏志清所說可看作是他對當代文學做的小結：「稍微涉獵過現代中國文學的西方讀者，見到當今臺灣小說中有這兩世界並存———一個是絕望的知識份子的世界，一個是人道主義式充滿希望和樂觀的世界——大概不會感到詫異。西方讀者早已在現代西方文學中見慣了更極端的虛無主義及絕望的思想，我相信他們讀到臺灣小說中刻劃貧苦生活的作品，見到它們所描寫那些單純的人物遇到的痛苦和歡樂，以及這些人在逆境中，為求生存、求尊嚴而發揮的驚人力量，會特別為之感動不已。」（〈臺灣小說裏的兩個世界〉）這番貌似平靜的陳述，流露的是對當代文學的失望。對絕望的知識份子的世界和人道主義的表現，當代文學依然是幼稚單純，力不從心。在聯合報小說獎和中國時報小說獎兩次評選活動中，夏志清均著長文詳評入圍或獲獎作品，失落與失望之情溢諸筆端。

把對一般作者的參評作品分析列「五四人物」的作品分析之後，並非是把參評作品與五四作品進行比較。夏志清是用對「五四人物」作品的分析，來完善自己對當代文學的批評。在這個過程中，夏志清也完成了自己由「現代」向「五四」的「回歸」。但是，這個「回歸」不是盡頭，它不能滿足夏志清對現當代文學的失望與追求，他依然要從「五四」的背後來尋找更為深遠的「新文學的傳統」。

　　在《新文學的傳統》之前，夏志清有一本小書《人的文學》很值得關注。在同名文章中，夏志清說：「讀中國現代文學，讀到舊社會的悲慘故事，我總不免動容，文字的好壞反面是次要的考慮。只要敘述是真情實事，不是溫情主義式的杜撰，我總覺得有保存價值，值得後人閱讀回味。」由此可以知道，夏志清所言「新文學的傳統」是指帶有現實關懷的「人的文學」。在《新文學的傳統》中，他強調、解釋上述這番話：「這兩句能引起誤讀，以為我放棄了小說是『藝術』的看法，只要敘述『真情實事』就夠了。其實這是我退而求其次對『新文學』的看法。『五四』、『三十年代』完美的小說實在太少，若僅用藝術觀點去讀它，有些重要的小說家反面得不到公正的評斷。我那兩句意思是說，這些小說，即當『社會文獻』、『歷史文獻』讀，也仍有其極大的意義的。」（〈正襟危坐讀小說〉）

　　至此，可以理解，在現代文學的道路上，夏志清越走越覺得失落。他從中國現代小說出發，卻發現在當代文學之路上，竟是前途渺茫，出路難尋，無奈之下，轉身重返五四，並沿著「人的文學」的「路標」，一路走了下來。在這條路上，他完成了那部力作《中國古典小說導論》。在《人的文學》一書中，有三篇夏志清對古典作品中「人的文學」的研究重文：〈《隋史遺文》重刊序〉、〈文人小說家和中國文化──《鏡花緣》新論〉、〈新小說的提倡者：嚴復和梁啟超〉。這三篇文章可讓人在管窺中確信，夏志清是大有所獲。

6

　　夏志清的散篇文章，多為給人寫的序跋，五千字以下的「短文」幾乎不見；在內容上，落筆必談學術，並在有意疏通古今文學的淵源。此應亦是難得落筆之故，落筆必談學術，必「一文多用」。夏志清的學者、作家朋友及後進晚學不在少數，凡有出書，常有求序者，又多有邀請參加各種文學評獎比賽的，參加則需報導賽況，或書寫評選總結。凡此種種，照說多為人情文章，應酬而已，或只談一書之見，亦無不可。夏志清著文，斷不會如此。要落筆就落得四平八穩，密不透風。學術文章不必說，師友文章、為人序跋，照以學術眼光視之。懷人論書，必追其人學術思想，文字淵源，一旦論及學術淵源，難免技癢，則正好論宗數祖地大大抒發一番個見。由其人學術與文章，常延至對社會文學背景與思潮的剖陳，由一地之文學思潮，又會延伸至他國文學思潮。談及具體文章，除去條分縷析，還喜以古典、外國或同代作品對比為例，一旦有了新的話頭語點，又是一發不可收拾。故不論何種文章，夏文多是洋洋灑灑萬言書，五千字以下的「短文」幾乎不見。他淵博貫通，又多創見，行文左右逢源，俯仰皆是，寫至酣處，常是韁不自持，而使欲寫其人其書偏安一隅，只顧獨自暢快。借雞下蛋，成為夏志清貫用「伎倆」。在〈何懷碩的襟懷——《域外郵稿》序〉中，夏志清談到中國古代藝術、歐洲中世紀藝術，論及王維、艾略特、蕭伯納、羅斯金和馬思立諸多人藝術特點，

藉以比照何碩懷的藝術。〈《林以亮詩話》序〉一文，上篇起於新文化運動新詩談，上乘中國古老詩歌傳統，揉之以十九世紀浪漫主義風格介紹，為林詩的出場理清眉目；下篇中，以林以亮經歷為弦，響港臺文學和教育現狀之音，又於其中著重推介了一位與艾略特齊名卻已少被人提起的英國大批評家墨瑞。夏文雖時常瞞天過海，卻從未給人反客為主、主次不分之感。一是因其源博，雖旁徵博引，卻俱恰到好處，毫不牽強附會；二是其深得為文之妙，雖是在畫自己的「龍」，卻善於於關鍵之處為他之文點「睛」。如此，則轉承起合，一氣而成。助陣雖龐大，不僅不掩主角光彩，反而相得益彰，賓主盡歡。也有例外。在為唐德剛《胡適雜憶》作序時，想是因二人關係稔熟，又正巧對胡適也有不少想說的，在意料之外也在情理之中，就把唐德剛閒置一邊，自說自話起來。這一篇序分六部分，與以往稍有不同的，是每一部分文章都加了標題，愈看出夏志清是早有所思，急於一吐為快。第一篇楔子式的短文照例是說唐德剛之治學風采，尚沒忘主人，第二至五篇：1950年代的胡適、胡江冬秀、女友韋蓮司、胡適與陳衡哲，則基本無關唐德剛事。至第六篇，才又想起自己這是在為人做序，三紙無驢，終是不能說得過去，才又說道：「序文雖已寫得很長，我所討論的主要是『五十年代的胡適』和『胡適及其太太和女友』這兩個題目。但《胡適雜憶》不單提供了不少胡適傳記的珍貴資料，也不單是他晚年蟄居紐約那一長段時間最忠實的生活素描和談話記錄，它也是胡適一生多方面成就的總評。」又以「當代第一人」為名，綜述起唐書。觀此文，若為序者，只有第一、六兩篇首尾文章足夠，其他四篇皆不加修飾的「喧賓奪主」。

　　夏志清著文游刃瀟灑，卻並非全是偶然天成，也自有一番嚴謹辛苦在其中。讀文章時，這一點是能感覺出的。在〈黃維樑的第一本書——《中國詩學縱橫論》序〉中，夏志清說：「為了寫序，最近把黃維樑八年來寄給我的一大束書信重溫一遍。」想必在寫〈最後一聚——追念吳魯芹雜記〉、〈亡兄濟安雜憶〉諸文時，過往的書信也是一定要重溫的了。在〈《胡適雜憶》序〉中，夏志清說：「近年來我為朋友寫序，借用胡適一句話，『覺得我總算不會做過一篇潦草不用氣力的文章。』每篇序言總是言之有物，不是說兩句空泛的捧場話就算數的。」此言確實。凡落筆為文，不管是何用途，夏志清都一視同仁，嚴格以對。夏志清自嘲：「除了學術文章外，我寫的中文稿，不是序跋，就是悼文。」夏志清的序跋，絲毫不遜於普通的學術文章，至於悼文，且看〈悼念陳世驤——並試論其治學之成就〉、〈追念錢鍾書先生——兼談中國古典文學研究之新趨向〉諸題目，便可會心，若把學術的標準放寬範一些，或就某些問題而言，他寫的那些序跋和悼文，都無法排除在學術範疇之外。夏志清的文章，即是寫給別人的，也是寫給自己的；即是應景答情，也嚴謹認真。其文篇篇菁美嚴整，而一無雜蕪。

何兆武的哲學人生和人生哲學

1

《上學記》。一看名字，就喜歡上了。一口氣讀完，沒怎麼覺得
累。聽老人聊天就是這樣，不用動什麼腦子，聽著就是，說不定在哪
兒，就冒出段有趣的事，跟著他說的浮想聯翩去了，自己也不知道。

我常想，歷史應該是什麼模樣？一種應該是大家都見過的，由
勝利者和高雅的上層階級寫的。干戈殺伐，朝代更替，傳奇風流。
這樣的歷史千人一面，勝利者是正面的，失敗者是反面的，而且看
不到悲慘的底層。讀這樣的歷史要時刻想著打折扣，打美好一面的
折扣。因為，歷史從來不是純粹的精神發展和價值判斷。還有一種
歷史有著清晰的模樣，那是「一個人」的樣子，帶著人的眼神和體
溫。許倬雲說：「歷史是一大串特定的時間，而不是一大串共通過
的現象，我們要將這特定的時間給予好的解釋、清楚的敘述，這就
是歷史學與其他社會科學的基本差異。」對於何兆武老人來說，歷
史就是他的人生，就是回憶錄《上學記》裏對那「一大串特定的時
間」，充滿感情和理性的重溫。

　　小時候，看各系軍閥唱著「三國戰將勇，首推趙子龍……」的軍歌進出北京城；也聽公案評書，看楊小樓的戲；跟著高年級的同學念「仁義理智信，德謨克拉西」的對聯，跟著學校參加學生遊行。後來，鬼子來了。在戰火中，或跟著家庭，或隨著學校，顛沛流離，四處遷徙。一生中最美好的時光，幾乎都是在遷徙中渡過的。遷徙也成為對人生對歷史的觸摸和體驗。聞一多、張奚若、雷海宗、馮友蘭、金岳霖、吳晗……何佶（呂熒）、殷福生（殷海光）、楊振寧、王浩、鄭林生……活著的，或是死去的，那些難忘的師長和同窗，他們的遭遇和人生；一首歌、一個話題、一本書、一頓飯、一個酒館，在細碎的不能再細碎的一件件事中，勾畫出自己眼中的歷史。

　　何兆武回憶錄中最吸引人的，要算對西南聯大的老師和同學們的回憶。「再如沈從文先生的中國小說史，那個課人數很少，大概只有六七個人聽，我旁聽過幾堂並沒有上全。沈先生講課字斟句酌，非常之慢，可是我覺得他真是一位文學家，不像我們說話東一句西一句的連不上，他的每一句話，每一個字都非常有邏輯性，如果把他的課記錄下來就是很好的一篇文章。」課堂上的沈從文原來如此。不一樣的聲音來自吳晗。文革後，清華給吳晗立了像。應該是政治原因吧，但何兆武仍問：為什麼單給他立像？比他優秀的人才太多了。何兆武講吳晗的幾件事，先是舊時代，吳晗當二房東。自己租一間很大的房子，然後分租給各家。「二房東」在舊社會是個很不好聽的名詞，被認為是從中剝削吃差價。吳晗經常趕人搬家。何兆武直言，被轟過好幾次。也許是因為這個原因，在躲轟炸，跑警報時，何兆武說：這個時候，梅校長「還是不失儀容，安步當車慢慢地走，同時輸導學生。可是吳晗不這樣，有一次拉緊急警報，

我看見他連滾帶爬地在山坡上跑，一副驚惶失措的樣子，面色都變了，讓我覺得太有失一個學者的風度。」還有一件事，是當時講中國通史的吳晗很年青，在學校輩份很低，竟然也學權威教授，在考試中給全班同學不及格。此後，他感覺吳晗總有個情節，總想擠身名教授之列，或念念不忘自己是名教授。

歷史沉重，講得再怎麼輕鬆，也是沉重。那個年代的中國，讓人高興的事不多。何兆武和他那一代知識份子的幸福又在哪裡？是什麼支撐著他們走過那段最艱難的時光？讀書、治學，還有對未來美好的憧憬。在西南聯大的課堂上，老師也胡扯、罵人，「但我非常喜歡聽，因為那裏面有他的風格、他的興趣，有他很多真正的意思。」大學裏「自由散漫的作風」、自由的學術氛圍、「蹺課、湊學分與窗外的聆聽」，「現在回想起來，我覺得最值得懷念的就是在西南聯大做學生的那七年了，那是我一生中最愜意的一段好時光。」……「讀書不一定非要有個目的，而是最好是沒有任何目的，讀書本身就是目的。」「舊社會沒有標準教科書，考試沒有『標準答案』，各個老師教的不一樣，各個學校也不同，有很大的自由度。我覺得這有一個最大的好處：教師可以在課堂上充分發揮自己的見解……」

從書裏，材料堆裏找來的歷史，少了很多東西，溫情、細膩，還有細節的真實。那是歷史的歷史，不是人樣的歷史。我家有個老人，在戰場上劫後餘生。後來，出奇的長壽。在他身上，死是一種經歷，不是結果。死過一次，也就超脫了，再沒什麼放不下，想不開。歷史沉重，在何兆武那一代人身上卻顯得豁達、從容。也是這樣。真正經歷過了，就沒有什麼放不下，想不通。哪怕是再沉重的。

他們那一代人是真正理解歷史的一代，不僅能把歷史拿起來，裝進心裏，還能把歷史從心裏拿出來，放下。他們是歷史的一部分，他們是那段歷史的樣子和聲音。

2

何兆武早年攻讀歷史，自認求索無果，難有成就，便轉讀哲學。這倒成就了何兆武，在哲學路標的啟引下，反而摸索走出一條通向歷史天城的道路。

濃郁的哲學色彩和歷史思辯色彩是何兆武的顯著特徵。相較於紛繁蕪雜的歷史表像，他更專注於歷史內在的思想進程和倫理構建，更樂於把歷史的表像投射到更為廣闊的人類思想史和文明史的背景中，從哲學的角度來審視人生，觸摸歷史。這也成為《上學記》最迷人的地方。在對人生每一步的回憶中，總能找到何兆武充滿哲學色彩的提問和思考。何兆武回憶他和王浩關於「幸福」的討論：

人是為幸福而生的，而不是為不幸而生，就「什麼是幸福」的話題我們討論過多次，我也樂得與他交流，乃至成為彼此交流中的一種癖好。他幾次談到，幸福不應該是 pleasure，而應該是 happiness，pleasure 指官能的或物質的享受，而幸福歸根到底還是包括精神上的，或思想意識上的一種狀態。我說，幸福應該是 blessedness（賜福），《聖經》上有云：「饑渴慕義的人有福了。」可見「福」的內涵是一種道義的，而非物質性的東西。他說，那麼宗教的虔誠應該是一種幸福了。我說，簡單的信仰也不能等同於幸

福，因為它沒有經歷批判的洗練，不免流入一咱盲目或自欺，只能是淪為愚夫愚婦的說法。一切必須從懷疑入手。於是我引了一久前看到的 T.S.Eliot 的一段話：「There is a higher level of doubt, it is a daily battle. The only end to it, if we live to the end ,is holiness. The only escape is stupidity.（有一種更高層次的懷疑，它每天都在不斷地[與自我]戰鬥。如果我們能活到有結果的那一天，它唯一的歸宿就是聖潔，唯一的逃脫辦法就是愚蠢。）」他聽了非常欣賞。幸福是聖潔，是日高日遠的覺悟，是不斷地拷問與揚棄，是一種「dunch leiden, freude（通過苦惱的歡欣）」而不是簡單的信仰。

也許，這就是理解何兆武人生哲學的一把鑰匙。

康德是何兆武哲學思想的重要基礎來源之一。他曾翻譯了康德的《歷史理性批判論文集》等作品。康德最吸引何兆武的地方是他成為 17、18 世紀人性學家偉大傳統的繼承者和發揚者。純粹理性和人性到康德手裏得到一種嶄新的綜合，從而達到了一個遠遠突破前人的新高度。前人把理性簡單地理解為智性或悟性，康德則賦之以更高的新意義，把一切智性的以及非智性的（道德的和審美的、意志的和感情的）都綜合在內，於是理性便突破了智性的狹隘範圍，理性哲學才成為名副其實的理性哲學，才上升到全盤探討人的心靈能力的高度。哲學也由工具理性的一個邏輯框架或結構，成為有血有肉的活潑潑的生命。受康德的影響，何兆武看待歷史的命題也帶有濃厚的哲學色彩，或者說是將歷史研究上升到了哲學高度，以歷史賦予了哲學有血有肉的生命感。何兆武看歷史的哲學命題可分為三類：一是人類文明的理性分裂：在所有物種之中，人類是唯一在知識上和技能上可以不斷積累的物種，但另一方面，人的道德

情操或精神境界卻是無從積累的，後人不會在已有的基礎上不斷提高，每一個依然是從零開始。於是，導致了人類文明的理性分裂：純粹理性（或工具理性）在前進時，實踐理性（或道德理性）卻牛步遲遲永遠都從原點上重新起步。毫無疑問，今人的知識是古人所望塵不及的，但今人的德行也比古人高尚嗎？是否人類就永遠註定了要在這樣一場理性的二律背反之中摸索著前進？二是歷史發展中的邏輯矛盾：既然歷史的進程不以人的意志為轉移，那麼人的意志的努力對於歷史的進程便無能為力，也無所作為。但事實卻是，全部人類歷史乃是徹頭徹尾貫穿著人為的努力的；沒有人的意志作用，就沒有人類的文明史。三是知識的力量被引向何方？知識就是力量。但力量究竟被引向何方，是造福人類，還是為禍人類？這卻不是知識本身，也不是科學本身的事了。如果說知識是要由德行來引導，可是德性又由誰來領導呢？人類有能力使我們的世界和我們的歷史漸漸入於佳境嗎？所有疑問又都可歸結為康德所問：人類是在不斷朝著改善前進嗎？這一追問貫穿於何兆武歷史行進的整個進程。

3

何兆武認為，一個歷史學家不但同時也必然是一個思想家，而且還必須首先是一個思想家，然後才有可能談到歷史。對歷史理解的高下和深淺，首先條件並不在於材料的堆積而是取決於歷史學家本人的思想方式。歷史學家本人思想的高度和深度要比其他任何條

件都更積極而有效地在形成著人類知識中的歷史構圖。清理史料只不過是機械性的工作，只有歷史學家的思想才能向一大堆斷爛朝板注入活的生命。所以，在何兆武眼中歷史理論和史學理論就成為歷史學中帶有根本意義的一環。受康德歷史理性批判的影響，何兆武在《歷史理性批判散論》中提出當代中國歷史學也需要認真進行一番「歷史理性的重建」。對於歷史學或歷史認識的本性首先進行一番批判，這是歷史研究所必不可少的一項前導工作。歷史學家是不可能超出自己的認識之外去研究歷史的。任何歷史認識都只能侷限於歷史學家自身的認識。史學理論的首要工作就是批判其自身的歷史認識的本性，也即歷史學的本性。從邏輯上說，不首先反思歷史學的本性，即歷史學如何可能成其為歷史學，就逕直去探討歷史的本質，便不免有陷於盲目的獨斷論的危險。因此，研究歷史學哲學就應該先行於研究歷史哲學。歷史學家的工作就不僅是對歷史理論上的反思，而且首先還需對歷史學本身進行理論上的反思。這往往是被大多數實踐的歷史學家所忽略了。

在何兆武眼中，追求人生的美好，不是化學家的任務，也不是經濟學家的任務，但它永遠是一個歷史學家所不可須臾離棄的天職。受父親的影響，何兆武對政治並不熱心。但是，對國家的忠誠，對政治的遠而不疏，卻成為他們那一代多數知識份子最明顯的特徵。學生運動、政局動向、國內外的戰勢，「旁觀者」何兆武總是有著自己的看法。對國家和民族的關切，使他無法擺脫「局內人」的角色。何兆武說：「我想，幸福的條件有兩個，一個是你必須覺得個人前途是光明的、美好的，可是這又非常模糊，非常朦朧，並不一定是什麼明確的目標。另一方面，整個社會的前景，也必須是

一天比一天更加美好⋯⋯」「追隨著五四時代的精神，把民主、自由和科學當作矢志不渝的追求，把國家整體的富強當作永恆的理想」，是他們那一代人的信念和幸福。

何兆武的回憶錄《上學記》，是本簡易平實的小書。老先生對人生的記述和看法，有很多東西，其實並不像在書中看到的那樣淺顯。一個人不管他是或者不是一個歷史學家、哲學家，把追求人生的美好作為自己的任務，他的人生都不會像我們看到的那麼簡單。關於歷史研究，何兆武先生的美好願望是希望將來有一天，歷史學家能把傳統史學的人文理想和價值、自然科學和社會科學的嚴格紀律和方法、近現代哲人對人性的探微這三者結合起來，使人類最古老的學科（歷史學）重新煥發出嶄新的光輝來。

席澤宗《中國科學史十論》的教育啟示

1

　　茅以升有種獨特的教學方法：每堂課的前十分鐘，指定一名學生就前次學習課程提出一個疑難問題，如果提不出來，則由另一學生提問，前一學生作答。問題提得好，或教師都不能當堂解答者，給滿分。陶行知觀摩以後，大感興趣，認為是「教學上的革命」。這是席澤宗在《中國科學史十論》第四講「中國傳統文化裏的科學方法」裏講到的一件事。席澤宗先生講這一部分的主題是「審問之」，專門講提問題，在做學問中的重要性。

　　席澤宗旁徵博引古今中外賢哲關於提問的高論。〈物理學的進化〉中，愛因斯坦說：「提出一個問題往往比解決一個問題更重要，因為解決一個問題也許僅是一個數學上或實驗上的技能而已。而提出新的問題，新的可能性，從新的角度去看舊的問題，卻需要有創造性的想像力，而且標誌著科學的真正進步。」一九〇〇年，希爾

伯特在巴黎世界數學家大會上提出了二十三個尚待解決的難題，帶動了整個 20 世紀數學的發展，其中有些難題，至今也還沒有完全解決。「哥德巴赫猜想」就是其中的第八個問題。

　　中國古代，朱熹描述人們的認識過程是：「未知有疑，其次則漸漸有疑，中則節節有疑，過了一番後，疑漸漸解，以至融會貫通，都無所疑，方始是學。」和朱熹的這段話類似的，是《五燈會元》裏青原惟信禪師那段禪語：「老僧三十年前未參禪時，見山是山，見水是水。及至後來親見知識，有個入處，見山不是山，見水不是水。而今得個休歇處，依舊見山是山，見水只是水。」人最初認識事物，只是認識事物的表像，也就是經驗性、技術性階段，故「見山是山，見水是水」。經驗經過分析、綜合、歸納、演繹等理性加工，進入到認識本質階段，即「見山不是山，見水不是水」。通過認識本質再來重新看待事物，山還是山，水還是水，卻已不是表像意義上的「山水」概念。實現這種提升的關鍵就在發疑。席澤宗要講的，茅以升教學方法的目的，都只為說明，只有會提問，才會做學問。

　　我也曾遇到過這樣的一位老師：每堂課初，先指定一位同學充任「老師」，由其他同學向他發問，如有問題能難住這位同學，或老師也不能解答，提問者滿分。如問題都解答正確，則這位同學滿分。我被人問過，也提過問。兩相比較，提問的難度要勝過解答。要提出問題，首先要知道自己會什麼，這便是個梳理和自問的過程。自己會的，別人可能也會，最難的問題，一定是自己不會的。能找到自己不會的問題，這便是學習和提高的門徑。師問生答，學生提問，是培養學生成為自己的老師。今天的世界，早已由認識階

段進入到創造階段,培養學生自己成為自己的老師,便是「授之以漁」,授之以創造的能力。

教師的「問題意識」,影響決定著學生的思維。為師者缺少「問題意識」,就不要抱怨學生缺少創造力和想像力了。

2

我國的數學著作,自漢代《九章算術》起創造了一種表達方式,它將二四六個應用問題,區分為九大部分(章),在每個部分的若干同類型的具體問題之後,總結出一般的演算法。這種演算法比較機械(刻板),每前進一步後,都有有限多個確定的可供選擇的下一步,這樣沿著一條有規律的刻板的道路一直往前走就可以得出結果。這種以算為主的刻板的做法正符合電腦的程式化。吳文俊院士把我國古代數學傳統開創的數學機械化工作應用於數學定理的機器證明中去,在國際學術界引起了轟動。席澤宗在《十論》中的〈科學史與現代科學〉、〈中國科學的傳統與未來〉兩次演講中,都提到了這個例子,我遲鈍的神經也終於從中捕捉到了點什麼。席澤宗的話點出了中國數學的一個本質特性:機械化與程式化。

中國數學自身的這一特點,決定了數學的教學也只能是機械化、程式化的。翻開數學教科書,這一特點歷歷在目。由簡單例題到複雜例題,「每前進一步後,都有有限多個確定的可供選擇的下一步,這樣沿著一條有規律的刻板的道路一直往前走就可以得出結果。」直到今天,中國數學也沒走出這條路。這種專注於工具價值

的教育其弊端顯而易見，它嚴重破壞了人的內在的自然，讓富有生命力的衝動在無精打彩的困倦中慢慢消磨掉。學習者完成的是他人的目標，而不是自己的目標。但這卻是由歷史與現實發展需要決定的。對於一個亟需穩定與實現整體發展的國家來說，在知識上機械化地繼承、推廣，然後以最快的速度應用於生產中的意義，要遠在摸著石頭過河之上。

　　但變化轉瞬即至。社會的發展越來越突出地表現出對全人教育的需求，要求培養出具有創新精神、終身學習的願望和能力等主動性生命形式的人。與之相對應的教育應該是一種關注人的生命質量、終身發展和人的自我完善的極具人性化的教育。「沿著一條有規律的刻板的道路一直往前走就可以得出結果」的教育方式開始受到新教育需求強有力的衝擊。面對衝擊，需要對現有的學科教學做出相應的調整。這種調整，如果只是頭痛醫頭，腳痛醫腳，就會冒極大的風險，結果很有可能是把應該保留的刪除了，把應該淘汰的保留了下來。要解決好這個問題，席宗澤的例子帶來的啟示是好好地讀一讀一門學科發展的歷史。從本門學科的歷史中去瞭解一些教材所承載的知識與時代、社會之間的需求關係（知識的歷史使命），它在本學科發展史中所處的位置與本學科歷史體系中其他知識間的聯繫（來源與去向）等學科的歷史發展知識。尤其是數學、物理、生物這樣一些歷史很容易被人忽略的學科。

　　一門學科的學習模式是怎樣形成的？一定要到它的源頭去看看。這其中一定有著那自源頭而來的古老的基因。需要什麼樣的教育模式，要從這種教育的歷史中去尋找。與中國傳統的「機械化」

相對應是「公理化」。公理化思想起源於古希臘，歐幾里德《幾何原本》就是這方面的代表作，它創造了一套用定義、公理、定理構成的邏輯演繹體系。再往前尋找則更為令人驚訝，西方數學邏輯的起源是「神與人之間的爭論」的方法。近代數學隨著資本主義而蓬勃發展，正是因為其精髓與邏輯融為一體。其實這是發端於古希臘數學的特徵。與中國數學與實用性（目的）、機械化（方式）密切相關的特徵相比，以古希臘歐氏幾何學為代表的數學顯現出的論證性（邏輯性），是中國數學所缺乏的。作為一種思想方法，它比受時空限制的實用性和缺乏生機的機械化更能滿足人的發展的需要。是不是說西方數學就是我們理想中的模式？當然不是這麼簡單。西方數學傳統在機械化、程式化方面大不如中國。在美國小學高年級不會算二分之一加三分之一的大有人在，但是在創新、實踐等能力的培養上卻是成功的。在美國矽谷，程式設計人員多是中國人和印度人，市場開發與決策者多是美國人。這種鮮明的對比不是說市場開發與決策比程式設計要好要高級。一種教育如果只能培養出市場開發與決策者或者是程式設計人員，都不是完善的。這種對比是要讓人看到它們之間不是非此即彼，孰優孰劣的關係，而是一種有效的互補——學科上的技術與思想、實踐與理論，人的自然屬性與社會屬性之間的互補。這當然不是由市場開發與決策和程式設計的差別而來，而是由決定這一現象的兩種不同的學科發展歷史或教育歷史而來的。中國教育在轉型過程中該向他山之石借鑑什麼，借鑑到什麼程度，只有瞭解了雙方的歷史，才能立足於自己的實際「擇其善者而從之」，才不會盲目跟風，由一個極端走向另一個極端。

　　任何一個時代的學科知識都不過是學科發展歷史的「縮簡本」。有利於社會發展的那部分經高度濃縮後，以概要的形式存留下來，以便於被後世儘快地準確掌握。它們也因此缺少了原因、結果，或是失去了彼此間的聯繫。這種殘缺不全的知識因為滿足了社會發展所需而不易被察覺。但是對於做學問、搞決策僅靠這些東西就有點危險了。那些在社會發展中被忽略被刪除的知識，老師告訴學生是學習這門學科應該知道的，為什麼要知道，就未必說上來了，好像它們的價值就是作為這門學科的裝飾。其實這些被忽略被刪除的與這個時代所盛行的知識本身就是一個整體，有了這些東西，這個時代的知識才是完整的鮮活的。正是這些今天看來沒有什麼用的知識一磚一瓦構築了一門學科發展的大廈，在學問的殿堂燈火輝煌後，它們成為了「歷史」。決策者在通過學科的調整決定教育的走向時，其實是在為這門學科和教育尋找歷史的出路，不進入它們的殿堂，是無法實現這一目標的。

卷二　精神艷遇

李澤厚在歷史中尋找美的依據
美的根源，又何嘗不是用美的
線條來構畫歷史的容顏，為歷
史生硬、蒼白、冷酷的面容增
補幾分血色，增加幾分暖意，
增添幾許嫵媚。

聽茅于軾講道德

1

　　茅于軾講道德不是把道德與哲學理念和人類信仰相聯繫，而是把道德看作是一種行為規範和制度安排，這就使道德成為他所擅長的微觀經濟學的考察對象。經濟學家是最「唯利是圖」的人，也是最會「唯利是圖」的人，他們從利益的角度出發考慮道德，能穿透層層表像，直抵道德的本質——功利主義。提倡道德不是為了別的，就是為了每個人的利益。抽象的倫理與信仰成為與人們的現實利益密切相關的東西，就容易啟動人們內心的道德資源，調動人們維護道德的積極性，持久、深化人們的道德實踐。

　　講道德給人最深的印象莫過於為了他人的利益而犧牲自己的利益，因此它是反功利的。茅于軾指出功利主義正是道德的基礎。因為只有別人得到了利益，自己的犧牲才是有價值的，而且別人所得的利益比自己失去的利益更大，這才是道德的正常依據。失去了利益這個目標或標準，犧牲就成為損耗、浪費和破壞。長久以來，人們害怕「道德」，其實害怕的是這種損耗、浪費與破壞。「如果一

項道德準則將使一切人受損，這將不成其為道德，恰恰是反道德的。」不能透過道德在表面上的反功利看到實質上的功利主義，就無法對道德問題作出正確的判斷和評價。

茅于軾對「商業投機」、「金錢萬能」等幾種常見現象進行了分析。他從微觀經濟學角度分析得出商業投機是正常的且有利於商業發展的行為。商業投機要賺錢，只能是低購高售。從整個市場來看，商品價格低時投機集團將它購進，等於多了一個投機需求，防止了價格的進一步下跌；價格高時，投機集團將它拋出，又等於多了一個投機供應，防止了價格的進一步上升。由此可以得到的結論是：「投機集團如果能賺錢，必定對抵制價格的波動作出了貢獻。」追逐私利的行為正是推動經濟繁榮的動力。同時，茅于軾也強調投機行為只有賺到錢，才是有利於社會的，如果虧了本則必定不利於社會，因為他們的活動不是平緩了價格的波動，而是加劇了價格的波動，這就擾亂了市場。所以要限制盲目投機。

一切經濟活動都是交換，交換的目的就是為了賺錢、牟利，既然交換可以滿足雙方需要，為雙方帶來利益，那麼，賺錢牟利就是符合道德的。所以在商業和服務領域，一切向錢看或者金錢萬能並沒有錯。另一方面，貨幣作為財富的象徵和流通的手段，其價值和持有者的身份無關，而且具有極大的流通性。前者使得每個人在金錢面前都是平等的，後者擴大了人們的消費範圍。因此貨幣衝擊著原來只供少數人享受的消費特權。貨幣的出現要求在商業競爭中，排除任何特權的介入；消費領域內手中有錢的人要求金錢面前人人平等。「所以從歷史進步的角度看，擴大貨幣的流通產生了對民主和平等的要求。」「金錢萬能」的問題不是出在

金錢本身，而是在於超出了它的範圍，金錢一旦進入商業以外的領域，如關於人格、基本人權、尊嚴、正義和公正的觀念，就會出大問題。

在市場經濟新體制下，傳統的道德觀念已有改變，例如反對追求物質慾望調整為允許個人發財；從等級制調整為尊重每個社會成員的平等權利。但這種變化因為缺少了經濟角度的分析與支撐而無力、猶豫、緩慢，可以說人們還沒有真正建立起與市場經濟相對應的道德觀念體系，傳統的道德觀仍要作出重大調整。這次調整與以往任何一次的根本不同在於，它是以個人利益為前提的社會總體利益的收益為標準和依據，使道德成為可量化的實際利益，從本質上挖掘、充實了道德的內涵和屬性，通過利益特別是物質財富的創造來實現倫理與信仰的轉變。但也要看到，傳統文化越深厚，要完成這個轉變也就越困難，而且要防止轉變中可能走向另一個極端，即私欲膨脹，把傳統道德中應繼承和發揚的部分傳統反掉了。因此茅于軾特別指出要區分市場運行和市場規則。市場運行是由自利的動機所驅動，而市場規則則不能靠自利的動機去維護。市場運行應該自由，市場規則卻是絲毫不能放鬆的。

2

人們之間的利益互動關係可以分成兩種情況：一種是在利益互動關係中沒有人處於危難等特殊情況，大家基本處於對等的常態中，這種關係被定義為基本關係。另一種是有人處於危難境況，而

其他人沒有處於危難境況，大家處於不對等的特殊形態中，這種關係被稱為衍生關係。茅于軾認為在不同的利益互動關係中，道德的行為特性是不同的。

在基本關係中，我們說損害別人利益的行為是不道德的，可見此種情況下道德只要求不損害他人的利益，並不要求犧牲自己的利益，更不反對追求個人利益，追求個人利益是每個人均等的權利。所以自利要符合道德要求必須有一個界限，這個界限就是自利時不能侵害他人的利益，也包括不侵害他人自利的機會。在這個界限內，自利才能成為社會中每個成員的普遍權利，而不是只有少數人能享受的特權，自利也才能成為維持市場運行、推動社會繁榮的動力。一旦越過這個界限，自利就成為應該受到譴責乃至懲罰的行為，因為此時，它所起到的不再是推動作用而是破壞作用。要求行為主體犧牲個人利益，以救護、幫助處於危難境況中的人則是衍生關係中的道德要求。這明顯是一種較高的道德要求。綜合兩種情況，可以得出道德是行為主體不損人或在他人處於危難境況時予以救助的行為特性。即道德的行為特性有兩層：一層是基本關係中的不損人，一層是衍生關係中的救助人。

在《中國人的道德前景》中，基本關係中的道德行為特性是茅于軾主要闡述的對象。像「義務服務」、「商業投機」、「金錢萬能」以及「平均主義」、「自由主義」等行為，茅于軾都主要是從基本關係的角度來加以分析的。茅于軾的選擇正切中了中國人道德判斷的軟脅。中國人正是對基本關係中的道德行為的判斷出了大問題，問題的主要原因是以衍生關係中的道德要求替代了基本關係中的道德要求。

　　長期以來，人們鼓吹的道德標準都是衍生關係所要求的，當這種道德要求被運用於基本關係中時，在無損於他人的情況下追求個人利益的正當行為也就成了不道德的，人們因此對個人利益等概念諱莫如深。所以，在生活中首先應該強調基本關係中的道德標準，不應將衍生關係中的道德要求錯位到基本關係中。不分境況、模糊地販賣道德說教非但不能有效地協調人與人之間的利益關係，反而會引起人們之間的利益衝突。

　　一個人是出於利益的考慮才有道德的要求，但這有嚴格的界限，即不能影響別人的利益。每個人享有的利益是均等的。因此，茅于軾定義道德的核心是人與人之間利益的等價關係或平等關係。在經濟利益上要對等，在基本權利上要對等，在經濟利益和各項基本權利面前，每個人的機會要均等。沒有均等的機會，就談不上「等價關係」。這種等價關係一旦被打破，必然造成利益和權力的傾斜，一方面使利益與權力集中化，另一方面是使一部分人的利益和權力被剝奪被顛覆，所以，打破「等價關係」的力量就成為造成道德淪喪的根本原因。茅于軾認為「絕對權力的存在是社會道德淪喪的主要根源。」權力一旦不受限制，就會誘使絕對權力的掌握者踐踏他人的尊嚴、利益而逞一己之貪欲。就拿商業投機的例子來說，在公平競爭的市場上取得暴利的機會即使有也是極其難得的，而且常與蝕大本的風險相伴。輕易就謀得暴利的不是依靠投機行為本身而是利用了手中的特權，只有依靠特權才能穩操勝券。「前者是公平競爭，後者卻是不公平競爭；前者有利於社會，後者則不利於社會。」這就是投機牟利和以權牟利的不同。

茅于軾從觀念、基本權利、制度設計等幾個方面提出了中國道德的重建之途。首先，要傳播平等觀念。平等是特權、專制的對立物。專制主義思想、特權思想不清除，就可能有意無意地強化個人崇拜、盲目順從的思想，這種情況下要建立新的社會運行機制，勢必矛盾重重。其次要加強制度設計，保障人們基本權利的平等。在制度設計中，平等不僅在倫理上，而且在邏輯上都是唯一可以被每個人都接受的原則，這個概念的出發點就是人在基本權利上的平等。只有依此原則建立起完善的市場體制，使商品交換盡量不經過「絕對權力」這一環節，才能避免腐敗，保障平等基礎上的競爭，為新道德的確立創造好條件。最後，要健全權力制約機制，優化社會組織環境。要事實上遏制腐敗、消滅特權現象，務必要建立、健全權力制衡機制，使政治、經濟組織制度不再成為滋生腐敗、特權等不平等現象的根源，如此方能正本清源，建立以法治為基礎的道德社會。

3

茅于軾提出道德是一種公共服務。當人們享受到別人提供的道德服務時，自己也願意提供這種服務；當別人沒有提供這種道德服務時，自己也不願意提供服務。這其中蘊含了道德的心理暗示反應，一個人領先做出道德行為，別人往往會跟著效仿；一個人領先做出自私自利的行為，別人也會跟著效仿。由於這一性質，道德能成為一種風氣，在一個道德水準高的社會內，新來的人也會提高自

己的道德要求；一個社會的道德水準一旦退化，道德信任感被破壞，就很難重新建立。道德形成從公共服務或心理角度來說要有一個前提，就是首先要形成大的道德環境。那麼這個大的道德環境，或是最初的道德心理暗示又是怎樣形成與維繫的？又是以什麼狀態存在的？雖然茅于軾指出道德源於交換。在交換中人們認識到合作比不合作好，而產生了道德需要，但是交換中同樣也產生了不道德，並且交換也不能成為維繫道德的力量。

可以先思考這樣一個問題，都有什麼樣的不道德？不道德可歸納為兩種。一種是認識上出了問題，混淆了道德是非的判斷。比如認為義務勞動都是好的，不贊成或不進行義務勞動就是不道德的。但是另一方面，有人無償提供服務，必然就有人不勞而獲享受服務，這種行為也從客觀上鼓勵了另一批人的道德淪喪。或是認為商業投機是不道德的。但是抵買高拋賺到錢的商業投機能有效抑制價格的波動，是有利於市場調節的，對維護市場的穩定作出了貢獻。另一種是實踐中的不道德。實踐中的不道德或是因為認識上的混亂與盲點，或是認識與行為的矛盾，明知故犯。比如在車上不向老幼病弱者讓座、不遵守公共秩序等。認識上的問題在很大程度上屬於理性判斷，而道德實踐則屬於價值判斷。前者可以成為教育學、社會學及經濟學研究的對象，通過教育、引導來彌補認識上的不足，《前景》就是從經濟學角度來分析道德；作為價值判斷，道德純粹是個人化的選擇和實踐，經濟學等說教是無能為力的。

認識上的偏差可以通過教育、學習等方式來解決，要實現實踐中的道德則不是一件容易的事。道德不否認追求個人的利益，道德

的本質就是功利主義。但這有個界限，就是不能侵犯他人的個人利益。個人利益之間的平衡很容易被打破。當道德與慾望特別是巨大的個人利益產生矛盾時，道德多是不堪一擊。道德的崩潰多數不是認識與信仰上的崩潰，而是行為上的崩潰。這種現象並不今天在市場經濟體制下才有，早在自然經濟時代就已經存在了。黃仁宇在剖析中國古代文官一邊道貌岸然以道德為安身立命之本，一邊又寡廉鮮恥大肆貪污的雙重性格時說：「一方面，這些熟讀經史的人以仁義道德相標榜，以發揮治國平天下的抱負為國家服務，以自我犧牲自詡；一方面，體制上又存在那麼多的罅隙，給這些人以那麼強烈的引誘。」「在道德的旌旗下，拘謹與雷同被視為高尚的教養，虛偽和欺詐成為官僚生活中不可分離的組成部分。」只存在於認識中而不付諸實踐的道德不是真正的道德。

　　中國古代基本不是以法律治理天下臣民，而是以五經四書中的倫理為主宰，以道德的教化、規範作用為治理手段。古代的法制建設極不健全，統治一個地域廣闊、人群紛雜的龐大國家，專靠嚴刑峻法是不可能的，而三綱五常這些倫理道德則得到普遍承認，在人們精神上形成了一套共同的綱領。在堅持傳統倫理的人們心目之中，道德的力量遠遠超過了法律的力量。依靠聖經賢傳的教導形成的精神綱領國家才能上下一心，長治久安。即使皇帝也不例外。皇帝要以自己的道德表率為國家作出貢獻而不是憑藉權力。皇位上的人，他的一言一行都要符合道德規範，任何肆意行為地表露都有可能被指責為逾越道德規範。中國古代道德與法治的狀況首先說明了兩個問題：一是在古代道德之所以重要是因為它所承擔的是法治的功能，道德條文是作為法律來使用的；二是過分依賴於道德暴露的

是法治的怯弱。道德本身並不具備強力作用，作為約束行為、維護
穩定的最主要的一道防線，隨時都有崩潰的可能或根本就是名存實
亡。中國古代的倫理道德的建立與淪喪都充分證明了這一點。由此
可見，以道德規範代替法治只是法制不健全情況下的權益之計，隨
著社會的發展，道德約束力的減弱是必然趨勢，該是法治所承擔的
遲早要歸還於法治，同時，道德的養成與維繫也需要外在強力的約
束與支撐，在現代契約社會這種力量正是來自於法治。

　　以法律等制度為道德提供支撐與保障，約束不道德行為是現
代契約社會的重要標誌之一。古代社會是熟人社會和身份社會，
人們之間的關係依靠道德、習俗來調節。現代社會則是一個陌生
人社會和契約社會，個人關係以社會關係為主，關係調節雖然離
不開道德，但主要是依靠法律等正式制度。法律是現代契約社會
順利運作的基本保障。現代契約社會中的道德得以確立和保障同
樣是因為法律。茅于軾談到一個例子。在臨近解放時上海的社會
風氣十分腐敗，歪風邪氣橫行無阻，但解放軍入城後，風氣立刻
幡然一新，老太太也敢於阻止不排隊上車的流氓阿飛，不守秩序
的人乖乖地遵命。茅于軾認為這是因為當出現革命的形勢，大家
期望很快用一個新秩序代替舊秩序，所以社會的道德風氣在一夜
之間就可以改觀。表面看是這樣。建立道德新秩序是大家期待已
久的，為什麼非要在出現革命的形勢，大家才敢把期望變為行動
和現實？根本原因是這時的道德得到了強有力的支撐與維護。這
種支撐與維護顯然不是道德自身的力量，而是來自於外在的革命
的強力。有了這種強有力的支撐與維護道德才得以樹立，正氣才
完全壓倒了歪風。

　　從道德的社會功能來看，實現道德的提升必須標本兼治，既要通過說教，又要依賴完善法律與加強執法。但從當下來看，後者要比前者稀缺的多，因此也就重要的多。根據是整個社會的成員從小就開始接受全方位的道德教育，培養良好的道德行為習慣，但社會風氣、社會成員的道德素質距離應達到的標準相去甚遠，而且道德說教日益流於形式。不道德所造成的損失可能巨大甚至危及生命，卻多是間接損失，如果只以直接結果為判斷依據，就造成懲罰力度與損失危害的嚴重失衡，比如屢禁不止的隨地吐痰和亂扔垃圾，就不僅是教育的問題。不道德的未必是違法的，這就在道德與法律之間留下了很大的空子，比如原先拾到別人的東西不歸還只能算是不道德並不算違法，直到本世紀初這種行為才被確定為犯法。像這樣的空子還有很多。道德是現代契約社會中個人和社會單方面的不成文的契約。契約的內容是個人願意或應該為社會提供道德服務。道德不見諸文字，只存在於人的心裏，很多人正是瞅準了這一點，才肆無忌憚。世界上道德聲譽極高的國家多是法制健全，執法嚴明的國家。在這些國家，道德被最大限度地納入法律的約束範圍之內，獲得強有力的維護，不道德的行為必遭嚴懲。像道德素養世界一流的新加坡，吐痰、吐口香糖、隨地亂扔髒物之舉除去罰款，還要被處以極重的體罰──鞭刑。由受過專業訓練的「衙役」操刑，一鞭下去，臀部皮開肉綻，等養好傷後，再受第二鞭，如此反覆，直至刑罰結束。刑罰留下的疤痕將成為受罰者曾有過不道德行為的終身標記。這種法治針對的不僅是本國公民，而是包括外國旅遊者在內的所有境內人員。而且一旦違規，任何人說情都無濟於事。道德水平高的國家，道德與法治之間的空隙往往是最小的。

4

　　茅于軾指出「絕對權力的存在是社會道德淪喪的主要根源。」
這是抓住了道德淪喪的深層原因。因為權力一旦不受限制，就會誘
使絕對權力的掌握者踐踏他人的尊嚴、利益而逞一己之貪欲。絕對
權力會破壞公共權力的公正性。更具危害性的是絕對權力常是以公
共利益的象徵身份出現，具有極大的欺騙性。絕對權力不道德的示
範，嚴重惡化了道德環境，使人們相互之間的道德信任感減弱至喪
失。因此，道德建設的根本可以說也就是如何限制絕對權力。這是
一個極其複雜的問題，牽扯到經濟基礎與上層建築的諸多方面，但
是如果我們把它絕對化一點，只從通過說教等方式提高覺悟自覺遵
守，和依靠健全法律嚴格執法強制約束兩方面來尋找解決問題的途
徑，出路顯然在後者而非前者。

　　在《前景》中，茅于軾對道德的一系列問題進行了非常精采
的闡述，但他在強調道德重要的同時，卻極大地弱化了法治的作
用，把道德置於法治之上，以道德為處理問題的萬能良藥。他認
為道德重於法治的一個重要原因是法治的成本極高，而道德是沒
有成本的公共服務。法治成本高是事實，但道德也不是不需成本
的。道德的形成同樣需要教育、輿論監督、制度約束或法律制裁
等成本，甚至這些成本的投入要更漫長更持久，道德不過是後期
收益。在現代契約社會，特別是商品經濟下，法治是包括道德建
設在內社會建設必須投入的成本之一，是必須付出的代價。依靠

道德無法真正建立起科學合理的平等的規章制度，制度不平等將直接導致道德的淪喪。另一方面，隨著社會分工的擴大，職業道德的發展，道德規範多元化的現象越來越普遍，這也意味著道德約束力的減弱和法治作用的增強。法治是高投入也是高回報。法治社會的高效率高產出是有目共睹的。隨著人們法律意識的建立、深化和社會法制程式的完善，法治的成本也會降低，當法治的他律成為自律，就是道德形成之日。茅于軾認為道德重於法治還因為他認為與道德相違背的法律很難貫徹以及道德和法律之間的空白地帶法律無可奈何。與法律相違背的道德多是人們尚未意識到或是偽裝得很巧妙的不道德，這正是需要法治來揭露來糾正的。如果法律因為與這樣的「道德」相違背而妥協，那麼這種姑息養奸的法律根本就不能為社會提供任何保障，只會進一步導致道德的淪喪。法律與道德之間存在空白地帶，也就是說不道德的事未必違法，證明的不是法治的無可奈何，是道德的無可奈何和法律的不夠精細完善。如果不道德也能被納入法治範疇內，相信就很少有人會以身試法。

　　道德是人類與自身慾望、本能之間進行的一場較量，實踐證明僅靠理智與自覺是遠遠不夠的。《中國人的道德前景》對道德與法治的關係、道德自身的侷限性未加提及，是個不小的缺憾。從這個缺憾出發，法治的重要意義就猶為值得認真思考。

韋政通談先秦七家

1

　　于丹是名家。「名」出在講《論語》和《莊子》上，「家」卻只能稱她是傳媒專家。在「百家講壇」爆得大名之前，于女士可寫滿一頁稿紙的頭銜，都在說明一件事，她是傳媒專家。鏡頭前的于女士所彰顯的，更多是超級電視人的素質。一流的表演功力，滔滔不絕的口才，妙到毫巔的鏡頭感。相較在電視上講課的于女士，即使是國內很多一流節目主持人，也要相形見絀。但是，聽于丹談《論語》或《莊子》，實在是讓人不敢恭維。于丹講《論語》，對聽眾來說，是個善意的「騙局」。「《論語》的真諦，就是告訴大家，怎麼樣才能過上我們心靈所需要的那種快樂的生活。」「說白了，《論語》就是教給我們如何在現代生活中獲取心靈快樂，適應日常秩序，找到個人座標。」于丹要教會人這些東西，善莫大焉。如果她用的教材是《讀者文摘》，那她所講的不出大格。但是，她竟公然宣稱這些是《論語》的「真諦」，令人大驚失色。

　　于丹講《論語》大施「障眼法」。她是多講眼前，少講歷史；避文化之實，就溫情之虛；掛孔子的「羊頭」，賣自己的「狗肉」。于丹講《論語》只是一味地迎合現代人所缺乏的心理欲求，而絕少提及《論語》與國家政治、社會嬗變、倫理背景、文化傳統之間的關係。她大談特談「心靈快樂」，點一點《論語》之「水」，就說已輕盈地飛上了心靈的「高空」，至於是否在中國文化這片汪洋大海裏蕩起一絲漣漪，她毫不介意。這是于丹的「聰明」之處，她割裂了《論語》與其產生的時代背景、孔子與其生活的社會之間的聯繫，所以她才能毫無顧忌的歪曲《論語》，擺佈孔子。于丹所講，與孔子的真實思想，及《論語》的真正價值，可謂失之千里，更謬以萬里。徐晉如、楊昊鷗主編的《解「毒」于丹》一書，雖說有抓商機造噱頭之嫌，其中對于丹「硬傷」的揭示還是很準的。我不滿于丹，是她在輕描淡寫之間，大庭廣眾之下，對中國文化恣無忌憚地「閹割」。

　　韋政通的名氣與于丹相比，要「小」的多。韋政通先生的《先秦七大哲學家》卻是一本很值得一讀的好書。該書容量極大，從歷史背景的展示，到對孔、孟、老、莊、墨、荀、韓非七位哲學家的人格行為和心路歷程的剖析，從思想的孕育、個人的創造，到不朽智慧的最終形成，都做了完整闡釋，可窺人、史、哲之全「豹」。書中對哲學思想和價值的闡釋，不做普通的整理和記錄，而是將其與現代哲學和思想聯繫起來，以現代觀點重新審視，闡發新的內涵。最典型的例子，是對韓非的評價。易中天講孔子，也用韓非對比。他對韓非的評價，在認識上，說韓非的思想處處與孔、孟之儒家相悖；在價值上，韓非主要可用於揭露，讓人看

清統治者的殘酷。韋政通則是如此看韓非,「韓非所以能比其他各家更能把握時代精神,促成時代使命的完成,就是因為他能深刻地瞭解各家失敗的原因。當時各國共同的目標在統一,共同的現實需要在富強,可是只有韓非的思想是完全從這兩點出發的,他摸清了時代的動脈,因此能推動那個時代,加速了目標的實現。就這一點看,先秦諸子沒有一家能與韓非相比。」先秦諸子「對中國的政治哲學,都有不同程度的貢獻,但能建立政治的獨立領域,奠定中國政治哲學基礎的,唯有法家的韓非。」一葉知秋。對先秦七大家的展示,非比尋常。

在方法上,該書也有新的嘗試。韋政通認為,要瞭解中國哲學家的思想,如果忽視了他們的人格和行為,將不易深刻瞭解其意義與價值。因為中國哲學家的思想,絕大部分不是依據邏輯推演的程式,通過知識架構的方式表達的,他們的思想多是來自經驗和心靈的體悟。所以韋氏從哲學家的人格和行為出發,盡量將其納入廣大的社會文化以及時代的背景中去看,在思想與人格結合中,體會其價值所在。

這本書的另一特點是異常的簡明清晰。很難想像,這樣一本著作,竟然不足十萬字。這主要得益於作者哲學家、政論家、中國思想史研究專家的專業身份。韋政通主攻中國思想史,著作有《中國思想史》、《中國哲學辭典》、《荀子與古代哲學》、《倫理思想的突破》、《儒家與現代中國》、《中國哲學思想批判》等二十餘種。為了適應普通讀者,寫這樣一本小書,作者是高屋建瓴,對自己多年的研究成果進行了高度概括提煉;為使研究物件清晰可鑑,一目了然,作者又對各家及各方面進行了大量對比。在表達

上，則盡可能少用古人語句，以精練、通俗的口語，保持文氣的充沛貫通。從各方面說，韋政通的這本書都是極好的品讀諸子的引介、注釋著作。

2

韋政通把先秦哲學家作為個案來研究，就很有些為先秦哲學，或者中國哲學正本清源的意思。在《先秦七大哲學家》中，韋氏著重突出兩個方面：為同一體系內的哲學家，還原各自面目；對不同體系之間，簡單粗疏的觀點認識，作糾偏補釋。韋氏的研究，就文化結構來說，是在挖掘和完善思想文化大廈內部應有的「和而不同」或「同源異流」的結構，加鞏了這座大廈矗立於世的思想文化根基；就文化性格來說，則是以個體文化性格的獨特性和體驗性，展示了群體文化性格的普遍性和複雜性。

韋氏認為，同為儒家的孔、孟、荀，還有同為道家的老、莊之間，都是異大於同，有著不同的概念。孔子與孟子的差異主要有四點：一是孔子尚周文，孟子捨周文而倡王道；二是孔子尊周而不賤霸，孟子尊王黜霸；三是孔子以君為師，孟子則要以師教君；四是孔子欲君子以德致位，孟子則以德抗位。第一點是說，孔、孟二人的哲學起源點和目的不同。孔子是要恢復周禮，想辦法維持一個舊秩序；孟子則是建立一個新秩序。其他三點所說的是，二者之間不同的方法和手段。孔子為達目的有些「不擇手段」，孟子則帶有明顯的「改良」意識。對同屬儒家的孔、孟、荀，韋

氏作這樣的概括：孔子是仁者，孟子是義者，荀子是智者。仁者惻怛精誠，富同情心，顯開闊的氣象。義者剛正不阿，是者是，非者非，特顯知識份子昂然獨立的氣概。智者條分縷析，知類明統，特顯理智型的凝聚。

老子與莊子的差異，一點也不比孔、孟小。韋氏認為，老子比孔、孟、荀、墨，更接近哲學家的本質。老子除去有著對宇宙、人生以及各類問題、知識，具備特殊的洞察力、體悟力和見解力外，在純智性思想方面，他的形上原理、宇宙生成原理和道的動用原理，是同時代的其他各家所不具備的。這也是老子與莊子最大的區別。老子在純智性方面的貢獻，可與希臘哲學家柏拉圖的理念論，和亞里斯多德的邏輯相比。而莊子的哲學問題，不是客觀地經由理智思考的方式去把握，莊子「天生具有一個特別富有感受力的心靈，他是經由感受的心靈去捕捉問題的，這是真正的體驗的方法。莊子的哲學，是一套極有深度的思想，這種深度，是來感受力的強度上。」莊子是通過感受精神上是否獲得充分的自由，是否已擺脫來自時代和環境的多重桎梏，從而使自我復位於生命的本真，開闢一種新的人生境界。

對不同哲學體系的觀點認識，韋氏也有自己的看法。比如，韋氏認為，把孟、荀的人性論放在同一個層次上，讓二者處於對立的狀態，贊成孟子性善說，必然就反對荀子的性惡說，是一種極大的謬誤。「孟子的性善說，是對人性做了一種價值的肯定，是屬於形上學的問題，沒有真假可言。荀子和韓非的人性論，雖偏於觀察惡的一面，但不是價值的問題，是屬於認知層的，因此有真假可言。」二者，一種是價值判斷，一種是認知判斷，不可混為一談。

　　最典型的是對道家的評價。韋氏稱道家是「應變」的哲學。道家「雖然反經驗知識，反社會，甚至反對現實人生的種種慾望，但它不是虛無主義，它只是借『反』的方式揭示另一種智慧。這種智慧，使人當社會秩序受破壞時，以及面臨種種災害苦難和挫折時，能有一種泰然處之的力量。儒家的教義足以處常，道家的智慧足以應變，這就是儒、道兩家在傳統中國所以能深入人心的地方。」「應變」，我覺得這個說法真是太妙了。較之出世、隱匿、消極，「應變」的認識，超越了現象本身，直抵態度和方法的本質，讓許多原本不太好解釋的現象有了思路。

　　我一直想不通關於傳統文化中「隱」的問題。「隱」是道家思想的典型特徵之一。隱士，應當是消聲匿跡，遠離塵世，不為人知。但是中國的隱士正相反，不僅未能如此，還常常是如雷貫耳，爆得大名，搞得天下人盡皆知。這就奇怪，想方設法出頭露面的，要出名，要青史留名，尚且不易，越是隱了藏了，不應有名有姓了，反而越出大名！都說陶淵明是真隱，既為真隱，那些詩篇，那些人生是怎麼流傳出來的？這不是簡單的作秀或是炒作，所能解釋的。按韋政通的觀點，隱只是應變的手段，而非與世隔絕。人只要是活著，又有誰能與這個世界斷絕聯繫。所以，就我們知道的隱士而言，絕對意義上的「出世」是不確切的，也是不可能的。所謂的「出世」——隱或其他，都只是韋政通所說的「應變」之手段。從這個意義上說，道家所言的亦是「處世」之道。與儒家不同的只是一為「處常」，一為「處變」。

　　韋政通把先秦大家「描畫」得越是「眉目清晰」，越是讓我有「混沌」的感覺。中國人複雜的文化性格，很難說具體屬於哪一家，

受哪一家的影響都有。講求積極用世，又不失明哲保身；能以隱為退，也能以隱為進；沉下僚，儒道並舉，致上位，任法嚴刑。但總的來說，中國哲學還是屬於境界形態哲學和倫理哲學。「這種哲學特色，不重思辨，不重概念，不生分析；而特重反省、體驗，和心領神會。」孔子之所以偉大不朽，就是「他能成為這樣一種哲學的奠基者」，成為「中國生活規範的創建者」。莊子有思辨和概念，但莊子的思辨與概念，仍是體驗和心領神會範疇內的，而不是認知層面的。莊子與施惠的濠梁之辯，就是典型的例子。古代中國以道德為立國、治國、齊家、修身之本，以抒情文學為文學主流，無疑與這種哲學基礎有著密切的聯繫。

韋氏認為，最有希望打破這種哲學形態的是智者荀子。荀子的批判精神，重視現實的政治社會問題，追求人性的解放，以「知通統類」為理想中的聖人，以及著重實用，不尚空談，使他頗具西方人文主義色彩。但隨著儒家取得主流地位，包括人性問題在內的許多複雜現象，都被成型於孟子的先驗主義和價值論之幕所遮蔽，使一切成為精神發展的問題。價值之幕遮蓋了認識論所能揭示的，歷史發展和人性問題的複雜、血腥的深層背景。荀子的智慧，也如一盞孤燈，在價值之幕重重遮擋下，日漸暗淡。

儒家雖然在日後取得了主流地位，但也如韋政通所說，後世食古不化的學者卻以之為基本的思想模式，限定了儒家的哲學不能有多彩多姿的發展。而儒家統治地位的確立，同樣也限制了中國哲學難以有多元的思想模式。

與李澤厚的「精神豔遇」

　　讀《美的歷程》是遭遇一次浪漫的「精神豔遇」。鳥瞰五千年華夏文明美的歷程，獲得的卻是一個個清晰生動華美鮮活的深刻印象。這一方面得益於李澤厚對華夏文明的獨特感悟和見解，另一方面，是他把美學與歷史完美地結合起來，以歷史的進程為線索為框圖，來解釋美的歷程，尋找美的根源。

　　同屬抽象的幾何紋，新石器時代前期就更為生動、活潑、自由、開放，後期則僵硬、嚴峻、靜止、驚畏，後期明顯是直線壓倒曲線、封閉重於連續，圓點弧角讓位於直角方塊。為什麼會這樣？這又意味著什麼？李澤厚認為這不單純是美的形式和審美意識的轉變。在陶器紋飾中，前期那種種生態盎然、稚氣可掬、婉轉曲折、流暢自如的寫實的和幾何的紋飾逐漸消失，意味著神農氏的相對和平穩定時期已成過去，社會發展進入了以殘酷的大規模的戰爭、掠奪、殺戮為基本特徵的黃帝、堯舜時代。母系氏族社會讓位於父家長制，並日益向早期奴隸制的方向進行，剝削、壓迫、社會鬥爭在激劇增長。所以後期的幾何紋飾，標誌著權威統治力量的分外加重。

　　後期的幾何紋飾，直接成為青銅紋飾的前導。但以饕餮為突出代表的青銅器紋飾，與陶器上神秘怪異的幾何紋樣，在性質上又有

了區別。這又需要瞭解當時的歷史實況。「自剝林木（剝林木之戰）而來，何日而無戰？大昊之難，七十戰而後濟；黃帝十戰而後濟；少昊之難，四十八戰而後濟；昆吾之戰，五十戰而後濟；牧野之戰，血流漂杵。」（《路史・前紀卷五》）從黃帝到殷周，大規模的氏族部落之間的合併戰爭，以及隨之而來的大規模的、經常的屠殺、俘虜、掠奪、奴役、壓迫和剝削，是社會的基本動向和歷史的常規課題。因之，吃人的饕餮恰好可作為這個時代的標準符號。饕餮形象對異氏族、部落是威懼恐嚇的符號；對本氏族、部落是保護的神祗。這種雙重性的宗教觀念、情感和想像凝聚在怪異獰厲的形象之中，在今天看來是如此之野蠻，在當時則有其歷史的合理性。當時社會必須通過這種種血與火的兇殘、野蠻、恐怖、威力來開闢自己的道路前進，神秘恐怖正是與這種無可阻擋的巨大歷史力量相結合；那看來獰厲可怖的威嚇神秘中，正是積澱了這樣一股深沉的歷史力量，才成為崇高的美。正因如此，用感傷的態度便無法理解青銅時代的藝術。正是這種超人的歷史力量才構成了青銅藝術的獰厲的美的本質。

　　沿著這條思路，歷史被進一步延展。秦漢藝術是宮廷皇室的藝術，以鋪張陳述人的外在活動和對世界的征服為特徵；魏晉六朝是門閥貴族的藝術，以表現人的風神和思辨為特徵；盛唐則以其對事功的嚮往而有廣闊的眼界博大的氣勢和青春的活力；中唐是退縮和蕭瑟；晚唐藝術則日趨呈現對日常生活的興致；至宋朝，藝術已直指人的心境和意緒；明朝的浪漫主義思潮轟動一時；到清朝，上層浪漫主義則一變而為感傷文學。這一系列藝術趣味和審美理想的轉變，並非藝術本身所能決定的，而正是歷史滄桑、

社會時代的變異發展所使然。回想大漢帝國的龍城飛將，黃沙金甲；魏晉世風的超凡脫俗，玄思妙想；盛唐的威懾四夷，意氣功業；晚唐的享樂頹廢，憂鬱悲傷；大宋王朝的城市發達，聲色歌舞；明朝的資本主義萌芽，自由主義思潮；清王朝的復古禁慾，家國興亡。各個歷史階段的藝術形式美的特徵，恰好象徵式地複現著歷史主角的演變，又恰好形象地展現了這一行程中若干重要環節和情景。除了前面所談陶器與青銅器中所積澱的歷史因素，還有「百代皆沿秦制度」的秦建築，其中蘊含的仍是儒家思想為代表的實踐理性精神，把空間意識轉化為時間過程，沉浸表達的是現實世間的生活意趣，而非超越現實的宗教神秘，並以玩賞的自由園林（道）來補足居住的整齊屋宇（儒）。江山的雄偉、城市的繁盛、物產的豐饒、宮殿的巍峨、服飾的奢侈、人物的氣派……成為漢賦的刻意描寫，得意誇張。漢文藝的氣派沉雄，心胸開闊，為後代文藝所再未達到，只有從「大漢氣勢」這個角度去理解，才能正確估計漢賦作為一代文學正宗的意義和價值所在。「人的覺醒」，對生命的詠歎，使魏晉風度具有了永恆的審美魅力而千古傳誦。六朝的佛陀雕塑也以它的寧靜、高超、飄逸和睿智，為後世所不可比擬。這其中述說的是對現實苦難的抗議、無奈與逃避。盛唐的詩歌、書法、音樂、舞蹈，反映了世俗知識份子上升階段的時代精神。杜詩顏字韓文統治地位的確立，則標誌著社會基礎和上層建築的變化，新興的士大夫們由初唐入盛唐而崛起，經中唐到晚唐而鞏固，到北宋已在社會文化、經濟各方面取得了全面統治。宋朝士大夫的現實生活既不再是在門閥士族壓迫下要求奮發進取的初盛唐時代，也不同於謝靈運伐山開路式的六朝貴族的

掠奪開發，基本是一種滿足於既得利益，希望長久保持和鞏固，從而將整個封建農村理想化、牧歌化的生活、心情和觀念。宋朝的「隱逸」和六朝門閥朝代的「隱逸」在內容和含義上也大不相同。後者是政治性的退避，前者則是一種社會性的退避，以丘山溪壑、野店村居作為榮華富貴、樓臺亭閣的一種心理補充和替換，一種情感上的回憶和追求。這一切，都在宋朝「無我之境」的山水畫中得以蘊藏、流露，這也正是為何山水畫不成熟於莊園經濟盛行的六朝，卻反而成熟於城市生活相當發達的宋代的緣故。《桃花扇》、《長生殿》乃至《紅樓夢》中的人生空幻感，我們並不陌生，這是只有當歷史發展受到嚴重挫折，看到希望破滅的時期，由於有了巨大而實在的社會內容，而獲得真正深刻的價值和沉重的意義……

　　李澤厚在歷史中尋找美的依據美的根源，又何嘗不是用美的線條來構畫歷史的容顏，為歷史生硬、蒼白、冷酷的面容增補幾分血色，增加幾分暖意，增添幾許嫵媚。對美學進行歷史的分析與具體的探究，從美的歷程中尋求歷史演進的軌跡，美學與歷史的完美結合，使李澤厚的美學具了有一種磅礡渾厚的「大美學觀」氣象。

與錢理群相遇

1

二〇〇二年八月，錢理群先生退休，離開北大講臺，也有了更多時間赴全國各地講學。《錢理群講學錄》是錢理群先生在各地巡講的學術講稿合集。收入書中的十篇講稿，以演講時間為序進行了編排。從主題內容上說，這十篇講稿還可以有另一種編排，可分為三類：一類是關於魯迅作品的專題研究論文；一類是討論、總結中國現當代文學思想史的；再就是錢先生只起了個頭，點了個方向，談了點想法的一些「輕學術」講稿。

魯迅是講臺上的錢理群無法繞過去的話題。我也喜歡魯迅，卻不懂魯迅。比如那篇〈在酒樓上〉或是〈孤獨者〉，我看不懂。在課堂上或是有些地方我聽到過相關講述，但是很遺憾，我難以接受。因為按那樣理解，魯迅就是個「死人」。而文本中的魯迅，是鮮活的，充滿生命力的。這種感性和理性的差別，在閱讀中經常會遇到，卻並不妨礙我喜歡誰。

　　錢理群先生講魯迅，是在消除這種閱讀的隔閡。過去分析〈在酒樓上〉，呂緯甫是被當作一個被批判、被否定的對象。錢理群說，這是不對的，呂緯甫和「我」一樣，「實際上是魯迅生命的一個部分」。在呂緯甫身上，錢理群找到了典型的魯迅的命題：小兄弟的「墳」。錢理群認為，小兄弟的「墳」是一種隱喻，隱喻著一種已經逝去的生命。對於呂緯甫來說，這次不僅僅是給小兄弟掘墳，而且是對已經消失的生命的一種追蹤。所以在他感覺中，這是他「一生中最為偉大的命令」。而追蹤的結果是「無」，明知「蹤影全無」，還是要開掘；明知是「騙」，還是要去遷葬。這正是典型的魯迅的命題。

　　錢理群把主人公呂緯甫和敘述者「我」，看成是魯迅生命的兩個側面。「我」和呂緯甫的對話，實際也就是魯迅的自我對話。「這兩個聲音都是魯迅自己的」。「我」作為一個漂泊者，感覺到生活沒有歸依，沒有落腳點，因此對呂緯甫敘述中表達出的普通老百姓的人情味感到羨慕，但同時「我」也看到了他生活的平庸，因此引起「我」的警覺。而呂緯甫看我，雖然看到了漂泊者存在的問題，但是「我」還在追尋，還在追逐當年的夢想，所以呂緯甫在「我」面前感到慚愧，感到一種壓力。

　　漂泊者和堅守者兩種生命存在形態集於一身，便構成一種困境，使身處其中的人既是「審問者」，同時又是「犯人」。在這種困境中的掙扎，也就是「魯迅和與他類似的知識份子的靈魂的拷問」。帶著這種理解，再去讀魯迅的另一篇小說〈孤獨者〉，就不難體會到連殳身上的「兩個自我的糾纏」。

　　面對魯迅這樣沒有明確價值判斷的複雜文本，錢理群先生鼓勵讀者不要被動的接受，而是把自己的生命體驗加入到小說的再創造

中去，使小說文本更加豐富。因為使「讀者有創造的可能性」，正是魯迅小說的魅力所在。錢理群先生自己也正是這麼做的。

錢理群先生說，到了晚年自己才真正地理解了魯迅。這話不是自嘲，也不是謙虛。魯迅對晚年的錢理群先生來說，已成為人生中的一個符號。這個符號所喻意的是精神的漂泊與追求。一個真正喜愛魯迅，以魯迅為精神楷模的人，也必定是一個思想上的漂泊者和受難者，必會與這個社會有著太多的格格不入。錢理群先生對魯迅的理解，是與魯迅文字之外的思想上的、情感上的共鳴，更是自己對人生的體認。他讀魯迅能夠常讀常新，是他不斷對人生有了新的理解。

第二部分包括三篇文章，〈二十世紀三十年代有關古代文化的幾次思想交鋒——以魯迅為中心〉、〈構建「無產階級文學」的兩種想像與實踐〉（二十世紀五十年代－一九七六年）和〈我們走過的道路——《中國現代文學研究叢刊》100 期回顧〉（一九七九年－二〇〇四年），如果按這個順序編輯，正好構成對二十世紀三十年代至二十一世紀初中國現當代文學思想史的全程回顧與關照。而其所展示的，則可看成是以錢理群為個案的二十世紀中國知識份子的思想史。

最後一部分的幾篇文章，之所以稱之為「輕學術」，是因為錢理群的目的並不在於課題本身的研究過程或結果，而重在激發研究的興趣，講述研究的方式方法。錢理群說自己這些年來在文學史研究與寫作上的一個追求，就是把文學史的寫作變成「講故事」。也就是把研究者的身份由「歷史審判者」或「歷史規律的闡發者」，重新認定為「歷史敘述者」。把「以邏輯論證為主」的論文模式，

變為一種「以描述為主」或「寓論斷、分析於敘述中」的「夾敘夾議」的文學論文寫作方式。這裏面的區別在於，強調講故事，就是強調回到歷史現場，回到歷史的具體情境中去，並且特別注意歷史細節的呈現。它所產生的效果不僅僅是研究的現實感和客觀性增強了，而且引發了一種學術上的文學趣味性。〈一個鄉下人和兩個城市的故事──沈從文與北京、上海文化〉、〈魯迅和北京、上海的故事〉、〈《萬象》雜誌中的師陀的長篇小說《荒野》〉、〈抗戰時期貴州文化與五四新文化的歷史性相遇〉等幾篇文章，都是這一類。

2

能和魯迅相遇，是件值得慶幸的事。如果要列我自己的好書排行榜，或是最喜歡的作家排名什麼的，魯迅一定榜上有名。魯迅的現代白話小說和散文，讓我癡迷不已。《魯迅全集》常備手邊，作為枕邊書陸續讀著。魯迅的小說和散文卻讀了好幾遍，隔段時間就想重讀，百讀不厭。讀魯迅我是外行，僅是為看熱鬧。救國救民這樣偉大而深刻的主題，我之腦門頂不住，心頭也肩不住。文壇尊主，深不可測，也是兩眼茫然，一頭霧水。我讀魯迅更多只是圖一時之快，追求感官享受。魯迅對語言文字精確而奇妙的運用、本性風格的幽默、詩人的情懷和氣質、畫家般形象的筆觸、鏡頭一樣真實而細膩的捕捉等等，這些都是不用費神動腦，就可以輕易享受到的。這些足以讓人貪而忘返。

　　能和魯迅相遇，確實值得慶幸。不為別的，他能為我帶來無比的享受和心靈的震撼。錢理群說：「不知你們這一代會用什麼方式，在什麼時刻，什麼瞬間，和魯迅相遇。」對我來說，正是「錢理群」構成了我與魯迅的「相遇」。一方面，是讀錢理群解讀魯迅構成了這種「相遇」。魯迅是常讀常新的。錢理群在不斷重複這句話，也在不斷展示一個不同的魯迅。讀錢理群解讀魯迅，總是使人產生重新去品味、去認識魯迅的願望。另一方面，是在課堂上聽講，構成了「相遇」的另一種形式。

　　在生命中能與魯迅「相遇」，要感謝我的初中和高中的兩位語文老師。二公給我印象極深。初中那位，面如冠玉，雙睛暴突，性如烈火，講起課來唾液亂飛，課堂前三排如沐春雨。對課上不遵紀守法者，話不多言，即以老拳相向。此公對魯迅推崇倍至，在課堂上頓足捶胸，指天發誓反覆宣講，中國近代有兩位最偉大的文學家，一位是魯迅，另一個是郭沫若。講此二人，朗讀〈從百草園到三味書屋〉和〈天上的街市〉，意性湍飛，物我兩忘，很有點魯迅所寫三味書屋中老先生的味道。可是此公對魯迅的解讀更多只是廣告，就是好呀，好的不得了，至於好在哪裡，怎麼個好法，講得不多。所以，全班的語文成績一直不高。高中那位，面似芝麻餅，細眉窄目，慢聲細氣卻口似利劍，性如刁婦。調理頑皮學生，不動聲色，談笑間，刺頭變光頭，犯家規者無不告饒。此公講課一如調理刺頭，手段老道，不遜老吏斷獄，庖丁解牛。對魯迅文章的理性認識，多得益於此公。

　　兩位先生分別從感性和理性兩方面，奠定了一個年青人對魯迅的神往和熱愛。這兩方面的結合又是那麼恰當。初中年級，學生對

老師的信服還是有些的。老師無比崇拜的人，一定不是一般人，一定偉大有加，他的作品當然異常出色，非常值得學習。我的初中老師，以他的激情為我深深地埋下了一粒興趣的種子。高中那位，以其睿智和精專，讓我在理性的殿堂，初次領略到魯迅的偉大與獨特，讓這粒種子開始生根發芽。

在課堂上，足以構成許許多多的「相遇」。正是這種「相遇」，奠定了以後與「錢理群」們和「魯迅」們的「相遇」。現在的語文課本中，魯迅的文章已被刪減了很多，不能不說是件遺憾的事。

3

逝者魯迅在其後的年代，卻以他所不願的方式，他所深惡痛絕，並與之進行過殊死搏鬥的名號，「活」了過來。

使魯迅得以「復活」的「元神首魄」，是「利用」。在特殊政治時期，被尊為思想的大纛，當做馭人的工具。在文化復興的萌芽時期，又淪為思想的華服、學術的名片、聒噪的喇叭。華服、名片與喇叭，或許是尚可一辯的犧牲的代價。「尊」與思想意識的大纛、殺人的文化利器，則是魯迅無法料到的。打鬼的英雄被尊為新鬼。思想戰士最大的犧牲竟是來自死後。

魯迅之所以成為被利用的最佳人選，在於他空前的獨一無二的「摧毀者」的身份。他以最徹底、最絕決的態度，向包括自己在內的整個中國社會和歷史文化，發出了令人無可辯駁、無法招架、無法逃避的懷疑、質問和摧毀。當他的力量一天天顯現，他「摧毀者」

的形象也就一天天確立，直至成為鬼神，成為旗幟，成為獵取名利的華服與名片。然而，摧毀遠不是精神界戰士魯迅的全部。新世紀，在北大講堂上，錢理群就展示了一個閃爍著創造光芒的建設者魯迅形象。

　　大概在一九八五年，錢理群在北大第一次開「魯迅研究」課。二○○一年，又開始講魯迅。新世紀的「魯迅研究」課講稿，結集為《與魯迅相遇》。講堂上的錢理群未必在有意塑求一個全新的魯迅，但是，不斷地「行走」，不斷的追尋，使他和魯迅終於「相遇」在了二十一世紀的某個路口。錢理群對建設者魯迅的解讀，主要從三個方面著手：一是魯迅思想與文學的邏輯起點；二是魯迅的文學（主要是小說）；三是從魯迅一九一八至一九二五年間的雜文透視其與當代中國社會的關係。

　　錢理群從早期魯迅的一篇重要文章〈文化偏執論〉中折射出的文化觀、魯迅對傳統中國與西方兩種文化的思考與反思、魯迅對叔本華和尼采哲學的理解，以及他對「庶民」精神世界的關注中發現，以「立人」為中心，構成了魯迅思想與文學的邏輯起點。追求「個體的精神的自由」，消滅一切精神奴役現象的理想，是精神界戰士魯迅「立人」的基本內容，是魯迅思想中的一個終極關懷。以「立人」為中心，也成為錢理群研究建設者魯迅的邏輯起點。從這個起點出發，在精神界戰士的範圍內，錢理群對魯迅的生命歷程和思想歷程進行了追蹤、審視和評價，看他的路是怎樣一步一步走下去的，他遇到了什麼，又做了什麼，終於達到了怎樣的高度，為現代中國的發展做出了什麼貢獻，留下了怎樣的遺憾，等等。

　　魯迅對新文學至中國文學的貢獻，必然要從其文學的思想內容著手。不過錢理群也指出，在形式上需要特別關注的，是魯迅在文體的選擇上，對邊緣性、反叛性和異質性的堅持，對於正統「文苑」體制的抵制與拒斥。正相反，在思想內容的確立上，錢理群卻是一箭正中「靶心」，魯迅所提倡並身體力行的是「取下假面，真誠地，深入地，大膽地看取人生並且寫的他的血和肉來」的「為人生」的文學。「為人生」是錢理群研究魯迅文學的核心性問題。在研究魯迅的作品中，錢理群對魯迅小說和散文的解讀，總是顯示出與眾不同的精彩，對滲透魯迅自身形象的作品像〈孤獨者〉、〈在酒樓上〉，尤其懷有濃厚的興趣。因為魯迅在對自己的拷問與猶疑中，把「為人生」的多元性、豐富性和終極性推向了極致。文學魯迅構成了錢理群文學世界的一個頂。魯迅對人的靈魂的挖掘的深，由現實向歷史追問的開掘的深廣，對人的存在本體的追問的超驗深度等等，在錢理群的文學世界中，始終是其他作品難以達到的。

　　錢理群對魯迅「為人生」文學有著獨特的見解。他不僅對作品有著深刻的理解，還把視野投向了作品以外更為廣闊的背景中。錢理群對一九一〇至一九一一年期間的魯迅予以了特殊關注。這十年的魯迅不僅僅是在故紙堆中完成了兩本古籍的輯錄，更為重要的是在古小說的圓滿與現實悲劇的分裂中，得到了一個重大結論：瞞和騙的國民產生了瞞和騙的文學，而瞞和騙的文學使得國民更深地陷進瞞和騙的大澤之中。錢理群把沉默的十年，看作是魯迅完成自我反省，打破最後的自我神話的蛻變期。在文學上的標誌，則是誕生了與「瞞和騙」相對立的「為人生」的文學。魯迅文學的誕生從一

開始就是為了摧毀「瞞和騙」，建設真實的、現實的「人生」。這是明確了魯迅文學的精神意義和社會意義。這與魯迅「立人」的邏輯起點達成了內在的一致。

　　錢理群把對一九一八年至一九二五年的魯迅雜文的研究，定位於魯迅關於「現在中國人的生存和發展」的思考。此語戳破了對魯迅雜文研究的一層窗戶紙：魯迅的雜文遠有著比「投槍與與匕首」更為重要的作用。讀錢理群期間，我有意識的去讀魯迅這一階段的雜文，以求在錢的引導下嘗試認識一個新的魯迅。錢理群用《華蓋集》中的話，對魯迅對「現在中國人的生存和發展」進行了概括：「我們目下的當務之急，是：一要生存，二要溫飽，三要發展」，「我之所謂生存，並不是苟活；所謂溫飽，並不是奢侈；所謂發展，也不是放縱。」錢理群認為，魯迅雖然明確地把「現在中國人的生存」要求概括為三個權利，但這三個權利是不可分割的，魯迅實際上是為中國的社會、文化和思想的變革提出了一個基本的目標。這樣來看，其意義自然是非常重大的。這種精神與「立人」的思想不僅在邏輯上是前後一貫的，都同時有民族危機感、文化危機感的思想背景，強調國家的生存發展必須以人的生存發展為基礎。而且還有兩個特點：其一是魯迅把「立人」落實到人的三大權利，這顯然更加貼近中國現實，更富有實際意義，這是魯迅理想主義者發展成現實主義者的一個體現。其二是如果說世紀初魯迅所強調的「立人」，更注重少數個人的生存與發展，而他現在所強調的「現在中國人的生存與發展」，更關注的則是中國土地上大多數普遍民眾的基本權利。魯迅正是帶這樣的理念和追求，投入到了五四新文化運動中。

　　以「立人」為思想和文學的邏輯起點，追求建設「個體的精神的自由」的人生和現實社會，構成了錢理群解讀建設者魯迅的思想基礎與基本框圖。新世紀初，錢理群與魯迅的再次相遇所呈現的意義，首先是為「這一個」魯迅找到了邏輯依據。以「立人」為中心，「第一要著」在「改變」人與民族的「精神」，這樣的選擇和踐行，成為魯迅與同時代多數思想者的根本區別。在如何看待並解決現代中國的危機的問題上所產生的深刻的分歧，也成為魯迅與胡適等人的不同選擇，魯迅與現代評論派、創造社、太陽社的決裂和論戰的深層原因。基於這樣的邏輯起點，使魯迅對於一種文化作價值評價的時候，所關注的不再是「這種文化的原始的意義，而是這種文化到了當下的中國，在現實生活中到底是起一個什麼樣的作用」。王元化在〈關於近年的反思答問〉中就曾說過：「魯迅也許是在我國現代思想史上最早對進化論進行反省的人。」魯迅對所面對的文化選擇的思考總是帶有雙重指向：一方面，如果把彼岸化的目標現實化、此岸化，就可能帶來意想不到甚至是災難性的後果；另一方面，卻不因此而簡單地否定這樣的彼岸化理想。這樣的雙重憂患意識，使魯迅思想對現實產生了巨大的批判力量。

　　在需要「投槍」與「匕首」的年代，魯迅的建設思想很容易被戰鬥的硝煙淹沒。在思想文化復蘇之際，人們又會驚異於他摧毀的深刻而忽略了在他身上同樣偉大、同樣深刻的建設因素。實際上，魯迅的每一次擊破都同時伴隨著建設。純粹的破壞在魯迅並不存在。魯迅的摧毀之所以偉大，之所以具備足以擊穿歷史的假面和人性的虛偽的巨大力量，正在於他的摧毀有著清晰、理智而先進的建設思想作為支撐。錢理群對建設者魯迅的解讀，是價

值意義上的重建。這種重建的出發點是時代的發展和思想建設的需要。簡而言之，在當下，魯迅仍不過時，仍然是一座思想的金礦，有著我們所需要的寶貴而稀缺的精神資源。他的存在有著重要的現實意義。

　　魯迅是常讀常新的。錢理群在不斷重複這句話。這句話所展示的是一個思想者與現實世界應有的密切聯繫，一個思想者對自身權力的珍視，對自身義務的承諾。停止思考，固守結論，死去的將不止思想者自己，還有魯迅。

馬幼垣論衡《水滸》

1

在書店看到一本《黑話水滸》，順手翻了翻，沒買。《三國演義》、《水滸傳》、《西遊記》還有《封神演義》，自小愛看，人物、情節爛熟於胸，對各種解讀的書也就格外留意，見到了，一定要翻翻。《黑話水滸》是按江湖法則，黑道規矩，對水滸人物評頭論足，說三道四。不過比起旁邊的一本《閒談水滸》還是要遜色。《閒談水滸》雖為「閒談」，卻比《黑話》要「黑」得多。二者五十步與百步，都是用市儈意識和投機眼光來說人論事，內容只有一個，就是「厚」和「黑」。

這種對名著的解讀乍一看挺有意思，挺吸引人，看著看著就夠了。它與歷史基本不沾邊兒，牽扯不到什麼歷史知識，說的都是心機城府，處事謀略，而且完全是憑個人興趣所致，雲山霧罩，信口開河，只是講怎麼用不公平的手段獲得利益、占得便宜。可以說是集投機、詭辯與醬缸文化之大成。好在這些書還沒打著學

術研究的幌子招搖撞騙，混淆視聽，能讓人看出來是的戲說、調侃、編故事。

　　很具顛覆性的一種觀點認為，《三國》、《水滸》等名著中，承載的傳統文化中的思想毒素太多，讀了對人沒好處。這種觀點與魯迅有很大的關係。魯迅把中國人最重要的氣質特徵稱為「三國氣」和「水滸氣」，即把狡詐當作智慧，把暴力作為勇敢。魯迅不止一次闡述了這種看法。但是，魯迅只是以《三國》和《水滸》為例子來描述中國人的性格氣質特徵，並沒有對《三國》和《水滸》進行專門的思想研究，也並未與《三國》、《水滸》等名著作徹底決裂，畢竟他對傳統小說還是有感情的。

　　當代學者可就沒有這麼客氣了。聖徒摩羅就絕望地宣稱，《三國》是「陰謀政治強權遊戲流氓邏輯的教科書」，它被奉為文學經典，「這不僅是文學和文化的悲哀，也是一個民族精神生活的悲哀。」（〈不死的火焰〉）我看到大段這樣的議論，真驚了。王學泰、李新宇二先生在《〈水滸傳〉與〈三國演義〉批判》一書中，對《三國》和《水滸》的歷史價值、藝術價值和思想價值，作了全面的否定，視兩部書為洪水猛獸。

　　上面這幾位都是當代魯迅研究專家，也是魯迅忠誠的追隨者。在對《三國》和《水滸》的看法上，我武斷地認為，都大有拾魯迅牙慧的嫌疑，不過是用現代的缺乏宗教精神和人文關懷的口號，代替了「三國氣」和「水滸氣」的說法，其實都是一回事兒。這種顛覆性觀點，也許有其道理，但只知痛心疾首、呼天叫地，而不考慮什麼明確具體的改革措施，這樣的舉世皆醉我獨醒狀，矯情不必

說，還很令人可疑。同是論《水滸》，馬幼垣的《水滸論衡》和《水滸二論》，就顯得專業而厚重。

2

馬幼垣治《水滸》的核心性問題是《水滸》的成書過程。對這一問題，馬幼垣主要從版本和小說內容兩個方面入手。任何一部文學作品，要研究成書過程，版本的收集和比勘必不可少。這是個有多少版本說幾分話的活。紅學在國內顯要發達，很重要的一個原因是《紅樓夢》的各種版本在國內，特別是在北京多數都能找到。《水滸》不行。《水滸》的各種本子流軼在國外的要比國內多，這個課題國外的漢學者就有優勢。馬幼垣收集《水滸》本子二十多年，成為國際漢學界擁有《水滸》版本最豐盛的二、三人之一。馬先生收集的目的是為了研究。版本的研究除非是有特殊興趣，否則，是項非常枯燥的工作。它需要考據家的精細，觀察家的耐心，科學家的嚴謹，還要具備相當的思考分析能力。而專論古籍版本的文章，也是枯燥有加。在《水滸論衡》和《水滸二論》兩書中，馬幼垣關於《水滸》版本的考據和專論篇目，就不是我輩所能和所願閱讀的。

馬幼垣研究《水滸》成書的另一路徑是對文本內容的墾研，包括小說本事與演化、作品立意、結構與人物的分析與品評等。對這些問題的研究與闡發，現當代不在少數，馬幼垣與眾不同。因為他有一個以成書過程為總目標的統攬，再就是延續了治版本的嚴謹的

態度和方法。〈從招安部分看《水滸傳》的成書過程〉、〈從朱武的武功問題和芒碭山事件在書中的位置看《水滸傳》的成書過程〉、〈尋微探隱——從田王降將的下落看《水滸傳》故事的演變〉及〈三論穆弘〉等文章，很突出地表現了這一特點。

　　《水滸傳》歷來為我所喜歡。書中的有些人物和問題也一直在思考，比如穆弘。區區一個土豪惡霸，本身不見得有什麼過人的武藝，突出的功勞，也算不上頗頗出鏡的臉熟人物，憑什麼位列天罡星馬軍八驃騎先鋒使之列，而且是高居第二十四位，排名在阮氏三雄和楊雄、石秀等人之上。按以人情世故來解讀《水滸》的風氣，自然會有如下一番說法。穆弘救過宋江，對宋江俯首貼耳，被宋江視為心腹，自然受到宋江的大力提攜。馬幼垣叱此為胡說一路。他認為梁山上救過宋江的人很多，不止穆弘兄弟；穆弘在梁山上毫無功事可言，在梁山極為複雜的人員組成背景下，以宋江的善玩權術，不會糊塗到為這樣一個人導致眾兄弟的不滿或貳心。而確實書中也從未找到宋江對穆弘如對戴宗或李逵那般的心腹言行。馬幼垣提出一新解：在原本《水滸》裏，穆弘有一番作為，名次相應地排得很高。在原本被改編成今本的過程中，他的故事幾乎被全刪了，弄到單靠姓名來維持生存。編寫今本者卻未對其在原本裏崇高的地位進行調整，以致產生極難解釋的矛盾。沿這一方向，馬幼垣對穆弘的綽號、職務和傳統角色進行了分析考證，都得到了新觀察。

　　馬幼垣的論證固然有力，但此種學術結論還要以直接證據為准，即找到有關穆弘的內容，否則，只是推測。但把人物的論析，上升到學術層面，在成書過程這個背景下，來品藻人物，確實大大

給人振聾發聵之感。世態人情不失為解讀人物的良途。社會是由人構成的,有人就有人情。人情練達與世事洞明皆是學問。馬幼垣自己論人物也不排斥人情說。前兩論穆弘及駁穆弘為宋江心腹說、對梁山人物排座次的發微,馬幼垣都揉之以人情世故的眼光來看待。但是,基於學術底子才有的發問與追蹤,畢竟是臆測猜度的人情之說所望塵莫及。

在《水滸論衡》和《水滸二論》中,馬幼垣不止一次的對盛行五十多年,由鄭振鐸、王利器等人編校的《水滸全傳》進行批評。在他眼裏,這套書在校勘上指鹿為馬,不盡不實,偷工減料,張冠李戴,可謂一蹋糊塗。面對各種版本,他認為要做到面面俱到不難,只要編校本以百回繁本為主幹,再加兩個附錄在主幹之後,各種問題便迎刃而解:一為簡本的田虎、王慶、方臘三部分,建議為評林本;一為袁楊本的田虎、王慶部分。馬幼垣認為此法好處甚多:不擾亂百回繁本的整體性;兩套截然不同的田虎、王慶故事都包括了,真正落實了「全傳」之義;不必因繁本簡本文字無法湊合而放棄僅見於簡本的原始田虎、王慶故事;還容易標明田王部分出自袁無涯、楊定見之手,幫研究者明確可用材料所在,不致害得誤用材料。他不明白為什麼當日鄭振鐸、王利器、吳曉鈴三個諸葛亮想不出這套簡單的策略來。

馬幼垣的辦法好,卻忽視了一個最基本的問題,這套書的校勘是為滿足普通讀者的需求,而不是供學術使用為主。他搞的這個兩個附錄,就好像是故事講到某處,突然生出兩個身子。這兩個身子還都差不多。這種做法做實驗可以,搞研究可以,閱讀起來就很掃興。讀者正興味盎然地讀到忘我,哪有心思去重讀一段

相似的內容，或是去留心比較兩段內容在細節上有何差異。兩個附錄的出現，徹底破壞了一氣呵成、酣暢淋漓的閱讀體驗。對普通讀者而言，這自是極為掃興的事。也許這就可解釋，為什麼百回繁本或是百二十回的全本，儘管在專家眼中毛病倍出，在普通讀者中卻能夠久享盛譽，代代相傳。

李歐梵眼中的浪漫一代

1

「我們沒有藝術，正因為我們沒有生活。」「貧乏的人生自然只有貧乏的藝術」。這樣的命題或結論，出自不同人，可作不同的理解。若是出自徐志摩之口，我們大致可猜測出些端倪。

一九七〇年，年輕的哈佛畢業生李歐梵把目光投向了這位風流才子，在自己的博士論文中，描述了徐志摩充滿激情的藝術式生活——對陸小曼的追求。

傳說是在一次慈善演戲中，徐志摩認識了陸小曼。當時，徐志摩演老書生，陸小曼演俏丫環；一出戲沒演完，二人便墜入愛河，無法自拔。較合理的解釋是，徐志摩與王賡、陸小曼夫婦是好朋友。陸小曼是北京社交場中的名人，而王賡不習慣頻繁的娛樂社交，便常請徐志摩陪同妻子。不久，王賡被委派為哈爾濱警備司令，卻沒有把太太也帶去上任，反是留下給她父母照顧。結果，徐志摩與陸小曼難以羈勒的熱情，終於熊熊地燃燒了起來。梁啟超得知此事，寫信勸告徐志摩，而老師的警語與熱戀中學生的熱情相比，無異於杯水車薪。

　　與徐志摩一同構成中國現代作家浪漫一代領軍人物的是郁達夫。徐志摩與郁達夫是「同一主題的變奏」。他們同為中國現代浪漫主義的倡導者，卻有著截然不同的風格：一個如冷暗的沼澤，沉醉於自我頹廢的情懷中；一個是眩目的火山，有著狂烈的感情、火熱的激情。

　　李歐梵對郁達夫和王映霞著了更為濃重的筆墨。郁王情事較之徐陸，受關注的程度要低的多。這是因為徐志摩、郁達夫二人的風格不同，更是因為王映霞與陸小曼也無法相提並論。王映霞是典型的杭州美女，在中學時就贏得過「杭州小姐」的稱號，在杭州的社交圈中也頗有盛名。但其家世、才情、社交場中的風頭名氣，較陸小曼還是要遜一籌。徐志摩追求陸小曼，動機雖不能完全確定，但陸小曼的美貌、才華和在北京社交圈內最出名的名媛頭街，都足以打動年輕的詩人、風流的名士。郁達夫對王映霞的傾倒，原因要簡單得多。他只是著迷於王映霞身體的誘惑。徐陸二人是一見鍾情。王映霞對郁達夫的接受，則是因為「我看他可憐」。結合之後的徐陸與郁王也很不同。陸小曼依舊放蕩，徐志摩不改浪漫本色。王映霞生子後，離開郁達夫嫁了一位商人，過起了衣食無憂的主婦生活。與王映霞在一起，郁達夫雖然沒有變成一個居家男人，但身上孤寂憂鬱的氣質卻大為減輕，相反的則是生活中較傳統的一面得到加強。

　　這篇論文經過刪節改編，以《中國現代作家的浪漫一代》為名，出版了中文譯本。李歐梵謙稱：「有心的讀者——特別是初入門的大學生——或可把這本『學術專著』作為歷史故事來讀」。把徐志摩陸小曼、郁達夫王映霞的情事作為書寫對象，也確實是更適合作

為「歷史故事來讀」。真正的原因則是，這部書稿的內在結構散亂，對中外文學的駕馭過於輕率隨意；缺少文學理論的支撐，又常以一家之「魚目」混理論之「珠」。而不可否認的另一面，是年輕學子細膩的感性、率意的直言與敏銳的理解力。李歐梵雖偏愛此書，卻很清醒。

在情事與文學的互照中，李歐梵說，郁達夫誠摯地自我揭示，只不過是他表達自己的一種方法，而不是一種目的。徐志摩不一樣。徐志摩自身的形象也就是向大眾表現出來的形象。他自己和他自我的幻象之間，他個人生活和公開生活之間，都不存在任何的歧異。直到他生命中最後的歲月，當他的理想主義受到黑暗絕望的情緒所侵蝕時，形象和真實才背道而馳。這一番話背後的觸角，很自然地延伸至了文學與時代的深處：個人的情感本性不需要道德辯護；當個人的情感本能外化為一種生活方式時，便成為性格特徵，以及文學創作的適當標誌。當徐、郁在其時代確立的社會習俗中，招搖地展示自己的情感個性和生活方式，五四運動的文人就利用這些來挑戰和摧毀固有的社會習俗。

徐志摩的情書，郁達夫的《日記九種》，可說是二十世紀以來感情行旅的里程碑，他們的日記將個人最親密最濃烈的情感宣洩推到了頂峰。一九二〇年代的文學市場充斥著這樣的私人文本。郁達夫、郭沫若、王獨清、黃廬隱等人的自傳；沈從文寫的丁玲和胡也頻傳記；郁達夫、徐志摩、章衣萍的日記；還有書信和情書，郭沫若、宗白華和田漢的《三葉集》、徐志摩的《愛眉小札》、章衣萍的《情書一束》。在郁達夫、徐志摩等人的帶領下，「自我揭示幾乎成為一時風尚——把作者內心最深處的感情和性欲秘密揭露出來。」

在當時，這些私人文本不僅文人才子傾慕，普通讀者也追捧。章衣萍的《情書一束》在一九二六年出版的頭兩個月，就賣了三千本，並被翻譯成俄文。一位朋友曾告訴章衣萍，在廈門幾乎每個女學生都讀過《情書一束》。

五四時期的這一派人，在時代文化的影響下，形成了自己新的個性和新的人生哲學，這些東西取代了他們「所理解的中國文化傳統所造成的思想和行為習慣。」他們不願也不會冷靜、理智地作出妥協。他們「以一種天真但激情的固執來追求自己的意中人」，因為這些人不僅是他們「生命中遇到的某些人物」，而是在那個階段裏他們生活的全部、精華所在。他們的日記、情書，在當時之所以能夠引起如此強烈的反響與共鳴，因為這些「不單單是贏取愛人歡心的動人情話，也是一種自我肯定的言詞，和贏得廣大讀者對他們的理念的支持。」從這一點說，徐志摩與郁達夫的「變奏」，在今日「聽」起來，頗有些異曲同工。

2

〈中國現代作家的浪漫一代〉涉及七位作家，除了郁達夫和徐志摩外，還有林紓、蘇曼殊、郭沫若、蔣光慈和蕭軍。李歐梵對這七位作家的研究文章，是以傳記形式寫成的。每人的篇幅不長，但五臟俱全，頗具見地，相比於長篇累牘的大部頭竟是要好看得多。

既是以記人為主，李歐梵所說的「浪漫」也就不同於文學創作的「浪漫主義」。李歐梵所說的浪漫是一種基於獨特個性和經歷而

形成的生活姿態。這種生活姿態對於不同的作家，表現也不相同，有時甚至是完全相反的，比如林紓忠於傳統的儒家生活方式和郁達夫的放蕩沉淪。李歐梵從這些表現各異的生活姿態，以及作為作家幻像的作品中，找到了他們身上可以稱之為浪漫的那種東西及其成因。

在這幾位作家身上普遍有著超凡的感覺天賦。個人生活經驗的珍貴和獨特強化了這種感覺。這使他們認為自己與眾不同。當他們自己人生的無窮變化和各種苦難遭遇不能充分獲得別人的理解和欣賞時，與眾不同所帶來的孤獨感和優越感就成為他們難以排解的矛盾。對他們來說，與其從廣闊的社會政治角度來解決矛盾，還不如放縱自憐，採取驚世駭俗的誇張態度，來減輕內心的憂慮。於是，外在的浪漫成為他們共同的姿態，他們的作品包括自傳，自然而然的成為了自己的幻像和美化宣傳品。

這是一部特殊的中國現代浪漫文學史。這部文學史的特別之處是，它的構成不再是以文學作品為主，而是以作家為主。文學史是關於文學的歷史，其實歷來只是關於文學作品的歷史，至於作家，頂多是這部歷史的配角。這無可厚非。之所以會這樣，原因我想主要有兩個：一個是文學作品是對文學最直接的反映；另一個是不管是白紙黑字，還是口耳相傳，作品可以切切實實的流傳下來，而作家的生平，包括性格、生活、思想等等，則是太難以把握的東西。但是，歷來如此，便應該如此？如果處於一個社會動盪，思潮紛湧，文化錯綜，人心思變的歷史時代，人們基於某種幼稚或是偏頗的認識，創作出了在後人看來乏善可陳的文學作品，是否這些作品及它們的主人就應成為文學史的配角？

　　在這種歷史時期，會存在一種情況，就是作家可以貫穿經歷歷史的變遷和社會的動盪，作家身上會凝聚各種外在的及內在的矛盾並通過不同方式使這些矛盾得到體現，而作品極有可能只是一時的反映，甚至連一時的反映都不完整。此時，作家本身的經歷往往比其作品蘊含了更豐富的資訊，也具備了更高的價值。對文學史來說，是否作家還只是用來作為作品的門牌號碼，或作為劃分章節的工具？我說《中國現代作家的浪漫一代》是一部特殊的現代浪漫文學史，因為就書中提到的七位作家而言，他們生活經歷的典型性和表現力就絲毫不遜於他們的作品。

　　有關文學史的問題，我只是有感而發，絕沒有要唯作家論的意思。唯作家論和唯作品論都是片面的。我只是認為並不是所有的作家都是作品的附屬品。在某些時候，應該把作品交還給作家，成為作家的一部分。從人的角度來理解作家認識作家，是中國現代文學史所非常缺乏的。

易中天講史的評價與導向

　　成名於《百家講壇》的易中天，所引起最核心的爭論是：他那一套是不是學術。首先提出這個問題的不是別人，正是易中天的同行們，歷史專家或是學者。專家們對學術與否，非常敏感，有些職業病。這不是壞事，學術警惕是必要的。他們中很多人認為，易中天那一套不是學術。學術沒有那麼講的，那種「滿嘴火車式」的講法。此說，不敢讓人苟同。至少，學術不學術，不是由形式決定的。

　　在聽易中天「品三國」的時候，應該注意一件事，就是易中天所品的主要不是《三國演義》的「三國」，而是《三國志》的「三國」，是《後漢書》裏的「三國」，是《資治通鑑》裏的「三國」。後者是正史，而前者是文學作品，二者差別很大。易中天給周瑜評反，為曹操正名，說的都是正史。易中天那一套東西，是出自名門正派，不是野狐禪。在細節上，《品三國》對大小事件發生的時間，對官制和地理沿革都很考究，凡此語必明確。這是學術的方法，也是學者素養的體現。易中天有一本書叫《帝國的惆悵》，是以其中央電視臺《百家講壇》「漢代人物風雲」系列講座為基礎，「解讀中國傳統社會的政治與人性之間的衝突、滲透、帝中體制的由來去向、改革派的命運沉浮」。在表述上，仍是典型的「易中

天風格」，對傳統中國體制準確、嚴謹、生動的闡述與解構。在這本書中，易中天闡明自己治史的觀點：不能只知道以政治態度劃線，只是對歷史和歷史人物進行道德層面上的評價，卻不能將古人改革的成敗得失引以為戒。這首先說的是方法問題，即政治態度和道德層面可以作為研究歷史的標準和方法，但不是唯一的，更不是研究的目的；同時，也是對歷史的價值判斷，即能從歷史改革中獲得引以為戒的成敗得失才是最重要的。由此而來的思路是：對歷史人物政治態度或道德層面的研究，是為了「能將古人改革的成敗得失引以為戒。」易中天那一套的內容和方法，都不失「學術」二字。

　　至於易中天不太為學者所喜歡的，獨具風格的表現形式，也有必要說一說。亞里斯多德說：詩人可能比歷史學家更真實，因為他們能夠看到普遍的人性的深處。所以有時候，藝術家、文學家對於歷史的理解要比歷史學家深刻得多。專業的歷史學家往往止步於專業的歷史事件，沒有能夠進入到人的靈魂深處。對於自己的這各表達形式，易中天稱之為「趣說」或「妙說」。「就是歷史其裏，文學其表，既有歷史真相，又有文學趣味。」「有文學感的人一般也都有歷史感。因為文學是人學，史學也是人學。沒有人，就不會有歷史，也不會有文學。所以，要理解歷史，必須參透人性。歷史是不能復原的。你頂多只能散亂地見些秦磚漢瓦，依稀聽得鼓擊鍾鳴。然而人性卻相通，正如今日之蒼穹，正是當年之星空。」「因此研究歷史也好，講述歷史也好，都必須『以人為本』，以民族的文化心理為核心，一個個歷史事件和歷史人物在我們面前才可能變得鮮活起來」，「促使我們反省歷史，反省社會，反省人生，反省自己，

125

於是趣味之中就有了智慧。」顯然，易中天的表達形式，是經過深思熟慮，有著嚴肅的美學基礎，和獨特的史學見解。這也是他的歷史觀的體現。

　　學術也有分別。易中天的「品三國」屬於哪一等級的學術？學術創新是學術，學術普及也是學術。前者指的是科學家、發明家、作家、藝術家等傑出人物，他們所創造的新學說、新形象、新事物，對整個人類來講，都是新的，前所未有的，這是高層次的學術研究。後者指的是對專業研究者來說並不新，而對大多數接受者來說是新的，是前所不知的，這雖是較低層次，但仍屬學術範疇。易中天的轉述，就屬於後者。（至於普及性工作的重要意義，和易中天在其中所起到積極作用，不再贅述。）不太瞭解歷史的觀眾對易中天驚為天人，對專家學者來說，易中天講的就稀鬆平常了。這也是專家學者們抵觸易中天的真正原因。

　　專家學者只把目光停留在易中天的表達形式上，是丟了西瓜，還未必能撿了芝麻。《百家講壇》是面向普通觀眾的專欄，形式上的東西，講得好聽不好聽，愛聽不愛聽，是觀眾自己的事，這是誰也左右不了的。我不是剝奪專家自由評價的權力。就此事來說，任何人都有發表自己觀點的權力。但是，專家學者畢竟不同於普通觀眾，這一點，相信他們自己也不會反對。所以，作為專家學者，還是「不應把自己混同於普通群眾」，要從自己所處在位置，就學術上更為本質的東西，來發表見解。有人問易中天，你說的這些都是真的嗎？易中天回答：這個我不能保證，不過我說的都是有依據的。易中天所做的是一項轉述工作。但是轉述也未必就轉達述得完全準確。古籍本身就有很多尚不能確定意思的地方。而在轉述

過程中，又不可避免的要加入自己的一些理解和發現。所以，易中天所講的，雖是普及性知識，但其標準性、正確性、可靠性，都不是「免檢」的。越是學術的，越是普及的，越是需要嚴辨真偽。這就需要專家學者出馬，亮出火眼金睛，是其是，非其非，不僅嚴把質量關，最好還能就某些問題各抒己見，互為驗證，如此，就不僅是普及性的了，而成為高層次的學術探討。普及與提高，一舉兩得，豈不美哉。

況且，易中天也確實有值得商榷之處，其中最大的問題，是他有可能造成一種歷史研究的不良導向。在易中天的前面，黃仁宇曾對當代歷史研究方法產生過重要影響。黃仁宇的《萬曆十五年》，以文學的意識和筆法開啟了新的歷史之窗，對當代的史學研究方法產生了巨大影響。吳思的《潛規則》、《血酬定律》，史景遷的《王氏之死》和「新文化史學」，眼前不可勝數的文學性歷史學術專著，以及《百家講壇》的各家，講清朝人物的，講漢代人物的，當然也包括易中天，黃仁宇的影子都隨處可見。為什麼說這種方法、風格到了易中天就有可能成為不良導向？這不能怪易中天。問題出在三個方面：一是易中天的特殊性，二是接受對象的差異性，三是學術氛圍和社會取向的時代性。

易中天品味歷史人物、歷史文化，有深厚的歷史、文學、美學基礎作底子，其本人的體驗能力、品味能力和把握情調的能力，也堪稱一流。他講起歷史人物來游刃有餘，達到了「從心所欲不逾距」的境界。他能「滿嘴跑火車」式的講，不是人人都能這麼講，換個人很可能就會流於膚淺，或乾脆講到歪路上去了。黃仁宇雖然開了以文講史的先河，但程度遠沒有易中天這麼放曠，這

麼極致。從傳播方式和接受面來說，《萬曆十五年》的影響雖然大，畢竟只是通過書本傳播。十幾年間，國內各種版本的發行及再版量，加起來也不過十幾二十萬冊，而且主要是在學者和歷史愛好者的圈子裏流行。而一本《品三國》一版量就達五十五萬冊，再加上電視和網路的傳播，其影響真可謂「如日中天」，人盡皆知。傳播速度快，傳播面大有好處，便於普及，但也有弊端。因為大多數的觀眾，特別是一些年輕讀者，理解力、辨別力和知識層次遠沒有達到相應的水平，還是抱著讀「演義」、聽故事的心態去看去聽。這就會把注意力集中在一些表面趣味上，以為這就是歷史。而這些往往正是最不重要的和最不可靠的。這種錯誤的印象一旦種下，一旦成為需求，再加上社會文化本身嘩眾取寵的時代特色，學術研究急功近利的不良風氣，勢必會應運而生一批魚目混珠的偽學術作品，從而把歷史研究導向簡單、膚淺和不負責任。

陳傳席畫壇點將

1

陳傳席的隨筆集《悔晚齋臆語》，是本「燒」出來的書。

一九九四年，陳傳席忙著主編《現代中國畫史》和《藝術與文物鑑定從書》，又應書泉出版社之邀，寫《中國紫砂藝術》。也是忙中生亂，九五年初，由於用電不當，一場大火降臨，把陳半生積蓄燒得個精光。滿滿兩屋幾十架的書、寫好的手稿和資料用照片、許多貴重的畫冊、文物、名人字畫統統付之一炬！

當時燒了多少好東西，可以舉個例子。陳曾應某出版社之邀，打算出一套《國外藏中國畫全集》。陳飛遍美國、英國、日本等各大美術館和博物館，拍了一兩萬張照片，又耗時三年對照片進行整理，分時代、分畫派、注明畫家、作品題目、尺寸、質地、收藏機構及個人，識別畫上題字、印章、考證畫上內容。後來由於種種原因，書稿壓下了，就正好做了燒火紙。大火之後，從灰燼中扒出燒剩的一些片子，天津人民美術出版社結集出版，名為《海外珍藏中國名畫》，分為十冊（其中應出版需要又添加一些內容）。燒剩下的

尚可出十冊，可想當初「全集」是何等規模。亦可想燒掉了多少好東西。

大部頭化為灰燼，零零星星的小紙片就成為寶。想必，原先寫在書眉頁角、廢紙卡片上的一些不當回事的東西，此時就倍感親切，頗覺來之不易。如有是為當時付諸火海的著作、畫作寫的感懷、後記之類的東西，更難免觸景傷情，尤加珍視。這些少則十幾言，多則千餘字的劫後「倖存者」，就成了這本《悔晚齋臆語》。

陳傳席遭大火「洗禮」一事，不僅在《悔晚齋臆語》中多次提及，在另一部著作《畫壇點將錄》中也曾說起。我笑陳受刺激太深，有點像祥林嫂。不過，旋即理解。如是我，也有過在電腦裏的文章忘記保存，突然停電而黃鶴一去的感受，況且是像陳這樣人物的半生心血。這場大火唯一成就的也許就是《悔晚齋臆語》。《悔晚齋臆語》分兩部分。第一部分九卷，多為短篇隨筆；第二部分為序跋集。《悔晚齋臆語》所指應是第一部分。率意信手拈來與深思熟慮、憚精竭慮出來的東西給人的感覺大不相同。率意而來的東西更易見性情，見意趣，見機敏。聊舉幾語。

品人：《宋元明清士人》：「『進亦憂，退亦憂』。此北宋之士人也。『一身報國有萬死，位卑未敢忘憂國。』此南宋之士人也。『體乾坤姓王的由他姓王，他奪了呵奪漢朝；篡了呵篡漢邦，倒與俺閒人每留下醉鄉。』此元之士人也。『澄心靜坐，益友清談，小酌半醺，澆花種草，……無情無緒處憑欄。』此明之士人也。『春風自愛閒花草，蛺蝶何曾撿樹棲。』此明末清初之士人也。『左壁觀圖，右壁觀史；無酒學佛，有酒學仙。』此清中期至今之士人也。」

論事：「做官意不可在官，作文意不可在文」；「中才易致高位」、「待小人不可以大恩，待君子必以大德」；「蠢才如廢石，易得而難毀」，「賢才如美玉，難得而易毀」；及朋友為「仇人之侯選人也」。

談文：「作文如水。半尺之坑，水混濁如泥漿，反覆觀之而不見底，使人疑有千尺之深，實淺也。百尺深潭，水清冽透徹，一覽而明，潭底雖深，如現眼前，似淺，而實深也。」「凡作文，若作者胸中有識，則振筆直書品極之文，自是本色。思之所至，筆亦隨之。何暇堆砌名詞，尋覓艱澀之語、鮮用之典？故意多情深之文，語必清澈明瞭，一覽而明，似淺而實深也。」

釋詞、訓詁也是新意迭出。讀之賞心悅目，怡情明理。陳傳席像祥林嫂一般反覆嘮叨火災、遇人不淑、生平不順、不如意十之八九，想是有些癡氣不平氣。有癡氣不平氣，才會有偏激之語；有癡氣不平氣又不缺才識，偏激之語能言人之不明不透不敢言之語，此種性格在畫壇點將論人，就格外有意思了。

2

入選《畫壇點將錄》的三十五位畫家，除去當代四位還健在，尚須經歷史進一步驗證的外，其餘三十一家都是近代中國畫史上承重型人物。說已蓋棺論定，也不為過。只看這份名單，便知作者的眼界心氣了。

這樣的人物不好評。在畫史上評齊白石、徐悲鴻、吳昌碩等人，就像搞文學的談魯迅、老舍、沈從文，說錯了，貽笑大方；

說淺了，露怯；說深了，難免是別人說過的；說不清楚，是假專家
是騙子；你還沒說，一看名字，都是說爛了的。大師是出頭鳥，今
天靠大師吃飯的也是出頭鳥，多數是出力不討好。今天的人口味越
來越刁，越來越不好糊弄，這碗飯也越來越不好吃。所以就興研究
冷門，無所謂對錯深淺清楚糊塗，重在發現。「上窮碧落下黃泉」
也無現可發，就走上邪路去了。別看這些大師被滿世界嚷嚷得山
響，在陳傳席眼裏，大多還是半截身子埋在土裏，所謂人盡皆知根
本就是一知半解，甚至一無所知。陳傳席「挖地三尺」，「點將」三
通，一論畫作，二論實績，三論文化，神龍首尾俱現，參差長短，
高下自判。

　　陳傳席論畫極見性情。不論則已，一論則好在哪裡，遜在哪
裡，必要說個黑白分明。比如對黃賓虹。「他的畫用筆功力深厚，
有內涵，有變化，直筆、運筆、收筆，法度頗嚴，可謂集古今之
大成。就用筆的法度和功力而論，齊白石亦不敢與之相比。其他
人更無可比擬之資格。」這個評價不可謂不高。但「他以『法』
眼看世界，處處是『法』，則大自然的新鮮感對他刺激不大，所以
他的畫有點千篇一律，」「黃賓虹的作品數千計、萬計，但我們閉
目一回憶，又想不起他有多少山水畫。石濤的山水畫數量不及黃
百分之一，但我們回憶石濤畫各圖各景，應接不暇，似乎無窮無
盡也。」

　　最見性情還是論畫不忘品人。論吳昌碩與齊白石：「吳昌碩的
畫，大氣磅礡、雄健渾厚，但濁氣太重；在清新、淡雅、散遠等方
面都不如齊白石。吳畫中不僅火氣尚存，而且俗氣也沒有完全泯滅
光，至於齊白石畫中所表現出的天真和童趣，他是更沒有的。如果

承認繪畫有供人玩賞的一面，齊白石的畫才『好玩』。」「這一條是他（吳昌碩）藝術上的不足，卻是他人格上的偉大。正因為他是入世者，而不是出世者，他關心國家命運，關心民間疾苦，因而他的畫也並非不食人間煙火者。」論畫兼顧品人易，都能熨熨貼貼地說到點子上，難得。這一類最激烈有趣的，是評劉海栗和張大千的兩篇文章。這兩位大師仿畫做贗，沽名釣譽的毛病，被陳傳席揪住就再也不放。他像沉冤破案一樣，就著一股癡勁，列舉大量實事，並配以畫作物證，來證明自己所言皆為實情。

陳傳席「點將」第二通是看實績。陳說黃賓虹「他的畫真正地結束了『四王』一系衰微委靡的舊狀態，開始了雄渾蒼莽、深沉內涵、大氣磅礴的新時代。」「黃賓虹畫起三百年之衰，是振興近代山水畫的第一個關鍵的畫家」。陳傳席把畫家對藝術的影響和貢獻——「包前孕後」開一代之風和通過教育推動藝術的前進——看得非常重。所以，他把黃賓虹置於很高的地位，把吳昌碩和徐悲鴻列於齊白石之前。石魯也因一幅填補畫史空白的《轉戰陝北》，入圍陳的法眼。而位列眾「將」之首的李瑞清，正是集畫藝高和有推動藝術教育進入現代之功的標誌性人物。屬於這一類的還有林風眠和潘天壽幾人。不就畫論畫，當為史家的大眼光，大胸襟。

在《畫壇點將錄》裏，最發人清醒的，則是陳傳席對畫家個人素養的重視。這裏所說的畫家個人素養不是指狹義的繪畫專業知識，而是廣義上的文化素養，除去繪畫專業知識外，還包括書法、傳統詩詞、文藝理論以及一種特殊的素養——人生閱歷。陳傳席論畫必提及此幾條，必要從個人文化素養尋找畫高畫低之根

本原因。綜陳傳席對畫家個人文化素養與畫作水平關係的研究，可以概括出三條：第一，高水準的畫作，其差距不是來自筆墨技法，而是來自畫家個人文化素養；第二，畫藝登峰造極者在書法、傳統詩詞和藝術理論等方面，也必有極高造詣，或為大書法家，或為大詩人，或為藝術理論家（這一條可作為判斷畫家真實水平的重要依據）；第三，凡畫藝高妙、入於化境者，觀其一生總體，用於提高文化素養下的功夫要高於在純筆墨技法上下的功夫。這第三條最重要。它說出了旁觀者看不見的，為多數人所不知的學習方法。

　　作畫，「意」高於畫，才能產生傑作，才能成為繪畫大師。「意」入畫為「氣」，畫中有「氣」必為傑作。傑出畫作中的「野氣」「雄氣」「狂氣」「逸氣」「靜氣」「淨氣」「稚氣」等，無非畫家本人氣質氣度的表現。氣質氣度來自何處？「腹有詩書氣自華」。「詩書」是指廣博的學問，也是指獲取學問的途徑。「華」指的是「高」與「妙」境界，而不單是一種「華氣」。不同性情的人讀不同的書，學不同的學問，氣質氣度自不同，但都不會脫離「高」與「妙」境界。要有這種「氣」，達到「高」與「妙」的境界，陳認為一要廣博多學，二要廣開眼界。他曾撰文〈多移居有易人生〉來專門講這個道理。這並不是說筆墨技法不重要。學畫當然要學技法，學技法是基本功，是不是要求的要求，不是條件的條件，根本毋庸多說。技法誰都能學，而且能學得比大師還要好，但大師畫中之「氣」之境界卻萬難學其一二，這才是真正需要理解，需要下功夫學習的。但學畫的人有幾個明白這個道理，又有幾個是這麼做的？

　　不管幹什麼，一心一意就手藝練手藝，苦練一輩子，再好也頂多是個高級技工，絕成不了大家。凡搞藝術、文學、教育都同此理。現在大多數教育者在教育中就缺少「意」，不知道該教的到底是什麼，為什麼而教，學生也就只是為了學而學，全不知真正要學的是什麼，為什麼而學。

　　為什麼人們不重視個人素養的積澱和培養？因為個人素養和作品的實際效果之間有一段看似真空的地帶。技法可以通過作品一下子顯現出來，直接決定、提高作品的水平。個人素養則無法直接用來提高作品的水平，而且提高個人素養還無法一步到位，要經過非常長的時間，下非常大的功夫。急功近利，急著出名的人自是不會用這樣的「笨辦法」，走這樣的「彎路」；意志不堅的人在一段時間內見不到實際成績，難免會動搖會懷疑這條路對不對；不懂這個道理的人一開始就不會朝這個方向走，更不要說是如何去學了。總之，提高個人素養之於直接作畫來說是「沒有用」的，自然也就不為人重視。

　　陳傳席論畫品人不同凡響。但我認為最能看出他美術史家眼光的，是他對個人素養對繪畫的影響的認識。

陳平原的幽懷與才識

1

　　述明清文人，如張岱、袁宏道，往往超凡脫俗；李贄、徐渭，最易憤世嫉俗；而顧炎武、黃宗羲，又多會工於學術；至於汪中、全祖望，與前幾類相比又乏善可陳。這些毛病，陳平原幾乎沒有。沒有，不是人物的與眾不同之處沒表現出來，而是怎麼表現出來的。陳平原於明清散文或者說明清文人，可謂「一往情深」。情至濃處，理解至深，便能見到平常之中的不平常，人物便有了一種出格的規範之美，非凡的真實之美，人生與文章亦變得從容、厚重。於是，愈是理解，愈是深情，反而愈是波瀾不驚。陳平原與他筆下明清文人的距離，可以用一個詞來衡量，就是「體貼」。體諒中多一分關懷，溫清裏多一點理智；比親密無間要遠，比垂手旁觀要近；從容而不輕佻，見解獨到卻不片面偏激。火候剛好。

　　如何把握這個距離？陳平原的做法是，把個人性情趣味或者是人格品質並駕於造就人的外部社會因素。造成文人的出世與入世、苦悶與閒適，除了時局，這二者是不能不考慮的。前者如袁中郎、張岱，後者如顧炎武、黃宗羲。

　　比如袁中郎。在給丘長孺的一封信中，袁中郎寫了自己當縣令的四種醜態：遇上官則奴，候過客則妓，治錢穀則倉老人，諭百姓則保山婆。——遇到比自己官大的，自己就是奴才；恭候過路的官，自己就像妓女候客；還得像守倉庫的小吏一樣，整天算計；像媒婆一樣，老是絮絮道道。自己「一日之間，百暖百寒，乍陰乍陽，人間惡趣，令一身嚐盡矣。苦哉，毒哉！」這話分兩面聽。一方面，不可盡信。哪個當官的不是這麼說，這官當得累啊，不是人幹的活，但沒聽說誰累得不當了，如果你真要讓他歇歇，他能跟你玩命。另一方面，以當官為如奴似妓，也可見其人性情。「篋中藏萬卷書，書皆珍異」，「千金買一舟，舟中置鼓吹一部，妓妾數人，遊閒數人，泛家浮宅，不知老之將至」的理想生活，與這種性情自然無法分開。所以，陳平原認為「這位晚明文人，既講閒適，也有苦悶，二者都是真的。」

　　把人的自然性融入到社會性中，理解與體貼隨之而出。陳平原對晚明隱士所下定義為「並非政治上的反對派，沒有堅定的政治信念，也不能吃苦，他們極力追求『雅致的生活』，決定了其或明或暗地受制於金錢或商人的趣味。」陳氏眼中的晚明隱士不是傳統意義上的清高文人，也不是拿皇家俸祿的官吏，多是有一技之長，自食其力，靠市場生活的山人。陳繼儒、袁宏道都是在名利之間「形成良性循環」的文人穩士。這個評價較之以晚明隱士為陶淵明式的真隱而大加標榜，或以之為孟浩然式的以隱為終南捷徑的假穩而過分嘲諷，要溫和的多，也中肯的多。要說明的一點是，性情與趣味這種東西雖然個性、自由，但也不能臆想、揣度，更不是人人都能隨便拿來用的。陳平原能用，因為他有依據，他看的書多，理解得

也特深特透，換個人很可能就會流於膚淺，或乾脆用到歪路上去了。也就是說，他能這樣做，不是人人都能這麼做。

《從文人之文到學者之文》是陳平原在北大講課的課堂實錄。聽過語文課的人都知道，課上無論怎麼講述作者及其生平，最終都要回到文章中去。陳平原也不例外。在對作者理性和感性兼具地剖陳後，再講文章，哪怕僅是幾篇代表作，也有一葉知秋的感覺。不同的是，在陳平原對明清文人「深於情工於文」的介紹下，文章講解反而成為次要，成為展示明清文人奇情壯采的一種手段。張岱有一篇小文〈西湖七月半〉，陳平原講解：

> 終於，月色蒼涼，東方將白，連韻友、名妓也都走了，這時候，方才是『我』的西湖。『吾輩縱舟，酣睡於十里荷花之中，香氣拍人，清夢甚愜』。這種雅趣，落在陳眉公、袁中郎筆下，很可能大加渲染，而張岱則只是一筆帶過。十里荷花之中，小船飄蕩，香氣拍人，此情此景，確實很美。可若加以發揮，或者略為炫耀，馬上變得造作，不可愛。飽經滄桑的張岱，只是淡淡一笑，自己享受就是了。此種佳妙，需要心領神會，說多了，反而顯得俗氣。

這是在講解文章，更是在品評人物。什麼繁華不是煙雲，多少得意不成悲涼，都經歷過了，看透了，所以，說出來也只是說說而已，點到即止，不是不能放縱渲染幾筆，實在是已沒有那個必要。通達灑脫至此，惟有世事滄桑入骨。這些裝是裝不出來的。如此品解其文，盡得張岱之妙。由此亦可知，張岱與袁中郎和陳眉公是不同的。

　　或許陳氏根本是有意為之，文人本身就是篇最耐人尋味的「文章」。

2

　　較之《從文人之文到學者之文》，陳平原同為讀書知人的另一著作《當年遊俠人》，則少了一份在課堂上面對學生談笑風聲，縱橫馳騁，插科打諢的風趣，多了幾分對現代中國思想與學術重鎮的敬仰和神往，以及對現代中國思想與學術發展的焦慮和沉重，而不變的是文人的幽懷和學者的才識。

　　《當年遊俠人》，書名源自黃侃的詩作「此日窮途士，當年遊俠人」（〈效庚子山詠懷〉）。陳平原說，讀到這句詩的時候，感覺「驚心動魄」。這個說法有意思。黃侃的詩是由近及遠，再由遠及近。由今日的「窮途士」，追憶當年的「遊俠人」，再由當年遊俠江湖的瀟灑縱橫，比照今日之窮途末路，而愈加使人悲不勝悲。

　　陳平原的這本著作，延續了學者之文與文人之文相交彙的風格。從純學術角度來說，他對所關注的學者取材有限，主旨似乎不在展現學者學術思想之主體或全貌，而更多是用自己的才情和才識，就某一方面的問題，或有限的資料，來「做文章」。寫黃侃就是如此。陳平原坦言，對黃侃在音韻訓詁方面的主要學術成就，及《黃侃論學雜著》、《量守廬群書箋識》、《文字聲韻訓詁筆記》等著作，自己並不瞭解。所以只好採取迂回戰術，虛晃一槍，轉向《黃

季剛詩文鈔》、《蘄春黃氏文存》等文本。「驚心動魄」，還是來自於對有限文本的個人性與文學性解讀。

在另一篇談章太炎的文章裏，陳平原稱章氏為「有思想的學問家」。首先承認章氏學問家的身份，而尤其指出，作為學問家的章氏其不同之處是「有思想」。其論述的核心是學問家章太炎的學術思想。陳平原說：「章氏治學講求自得，既反泥古，也反媚外。評判歷代學術，其重要尺規就是能否『獨立自得』。而對西方學術，章氏從來都是以我為主，不為所拘，有時甚至故顯倨傲，言辭刻薄。可另一方面，章太炎其實頗為善於向學術上的對手學習，借助論爭激發靈感，完善自家學說。」陳平原還引用了章太炎自己的話來證明上述觀點。陳平原對章氏治學思想的理解，頗顯學者本色。但仍是避實就虛。所謂「既反泥古，也反媚外」、「能否『獨立自得』」以及善於學習，都是放諸四海而通用之詞，而與章氏的學術要義基本是「擦不著邊」。

缺點在此，好處也正在於此。作為人文學者，陳平原尤為注重要「別有幽懷」。「幽懷」亦即「歷史感」。陳平原讀書知人總是置身於對人對事對歷史深切的理解和同情的境地中，以洞悉歷史和人物的情懷為上，而不僅是為了瞭解一架學術機器的結構與運行。其次，現代思想史貴在知曉在特殊歷史時間中，各種思想的存在與演進，以發現時代思潮的特徵。而時代思潮並非僅由名家巨著所成，於名不見經傳的尺牘薄冊中，也可窺測時代思潮的傾向。自集「幽懷」與思想的詩文和信札中登堂入室，正是陳平原的不二門法。

　　陳平原對詩文和信札的品解，精到之極，對人物的理解，也就愈加細膩。嚼爛一本《八指頭陀詩文集》，讀出的是寄禪的人生和「憂詩復憂道」的複雜心理。由劉師培的信札和政論學論，陳平原對這位才子的特殊性格作了深層揭示。頗有些從性格角度，為劉申叔尋找失節原因的意圖。黃侃的不好懂是出了名的。在陳平原筆下，一個為人狂狷，治學卻嚴謹到五十以後方著書的黃侃，一個「侮同類」，而不「排異己」的黃侃，還是輪廓鮮明地浮了出來。文字莊重而不失輕盈，輕盈之下，又因蘊藏於其中的理解與悲憫之情，而充滿張力。這就不難理解陳平原為何會用「驚心動魄」這樣的字眼，來形容自己讀到一句詩的感覺。〈工詩未必非高僧〉、〈激烈的好處與壞處〉、〈當年遊俠人〉，這些題目，已為陳平原的「別有幽懷」做了最好的詮釋。

　　書中的當代學者，黃海章、金克木、唐弢、季鎮淮、程千帆、陳則光，還有王瑤，多為陳平原的師長。這一部分文章對人物的思想和學術得失並未言盡，而明顯是以情見長。陳平原的描寫功力，也在此處得以展現。「常常是下午三四點鐘，我輕叩柴門，在師母的引導下，步入那間只有七八平米的小屋。先生慢慢轉過身來，戴上眼鏡和助聽器，再掏出筆和紙，咧嘴笑笑，表示已經準備就緒。然後，一老一少，就著午後的陽光，連說帶寫地討論起蘇曼殊來。」（〈花開花落渾閒事——懷念黃海章先生〉）無一字言及懷念，卻無一字不流露懷念之情。情之所至，亦是「幽懷」所現。

　　課堂上的陳平原，常是「離題千里」，課堂下的陳平原，卻是難捨懸鵠。不過不論怎樣，卻步步可見其學者卓識。在〈軼事之外

的辜鴻銘〉中，陳平原寫道：「在西方語境下談論中國文化，自然是希望借東方文化補救西方文化的缺失。對這一論述策略不理解，無論是讚賞還是批判，我以為都是不得要領的。這種讀者的鎖定，決定了辜氏對東方化的評價，必然與以改造中國、解決迫在眉睫的社會問題為己任的知識者大相逕庭。或者說，後者主要面對『現實的中國』，而前者談論的則是『理想的中國』。」陳平原此論，對理解辜鴻銘有醍醐灌頂之功效。這百十字，實非成千上萬的軼事之說可相比。又道：「在我看來，只要不越界發揮，二者各有其合理性。也就是說，當年新文化提倡者的批判鋒芒，並不因辜氏的重新出土而黯然失色。」

別人談胡適議政不談「根本問題」，故「卑之無甚高論」。陳平原卻以之為胡適的長處：「為人為文平正通達，從不故作驚人之論，『不倚傍任何黨派，不迷信任何成見，用負責任的言論來發表我們各人思考的結果』。世人看重的是其『獨立的精神』，其『負責任』的態度，以及其政治與時事方面的『高等常識』。一句話，這是一個關心時世的健全的人文主義者，而不是職業政治家。」對丘逢甲、辜鴻銘、康有為、章太炎、劉師培、蔡元培、陳寅恪、胡適、林語堂等個體，雖只是單層面的解讀，但百川齊動，各放光華，映照出的卻是時代之思潮和學術之風貌。

推測前輩學人的情懷和思想，雖不足以給後世一個完整的形象，卻也能讓人在文人幽懷與學者才識的交織中，感受到前輩學人壓在紙背的個人辛酸和時代風雲。

張大春對細節的冒犯

　　稗，《說文》釋為「禾別也。」杜預語「稗，草之似穀者。」說的是稗的非正規、非正統。「稗是上不了臺面的米穀。」孟子說：「苟為不熟，不如荑稗。」是對不熟之穀與荑稗的雙重貶義。在對「不熟」的貶義之先，已有了對「荑稗」的貶義。總之，「稗，小一號，次一等，差一截。」《小說稗類》以稗為名，敏感的讀者自會從一則小說與體系解、修辭學、因果律、政治學、指涉論等顯要的坐擁一堂中會意，張大春不過是玩了一個《尤利西斯》的把戲──「看到別人不把它當成個東西，自然有抗辯不可忍。」

　　和《尤利西斯》一樣，僅是情緒尚不足以支撐起整個作品的大廈。好在稗還有第二層喻意。純就植物屬性論，「它很野，很自由，在濕泥和粗礫上都能生長」，「以小說為稗，我又滿心景慕。」張大春的小說觀、美學觀盡顯於此。自由與野性註定《小說稗類》要與結構完整、主題鮮明、典型性格與典型環境等一系列使小說中規中距宏大完整的秩序一刀兩斷，以稗子的自由、野性重生上述某個在小說發展中而來的枝節。

　　自由與野性，毋寧說冒犯。最大的冒犯莫過於重新確立一個自己的小說「起源點」。這個起源點當然不是來自神話，它既要符合國學大師「真正小說之雛形」的虛構手段標準，又不能「汲汲於西

方文學術語之舟，以求中國小說起源之劍。」在先秦諸子俯仰即是的設問答對之中，張大春找到了由雄辯、玩笑、荒唐的故事、諷喻、語言遊戲所融合成的小說世界。與雛形派不同的是，張大春把這些裁剪得首尾俱全，有著獨立身份的故事，重新根植於言辯的氛圍和功能中。「有個叫儲子的人前來問孟子……孟子答到……」，多了這一問一答，孟子口中講述的故事，不僅在言辯中將故事的諷喻延伸到了故事之外，勾貫起了問答之中與問答之外的辯論家所面對的世界之間的聯繫，而且，亦獲得了近代文學史家夢寐以求的「『真正小說之雛形』的虛構手段」，不必只拘於起源神話的疆界內，望「洋」興歎。

　　「在我的後園，可以看見牆外有兩株樹，一株是棗樹，還有一株也是棗樹。」〈秋夜〉篇首這四個句子，如果「修辭」為「後園牆外有兩株棗樹。」將會失去什麼呢？無疑，句子是簡煉了，但也會因此失去一個世界。魯迅「奇怪而冗贅」的句子，所展現的不僅是描述程式，更為重要的是描述之後的觀察程式，「描述的目的不只在告訴讀者『看什麼』而是『怎麼看』」「暗示讀者以適當的速度在後園中自牆外移動目光，經過一株棗樹，再經過一株棗樹，」「安頓一種緩慢的觀察情緒，」「然後延展向一片『奇怪而高』的天空。」修辭之後的句子，首先失去了「體貼那種在後園裏緩慢轉移目光，逐一審視兩株棗樹的況味。」給張大春以冒犯「修辭學」膽量的是這四個句子所表達的「白話文運動發軔之際的一種獨特要求：從一個句子到一篇文章──即使是一部『應該』以說故事為『本務』的小說，都不可以放棄那個『複寫整個世界』的責任，都必須透過描述程式展現觀察程式，都在告訴讀者『看什麼』之外還暗示了他該

『怎麼看』。」而冒犯之冰山的更深用意則應該是作者對語言本身的憂慮：魯迅他們用白話文清理文言文的語言屍體，抵抗文言文所象徵的鬼魅世界，而今天的白話文一樣可以氾濫得聲色俱厲，一樣可以變成空洞肉麻、附著在早已腐朽的語言屍體上的幽靈。

　　余華說過：「……我能夠準確地知道一粒紐扣掉到地上時的聲響和它滾動的姿態，而且對我來說，它比死去一位總統重要的多。」細節的發現在張大春那裏的分量也絲毫不遜於一位總統的誕生。沒有什麼不能在細節裏找到答案與歸宿。細節內部湧動的自由和意志成為作家的思想、意識、作品的風格、不斷重複與展開的主題的隱喻與象徵，並直接決定了技術層面和美學層次的呼應和支援。細節也引誘了讀者的想像，他們（小說家）為什麼在那麼不重要的細節上賦予那麼繁瑣的筆墨？為什麼在最重要的部分卻得不到一點細節的暗示？為什麼一個無關的細節會莫名地出現在本不屬於它的位置上？在想像、猜測與懷疑中，讀者也檢測了自己對世界的信任能力，並很有可能創造一個從未「真正」屬於文本的意義——一個令批評家的「語言勒索」望塵莫及又無能為力的世界。

卷三　洗盡鉛華

歷史的「冬天」過去了，留在
吳祖光先生心裏的「冬天」，
卻始終沒能散去。「冬天」成
為籠罩著吳祖光先生一生的
「季節」。

魯迅的詩

　　與雜文和小說相比，魯迅先生單行本的詩集不多見。日前，偶在坊間見到單行本的《魯迅詩集》，仍像購買厚厚十六卷的《全集》一樣，毫不猶豫地把這薄薄的一小冊購入囊中。

　　對於作詩，魯迅幼年曾通過父親得到祖父的教誨「初學先誦白居易詩，取其明白易曉，味淡而永。再誦陸游詩，志高詞壯，且多越事。再誦蘇詩，筆力雄健，辭足達意。再誦李白詩，思致清逸，如杜之艱深，韓之奇崛，不能學亦不必學也。」但先天的稟賦氣質，後天的生活磨礪，卻使魯詩最得杜詩精髓，沉鬱頓挫，憂奮深遠。

　　「菱裳荇帶處仙鄉，風定猶聞碧玉香」青年魯迅便以「蓮蓬人」自喻：「掃除膩脂呈風骨，褪卻紅衣學淡妝。好向濂溪稱淨植，莫隨殘葉墮寒塘。」一九○二年，青年魯迅滿懷救國熱情遠赴日本，但「幻燈片事件」一下子擊毀了他富國強兵的美夢。次年，給許壽裳的信中，他寫下：「靈台無計逃神矢，風雨如磐闇故園。寄意寒星全不察，我以我血薦軒轅。」（〈自題小像〉）留學外邦所受刺激之深，遙望故園風雨飄搖之狀，同胞未醒，不勝寂寞之感，在詩中都化作以血肉之軀向黑暗時代宣戰的宣言。

　　一九一八至一九一九年，正值「五・四」新文化運動的高潮，作為「五・四」新文化運動的先驅、幹將，魯迅義不容辭地開始

了自己並不擅長的新詩創作，完成了六首新詩。在最早的一首〈夢〉中，詩人渴望一個「明白的夢」───一個救國救民的真理，卻未能如願。在〈桃花〉中，詩人感慨救國運動中人與人之間的關係───文人相輕，並由衷希望文人學者能互相尊重，為文藝的百花園增色添香。在〈人與時〉中，詩人譴責、提醒了沉溺於過去和幻想於未來，不切實際逃避現實的青年。詩人思想前趨的偉力所至，即便是今日之青年，也仍能被詩意的現實針對性所震撼。儘管魯迅謙稱自己作新詩只是「打敲邊鼓，湊湊熱鬧」，無意做詩人，寫新詩只是為了「慰藉那在寂寞裏奔跑的勇士」。但動盪年代的血雨腥風，卻使他剛直不阿的詩人風骨得到前所未有的磨礪與展現。

　　左聯五烈士遇害，詩人寫下了那首悲憤欲絕的〈悼柔石〉。「慣於長夜過春時，挈婦將雛鬢有絲；」罹難中的詩人已「慣於長夜過春」。楊銓遇害，反動政府宣稱，下一個目標將是魯迅。從詩中沈鬱悲愴的風格，慷慨不屈的內容可以看出，詩人已隨時做好犧牲的準備，既悼柔石，也悼自身。謠聞丁玲遇害，詩人寫到「瑤瑟凝塵清怨絕，可憐無女耀高丘」。（〈悼丁玲〉）楊銓遇害，詩人泣作〈悼楊銓〉：「豈有豪情似舊時，花開花落兩由之。何期淚灑江南雨，又為斯民哭健兒。」對杭州黨政諸人對郁達夫的無理高壓，他作了〈阻郁達夫移家杭州〉；一二八事變後，他寫了〈一二八戰後作〉……

　　〈題《芥子園畫譜三集》贈許廣平〉一詩，是魯迅對相濡以沫甘苦與共的夫妻之情的深沉感懷。「十年攜手共艱危，以沫相濡亦可哀；聊借畫圖怡倦眼，此中甘苦兩心知。」與許廣平的結合，給魯迅帶來無比欣慰的同時，也帶來了無窮的憂慮。她必須做出巨大

的犧牲，謄稿、校對、送郵，柴米油鹽。作為一名精神戰士，許廣平為魯迅犧牲了自己的獨立思想。詩中對愛的回顧，也蘊含了詩人因對方的犧牲而喚起的難泯的感激。

諷刺依舊是魯迅得力的武器。對人民內部的缺點，如對章衣萍、趙景琛等大學教授，他作了〈教授雜詠四首〉，予以善意的諷刺；對敵人，他有〈南京民謠〉「靜默十分鐘，各自想拳經」予以尖銳的諷刺；介於兩者之間的，他又有〈報載患腦炎戲作〉「詛咒而今翻異樣，無如臣腦故如冰」予以嘻笑怒罵。

一九二九年是魯迅的思想完成徹底轉變的一年。他由一名進化論者轉化為自覺的馬克思主義者，並開始用唯物主義的眼光看待人民群眾的作用。面對充滿光明的前景，詩人難以抑制澎湃的心情，寫下了〈亥年殘秋偶作〉、〈無題〉等詩：「萬家墨面沒蒿萊，敢有歌吟動地哀。心事浩茫連廣宇，於無聲處聽驚雷。」這些詩雖作於最黑暗的年代，卻預示著黎明前一定會爆發出震耳的驚雷。「於無聲處聽驚雷」一如郭沫若所言：「魯迅先生無心作詩人，偶有所作，每臻絕唱。」（〈《魯迅詩稿》序〉）

苦難時代的風骨，黑暗時代的揭露，黎明曙光的歌吟。詩集薄薄，而任重道遠。每首詩後所附魯迅先生的筆墨手跡，是「荷戟獨彷徨」的思想家以詩人特有的內質來感悟的人生寫照，是不屈的意志衝力呈現出的一身詩意。

薩孟武的《中年時代》

　　薩孟武的三個集子：《紅樓夢與中國舊家庭》、《水滸與中國社會》和《西遊記與中國政治》，嶽麓書社在一九九八年出版了合集，「大家小書」第四輯中的《水滸與中國社會》（二〇〇五年）就是上述一種。

　　薩孟武是社會政治學家，從社會政治角度解讀名著，其學養優勢使其難有匹敵。比如對梁山泊社會基礎的分析。薩孟武認為：中國歷史強權階級的出身無非兩種人：豪族與流氓。前者如楊堅與李世民，後者如劉邦與朱元璋。梁山好漢無疑屬於後者。流氓階級的經濟基礎類似於共產主義，但卻是消費的共產主義，而非生產的共產主義。這種經濟基礎決定了流氓階級的倫理觀念只能是義，而決非紳士階級的忠孝。所以孝子王進不上梁山，而最初出現於《水滸傳》的好漢乃是氣死母親的史進。李逵喪母，宋江等竟大笑；楊雄與石秀的結拜，都說明流氓與紳士倫理觀念的不同。幾句話，就把梁山泊的集團性質、經濟基礎和倫理觀念的老底兒交待個一清二楚。

　　由在延安府稱霸的鄭屠、快活林酒店的所有權問題，看中國古代社會的經濟體制；由祝家莊與曾頭市說到中國的軍隊與官僚；從捲簾大將犯小過而重刑，顯聖真君大功而輕賞談中國古代的科刑法制；還有玉帝為何不留顯聖真君在天宮保駕；烏雞國國王為何不敢

在冥府控告全真怪等等。薩孟武表面在解讀名著，實為剖析中國古代社會，他的解讀完全可作為獨立的史學專著，同時，也賦予了文學名著更豐富更深刻的內涵。

看薩孟武的這三本書，很是著迷。也就希望有機會能一睹這只「下蛋的雞」的風采。機會來自於他的《中年時代》，薩孟武回憶錄的第二部。《中年時代》，一部《上學記》那樣的書，記錄了薩孟武到臺灣前，從上海到南京到重慶再到廣州，所經歷的抗戰前後的生活。這本書讀起來，感覺有點怪怪的，和朱自清、吳宓、錢鍾書、何兆武、汪曾祺等很多人對同一時代的記錄的感覺不一樣。讀了幾十頁才找到原因，薩孟武是國民黨員，是國民黨認同的重要學者，他本人與國民黨的合作一直不錯。這是一個國民黨人對「中年時代」的記述。

薩孟武主要在國民黨黨部辦的政治學校任職，是政治學家、歷史學家、法學家。同為教育界的知識份子，同為避難的離亂人，身為國民黨員，身處國民政府直屬機構的薩孟武，對動盪時代和艱難生活的描述，與左翼人士、西南聯大中人的大不相同。這些資訊，使相同的時代變得更加多樣和立體。

動盪時代，知識人的遷移生活，錢鍾書在《圍城》中所寫，是很好的例子。略一穩定，學校可以重新開張，教授們可以重新上課，但生活不是以前可比，要開始為衣食操心。像聞一多，靠給人刻章補貼。多數教授沒有這樣的手藝，就去給別校兼課。兼課的時間是擠出來的——遲到一會兒，再早退片刻，或者乾脆請一天半天假。生活很苦。像朱自清，聯大在昆明時，他腸胃不好，拖著不治。最後借錢上醫院看，已經晚了，腸潰瘍，破了一個洞，進了醫院再沒

出來。美國人在援華的份額中，規定必須有一部分是用來救助中國
高級知識份子。朱自清根本不接受，他臨死時對夫人說，自己拒絕
在美援的宣言上簽字，大丈夫一言，駟馬難追，日子再怎麼難過，
也不買政府配售的美援平價麥粉。當時知識份子的生活現狀和對政
府的態度，西南聯大的師生很有代表性。

　　薩孟武的不同，還是從衣食住行說起。遷移中，薩先生除了家
人，還有兩位特殊隨從，一位是老孃，負責照顧孩子；還有一位是
個叫林科題的廚子。這位林廚師最初的願望想必是能「科舉題名」，
最後卻成為廚師。林廚師的手藝非常好，每到一地，薩先生的朋友、
同事就來嚐手藝。時任政校校長的蔣介石，每次到校巡視，中午飯
都是由這位林廚師掌勺。薩孟武說生活困難了，本不欲再把廚子帶
在身邊，只是出於感情，才不忍把他一人丟下。後來，任學校教育
長的陳果夫家裏缺少一個廚子，林廚師就到了陳果夫家。多年後，
薩先生及其朋友，還對這位林大廚念念不忘。薩先生避亂所到之
處，常言「物價甚廉」。常德「牛肉亦佳，洞庭湖產魚，魚價亦甚
便宜。」「芷江物價低廉，主人拿出幾塊錢，就可以買到甲魚、仙
魚、鰻魚吃」，「一匹雞不過二三毛錢，後來給我們吃貴了。」「遵
義的銀耳，價錢甚廉，每兩不過二三元。」有好廚師，吃的又如此，
薩先生在遷移避難中所展示的，是另一幅「流民圖」，對聯大師生
來說，恐怕只能在夢裏才有。

　　住行方面也非聯大的窮師生們所能比。薩孟武在中央政校任
職，校長是蔣介石，光政校畢業的學生就遍佈全國，而且多居要
職。這還不算薩孟武在中大、軍校、陸大、警校兼職時教的學生。
薩孟武的駐行，都有青年團迎送；所到之處，政校畢業的當地警

察局長、教育局長或大學同仁之流早早安排好起居。一次在廣東
講課，突有戰事將近，薩孟武須離粵西進，青年團為他訂了一等
臥車票。到車站，敵機轟炸警報響起，人群大亂，薩孟武只能擠
在火車走廊人群中。查票的來了，看到他的票，立刻高聲叫人讓
路，帶他進一等臥房休息。這樣的待遇，恐怕聯大的師生想也不
敢想的。

　　薩孟武回憶了自己兩次參加民意代表選舉的事。能當上國民黨
民意代表的候選人，起碼政審上要過關，還要有相當的黨內資歷。
民意代表只是擺設。當局中人特別是認真的知識人未必這麼看，還
是很重視，到處搞宣傳，找關係，拉選票。這種經歷本身就不是普
通學校的教育人所能擁有的。國民黨政治學校的教師、學生情況，
陳果夫主持的校內會議，學校的遷移過程，以教育人身份參加參政
會，這些雖是從個人經歷角度說的，不是從政治角度，也都是不可
多得的資料。

　　抗戰勝利後，薩孟武分析「我們」的錯誤，他認為第一是接
收的錯誤。他以蕭何和項羽為例，說明勝利之後，「我們」的接
收人員有「五子登科」之號，大大傷了淪陷區人民的心，「我們
不能否認」。第二錯誤是把偽幣貶值過低，淪陷區的人民都破產
了，由中產變為無產。第三錯誤是發行金元券之時，處理不甚得
當。一月之內發行了三份金元券，收回關津，購買民間黃金，又
購買美鈔。一月之內，金元券貶了又貶。作為學者，又是局內人，
薩孟武對時事和當局的分析評價，自有一種「客觀性」，這對於
研究當時的政治現狀和瞭解這個特殊階層的知識份子，有很大的
幫助。

瑣記恨水話《金粉》

　　中國近現代文學部分，少不了提張恨水「一筆」。這「一筆」一般以三條概括：一張恨水是鴛鴦蝴蝶派；二小說作品的分期；三關於《啼笑因緣》。張恨水從二十年代起，一直創作章回小說，新文化運動後，這一體裁被認為過於陳舊，而統統不問內容如何，凡涉及男女之情，一併歸為「鴛派」或「黃色小說」。五十年代初，文化部特發通知，摘掉了張恨水小說「黃色小說」的帽子，而「鴛派小說」卻得到了蓋棺論定的認可。但在今天看來，把張恨水的小說劃為「鴛派」，也是一個很值得商榷的問題。

　　「鴛派」代表刊物為《民權報》，代表作為徐枕亞的《玉梨魂》。徐枕亞名覺，江蘇常熟人，和其兄天嘯，有「海虞二徐」之稱。徐枕亞的《玉梨魂》與同窗吳雙熱（恤）之《孽冤鏡》，成為「鴛派」的始基。這類小說走的是《花月痕》的路子，談情說愛，吟風弄月，無病呻吟，而命名「哀感頑豔」。張恨水起初的作品，也走這個路子，他自己說就是用文言文寫的，而且力求表現文采。這是後來把他的小說定為「鴛派」的一個重要原因。但是不久，他就發現這條路對他是行不通的，所以轉向白話小說的創作，白話小說使他一舉成名。張恨水的絕大部分作品，都是白話，對他創作時期的分類，也是以白話小說《春明外史》為起始的，《春明

外史》不僅是他的成名作，也是他真正進入風格創作的初始。這一時期的絕大部分作品，如《春明外史》、《金粉世家》、《啼笑因緣》、《夜深沉》等，雖也談情說愛，但十分注重對社會現實的描寫，把人物置身於大的時代背景中，通過多側面多層面，描寫人物，揭露弊端，把人物的命運與社會的命運密切相聯。以致於《金粉世家》連載後，許多大官僚——尤其是當過國務總理的，都認為在說自己，很怕他揭露隱私。對於反封建，這些小說深入人心，發揮了一定的作用。自「九一八」事變起，張恨水創作了大量描寫抗戰的小說，同時，結合抗戰，他以當時官僚政治為背景，寫軍閥官僚豪紳勾結一起，貪污腐化，醉生夢死，槍口向內，殘酷剝削，揭示了歌舞昇平背後的斑斑血淚。發表在重慶《新民報》上的大多數作品，〈傲霜花〉、〈八十一夢〉等都是在這個時期創作的。在後期，由於轉徒流離，數次遷居，加之身體較差，而許多報刊都已停刊，所以他的創作沒有繼續深入拓寬，唯一的長篇《記者外傳》也沒有完成。從主要時期的絕大部分作品來看，無論在內容的選擇，主題的挖掘，視角的開闊度，思想的深刻性及語言的運用上，把他的小說列入「鴛派」，實在是有著諸多不當之處。他自己也明確表示，他不是「鴛鴦蝴蝶派」。把他作為舊派到新派小說的過渡者，也許更恰當些。

　　掌故家說張恨水寫作，可以一邊打麻將一邊寫。張恨水的後人澄清，這純屬杜撰。張恨水寫作和別人沒有區別，所有的付出一樣也沒少。也難怪，面對如此多產的作家，掌故家難免要製造點傳奇。張恨水後期身體很差，與這種長年付出不無關係。進步作家薄章回小說而不為，為什麼張恨水一直堅持寫章回小說呢？一九四五年，

在他五十歲生日的一篇〈總答謝〉中說：「新派小說，雖一切前進，而文法組織上，非習慣讀中國書、說中國話的普通民眾所能接受。正如雅頌之詩，高則高矣，美則美矣，而匹夫匹婦對之莫名其妙，我們沒有理由遺棄這一班人。」這是他的抱負。他以章回以武器，舊瓶裝新酒，對抗那些落後作品，被人指拆為「異端」而不辭。從他創作取得的效果來看，他的苦心沒有白費。小說連載時，報館門口常在清晨就排起長龍。聊家常者，莫不談《春明》與《金粉》，以致他所到之處，人們便邀還家，享以家宴，談小說創作，談人物結局。在市民層，他的小說深入人心。

　　《啼笑因緣》使張恨水先生蜚聲南北，其實，在此之前一部小說就已經使他在北方享有極高的聲譽──《金粉世家》，一九二六年在北京《世界日報》連載。這部小說以二十年代，一金姓總理的家族生活為背景，寫了總理之子金燕西與貧女冷清秋的悲歡離合。春宵苦短，浮華若夢，終為煙雲，所謂金粉富貴，不過袖底清風。張友鸞評《金粉》：「如果不是取法章回，而用現代語，這部小說就是《家》；如果不是小說，是戲劇，那它就是《雷雨》。」更可說是「溶合近代無數朱門狀況，而為之縮寫一照。」故事結局：一場大火，富貴煙消雲散，冷清秋離家索居，以賣字為生，金燕西則出國留學。尾聲裏，作者又補加了一些人物最終的結局：金燕西留學歸來，改名張景華，作了電影演員，主演的三部片子都是由自己的故事改編而來，成為一時名角。清秋看了燕西主演的片子，悄然灑淚。後來，看了香港電視連續劇《京華春夢》，始知此劇即由《金粉世家》改編而來，故事有所更動，但汪明荃所演冷清秋實在是像極了，氣質造型，妙到毫巔。

　　張恨水，安徽潛山縣黃土嶺村人。一八九五年生，一九六七年歿於北京，年七十二歲。名心遠，喜誦李後主詞：「自是人生長恨水長東」，因取恨水為名。

編輯四書：章品鎮、范用、
聶紺弩、曹聚仁

1

　　閱讀了幾本小書，幾位編輯的薄冊文集。章品鎮《花木叢中人常在》、范用《泥土・腳印續編》、聶紺弩的《蛇與塔》和曹聚仁的《文壇三憶》。

　　《花木叢中人常在》是一位老編輯為他的作者、同仁和朋友們所作的人物小傳集。章先生的文筆如待剖璞玉，光華內蘊，素雅之極。眾文當中有兩篇〈徜徉在新社會的舊貴族──記陳方恪〉和〈涕淚乾坤焉置我？──記范當世〉，尤其令人驚豔。其文筆之卓越，心態之瀟灑，毫不遜於擅寫掌故軼聞的大家，寫活寫盡名士風流，而盡顯作者名士風骨。

　　與作者瀟灑的文筆和風骨形成對比的，是作者對其他諸人的描寫，包括高曉聲、周瘦鵑、陸文夫、錢靜人、錢松喦、馬得、顧民元、傅小石、李俊民等人。作者將大幅筆墨和難言的感情，用在了講述文革中，他的作者和朋友們的遭遇，再由這一特殊時期為起點，穿插追憶他們的往昔歲月。作者似乎很想借這個機會澄清、解

159

釋一些同事間或朋友間發生的問題，或者是明確一下自己當時的觀點立場，發表一下自己對一些問題的看法，但給人的感覺，卻是期期艾艾，如打啞語，知又不言，言又不盡，讀得著實鬱悶。只在回憶文革前大家的交往時，才偶見生動活潑的文筆和心態。

也許正是這種骨子裏的瀟灑輕盈，與所描寫的特殊時期特殊人事的悲苦難言之間的巨大反差，使人讀後總有些意猶未盡。作者寫陳方恪、范當世，一瀉千里，風度翩翩；寫高曉聲、陸文夫、傅小石等人，欲言又止，心情悲慟；前者是塑造藝術品，後者則在寫實；前者如坐攬車觀風景，後者則是在佈滿坎坷的路上，崎嶇前行，淚流在心裏，而血滴在路上。

2

范用與章品鎮有相似之處，他們都是編輯，又都懶於著書。章先生寫了兩本書，而范先生共寫了三本小冊子：《我愛穆源》、《泥土·腳印》和《泥土·腳印續編》。范用的三本書都是對舊時生活和人生旅程的回憶。《泥土·腳印續編》的內容更豐富一些，包涵了對人生各個時期生活和工作的回憶。

范用的文筆樸素簡單到了極致，我只在小學生的作文裏見到過類似的語言。

「牙寶死要漂亮，用紅油光紙蘸了唾沫抹在嘴唇，血紅的。」「牙寶後來長大了，跟媽媽學做針線，看到我只是笑一笑，不好意思一起玩了。」（〈鄉里故人·牙寶〉）

「先生上年級了，一嘴白鬍子。父親每個月請先生吃一回早茶，問『小伢子學得好不好？』先生總是說：『好！好！』我也陪著吃早茶吃乾絲、肴肉和湯麵。」（〈鄉里故人・塾師〉）

「後來，他跟戲班子到長沙去了，再也沒有消息。」「至今，我很懷念童本喜大哥哥。」（〈鄉里故人・童本喜〉）

淺淺白白的字，淺淺白白的句，格外溫情親切。朱自清在講評文學時曾說，在一個小學生的作文裏有這樣的話：「冬天到了，樹上的葉子掉光了。」這是極美的語言。朱自清自己很少寫出這樣的語言。在范用筆下，則俯仰皆是。范用的文筆，來自他樸素的心態和人生。歷經風雨，收穫一泓平湖，以這樣的心境，去關照生活和歷史，實在很了不起。

3

張遠山、周澤雄和周實三人，前兩年搞了本書《齊人物論》，把二十世紀中國文壇大大小小有頭有臉的二百來號人物，一一「酷評」。其中，評舒蕪的第一句話就是：「舒蕪是周作人之後最關心婦女命運的中國作家」。

此話正確與否，姑且不談，卻想起還有一位作家也是異常關注女性命運，是聶紺弩。四十年代，聶紺弩寫了本集子取名《蛇與塔》，「一望而知，是取白娘子與雷峰塔，寓意婦女到哪裡，對婦女的壓迫、輕視、玩褻便到了哪裡。」

一九九一年，三聯書店重新出版這本書時，又加入了聶紺弩在其後數年，特別是在八十年代所寫的一些關於女性問題的文章。由此可見，聶紺弩對女性問題的關注不是心血來潮。

寫過有影響的女性題材作品的作家可以列出一堆，包括魯迅、沈從文、張愛玲、茅盾、凌叔華、冰心，寫的都是小說或散文。聶紺弩的《蛇與塔》是雜文。關注問題的文化性與政治性的區別就在這裏了。

女性問題，深知事關重大，也心懷敬意，卻從不敢冒充內行，或假裝有濃厚興趣，對女權主義之類的概念也是不敢亂用的。對聶紺弩對女性問題研究與思考的程度，只想引一句話，望能從中感受一二：「對婦女實施這種行為的（對婦女的壓迫、輕視、玩褻），甚至是婦女自己。」

聶紺弩在文章中說的，物質上的和權利上的今天實現的最多，思想上的次之。「五四」以來，在關注女性問題的作家中，聶紺弩是很重要的一位。

4

曹聚仁的《文壇三憶》，有一篇是寫朋友曹禮吾的，名為〈《世說新語》中的人物──曹禮吾〉。開頭一段給我的印象很深：

> 杭州西湖文瀾閣，那小小的院落，地方可怪有趣的。閣前那
> 小池中，搖著尾巴來來去去的魚兒，並不算少；可是黝黑的

池水，長年那麼沒有生氣。閣東的綠梅，花朵和綠葉都長得不錯，歪歪曲曲的。乾卻像有今年沒明年，誰也不敢保證會不會再開一回花。那高高低低的假山，正是狐狸和長蛇的洞穴；那沒有青苔又有光彩的岩石，使人看了怪不舒服。禮吾兄告訴我：他曾在那兒過夏，被尺來長的蜈蚣咬痛了腳，看見兩頭蛇彎彎曲曲游過庭階——這樣古怪的院落，正好做住在這院落中這些人物的好背景。

作者對它太過熟悉，而產生了真實獨特的感受。曹聚仁寫人記事，總能發現其人的可親可愛和與眾不同之處，他筆下的人物都帶有些《世說新語》的風範。這不妨礙作者以仰望的姿態，來注視自己筆下的人物。對師長是如此，對親近的朋友也是如此，即使帶一點友善的戲謔，心底裏也滿是佩服和敬重。曹聚仁筆下的人物，活潑生動，又端莊厚重。這也構成了《文壇三憶》平和仁厚的文風。

幾本薄薄的小書，陸續讀來，不僅絲毫不覺單調乏味，反而餘味不絕，百感交集。因為作者所書寫的其實不是「別人」，正是自己，自己人生旅程的真實遭遇，自己內心世界的真實感情，銘刻在記憶中，已成為自己人生的那段歷史。

讀呂叔湘的幾個理由

　　我讀書的時候，極少去想為什麼要挑這本書來讀。憑興趣而為之的事，似乎不需要什麼理由。不過能與某一本書相遇，又結伴同行一程，也自有一番機緣在其中。

　　呂叔湘先生在《語文常談》的序中說：「希望有些讀者在看小說看電視看得膩味的時候，拿來換換口味，而不至於無所得就是了。」這真成了我讀《語文常談》的一個理由。我沒看小說或電視，看的是另一些書，有王元化的《人物‧書話‧紀事》、黃裳的《筆禍史談從》、馮亦代的《洗盡鉛華》，還有馬幼垣的《水滸論衡》、《水滸二論》。《語文常談》是作為這些書的調劑來讀的。讀書調節一下口味是必要的，這有利於興趣的保持。

　　之前還看了兩本新書，葉兆言的《陳舊人物》和陸灝的《東寫西讀》。兩書中都有記呂叔湘先生的文章。在專業以外的書籍中，談呂叔湘的文字不常見。語言學讓人感到枯燥乏味，甚至於望而生畏；呂叔湘本人又是極傳統本分的學者，不像一些思想尖銳或行為放獷的風頭人物，動不動就搞出些動靜，生出些故事。葉兆言和陸灝在自己的新書中都寫了呂叔湘，而我又接連讀到，不能不說是機緣巧合。

　　葉兆言在文中記了一件關於呂叔湘先生的趣事。在八十年代中期，呂先生發現《人民文學》上的錯誤太多，就寫信去一一訂正，

雜誌上於是發表了一封短信，一本正經地向呂先生表示謝意。可這封感謝信，竟然也是錯誤不斷，甚至把呂叔湘的名字也寫錯了，寫成了「呂淑相」。葉家的人捧著那期雜誌哈哈大笑，無法想像呂先生會氣成什麼模樣。這讓我想起我曾見過的一件事。一個小學生寫了錯字，老師罰他改錯，把這個字重寫一百遍。結果是開頭幾個寫對了，後邊的八九十個又寫成了錯字。呂先生的心情可能和那個老師一樣，生氣歸生氣，也能被逗樂了。陸灝記的是呂叔湘給《讀書》雜誌「挑刺兒」的事。呂叔湘寫信給當時《讀書》雜誌的主編沈昌文，建議說：「編《讀書》這樣的雜誌……要堅持兩條原則：一、不把料器當玉器，更不能把魚眼當珠子；二、不拿十億人的共同語言開玩笑。」這十幾年來，《讀書》雜誌受到越來越多的批評，正是背離了呂先生的原則。葉兆言和陸灝都提到，呂叔湘翻譯的《文明與野蠻》和威廉‧薩洛揚的小說，是自己愛讀的書。有了葉陸二人的推薦和介紹，想要閱讀呂叔湘，特別是能領略他翻譯家、讀書家風采的《未晚齋雜覽》，便是很自然的事了。

　　懷舊也是一個理由。在我上中學的年代，語文課本中收錄了好幾篇呂叔湘談語言的文章。課本對作者的介紹很簡單，只有一句話，說是我國著名的語言學家。如同不瞭解他著名和重要到什麼程度一樣，那時候對課本裏的很多文章，也體會不到它們的好處和分量。於是，呂叔湘這個不常見的名字，就成為一個符號，一把開啟記憶之門的鑰匙。與這個名字重疊在一起的，是一段簡單到最容易讓人忘記的光陰。

　　補語言方面的課，是個適用於多數人的閱讀原因。呂叔湘說：「語言的地面上是坎坷不平的，『過往行人，小心在意』。說話的人，

尤其是寫文章的人，要處處為聽者和讀者著想，竭力把話說清楚，不要等人家反覆推敲。在聽者和讀者這方面呢，那就要用心體會，不望文生義，不斷章取義，不以辭害意。歸根到底，作為人們交際工具的語言，它的效率如何，多一半還在使用的人。」慢慢地、仔細地讀一讀呂叔湘，冷靜地考慮一下到底什麼樣的語言才是我們需要的語言，才是好的語言，是我們要認真對待的「功課」。

又想起葉靈鳳

1

一九九八年夏，不知從哪看到條消息，說人民大會堂有書展。起初沒當回事，突然有一天，來了興致，下午一點左右，乘車趕往大會堂。出發前，母親說，中午正是最熱的時候，別跑了。回來後，看天氣預報才知道，那天是當年最熱的一天。但我真的沒覺得有那麼熱。可能這就是古人說的「雪夜訪戴」的勁頭。

那次書展辦得極差，卻是我最得意的一次收穫。所謂書展，只是外地幾家圖書公司在搞宣傳活動。大會堂的走廊裏擺了幾個攤位，佈局還算整齊，攤位上的書一種就擺十幾或幾十冊，一副批發市場的架勢。全場好像除了工作人員，再就是我。失望之餘，在不起眼的旮旯裏，看到有張鋼絲床支的攤位，遠遠的憑感覺就有些不一樣。書的擺設雜亂之極，這至少發出一個資訊，書的種類多。近前一看，原來是本地一家專處理庫存打折書的書店攤位，也是全場唯一的本地攤位。在這個攤位發現兩件寶貝，一個是川端康成的小說集，再一個是葉靈鳳的讀書隨筆集。因為書太亂，開始只是想有幾種就買幾種，反正便宜。結果不緊不慢地找下來，竟然找齊一套

正版全品川端康成小說集，煌煌十卷，葉渭渠譯本。有幾本好品的都是最後一本，也就是說，後來的老兄要湊齊只能是找品弱的了，要麼就是散冊。葉靈鳳的三本《讀書隨筆》，當時還蠻不在乎，以為只是一套庫存書而已。後來才知道，這是三聯書店一九八八年的原版。在一位有名的藏書家出的書衣欣賞集中，就有這套書的彩照。十三本書，兩整套，共花五十多元。

　　看葉靈鳳的《讀書隨筆》，就算不瞭解他是什麼人，也應該知道這人一定是個書家：買書、搜書、藏書、看書、寫書、玩書。三本隨筆，陸續看完。第一集「文藝隨筆」裏，有篇文章叫〈《猴爪》和三個願望的故事〉，給我的印想極深。葉靈鳳介紹了這樣一個故事：

　　　　這是一具有不可思議的巫術魔力的猴爪，你將它握在手裏說一個願望，它就能將你的願望實現。不用說，所要求的願望，以三次為度。

　　　　那個帶這猴爪回來的軍人說，這實在是個不吉利的「寶物」，因為它雖然非常靈驗，但是卻靈驗得很不正常，往往用極古怪而可怕的方式使你的願望實現。

　　　　這退伍軍人想將這不吉利的猴爪拋入火爐中燒了，可是給他的朋友阻止了，說是拿回去當作玩物。這是一對老夫妻，僅有一人獨生子。

　　　　老夫妻和他的孩子在自己家裏玩弄這猴爪，他們半真半假的說了一個願望，正需要兩百鎊意外之財。因為家裏要修理房屋，正需要這筆額外費用。

老夫婦的兒子是在一家工廠裏工作的，不料第二天在工作中就遭遇了意外。廠方事後送來的撫恤費恰好是二百鎊。老夫婦的第一個願望實現了，可是卻是用兒子的生命換來的。

兩人當然又傷心又懊悔。在送葬歸來的晚上，母親念子心切，忽然想到猴爪還有兩個願望可以實現，便哀求丈夫說第二個願望，要求他們的孩子復活回來。

丈夫起先不肯，後來拗不過妻子的哀求，便說了這願望。這時已是半夜，不久就聽到樓下有敲門聲，聽得毛髮悚然，母親說是兒子復活回來了，搶著下樓去開門。可是父親是見過兒子死狀的，他是給機器輾死，血肉模糊，現在即使真的從墳墓裏走出來，也無法見人，便在妻子下樓開門之際，拿起猴爪說了最後一個願望，請他兒子還是回墳墓裏去。於是妻子開門之後，便只見到空寂的街，什麼也沒有，失望哀號回到了樓上。

〈猴爪〉是英國傑科布斯一個短篇小說。葉靈鳳說這是一個很成功的西洋短篇鬼怪故事。三個願望的故事，印度有，《一千零一夜》裏有，中國也有。這樣的故事，主要是教育人不能貪心，慾望太大，最終只能是一無所有。慾望只是一種虛幻，人不可能單純憑藉這種願望來改變自己的世界。外國〈漁夫和金魚〉的故事，中國古代的〈黃粱夢〉，除了願望的次數不同，講的都是這個道理。〈猴爪〉的故事，除了這些，還有些不一樣。它讓願望的實現成為可能。那些原本不可能的事，現在都可以變成真的。但是願望的滿足，

必須是以犧牲某一方面利益為代價的。而犧牲的代價，遠遠超過了所得。這還沒有結束，因為你一旦發出願望，便無法挽回。所以，老夫妻的結局不是兒子重新活過，一切如初，僅僅是沒有得到夢想中的兩百鎊那樣，而是得到的，得到了，失去的，也永遠失去了。無法實現的東西，不可怕，可怕的是能夠成真。成真就意味著無可挽回，無法改變。

2

偶然翻開《讀書隨筆》第一集，發現扉頁上有自己寫下的這樣一小段話：

> 2005 年 11 月 30 日晚，讀完李廣宇的《葉靈鳳傳》後，忍不住於當晚又開始讀葉靈鳳的三本《讀書隨筆》。

李廣宇的《葉靈鳳傳》，書做得蠻精細，寫得則有點平。作為大書家的葉靈鳳，僅為介紹他的生平，有個年表就足夠。興趣也就轉移到其他地方，對葉靈鳳生平影響最深的一件事：與魯迅的交惡。

倒在魯迅的「投槍和匕首」之下的人不在少數。這些人中，有的是罪有應得，也有的罪不致死，卻因魯迅在以寡敵眾之時，「殺」得興起，辣手難收，而致人重創，就像葉靈鳳。

葉靈鳳與魯迅交惡，是葉靈鳳「首先」挑起的，並且是「圖文並起」。葉靈鳳先是在自己主編的《戈壁》雜誌上，發表了一幅名為〈魯迅先生〉的諷刺漫畫，並附了諷刺性的說明；次年，又

在自己主編的《現代小說》第三卷第二期上，發表了自著小說〈窮愁的自傳〉，其中主人公有這麼一段：「照著老例，起身後我便將十二枚銅元從舊貨攤上買來的一冊《吶喊》撕下三面到露臺上去大便。」

以這樣的態度對待魯迅，後果可想而知。先是在〈革命咖啡店〉一文中，魯迅說：「革命文學家，要年青貌美，齒白唇紅，如潘漢年葉靈鳳輩，這才是天生的文豪；樂園的好料⋯⋯」魯迅這一段話，使葉靈鳳自年輕時就戴上了「齒白唇紅」這頂帽子，一戴數十年，成了葉靈鳳的「招牌」。這是讀過葉靈鳳有關生平的人應該有印象的。這段話收錄在了一九八一年人民文學版《魯迅全集》第四卷《三閒集》（117 頁）。同一天，魯迅又在一篇名為〈文壇的掌故〉（同上，122-123 頁）書信體的雜文中，回擊了葉靈鳳。時間是一九二八年八月十日。一天內兩度出手，足見魯迅對葉靈鳳的深惡痛絕。

葉靈鳳攻擊魯迅，就葉靈鳳個人來說，是沒有什麼政治深意的，也不是出於個人的成見。葉靈鳳攻擊魯迅的漫畫發表於 1928 年，小說發表於一九二九年，這期間，文壇流行的就是罵魯迅。《創造月刊》、《太陽月刊》還有《文化批評》等雜誌一起向魯迅猛烈開火。作為創造社的新銳，郭沫若、成仿吾等人的得意弟子，也算是小有名氣的文學青年，葉靈鳳自然不甘寂寞，衝鋒在前。

這很有些類似於今天流行的跟風罵名人。不需要什麼原因、立場、觀點，別人罵就跟著罵，既是跟上了「時代的熱流」，也借機自己風光一小陣。與當時不同的是，今天有些人是願意被罵的，首先意味著夠身份，其次也算是一種揚名。

不過，罵人出名，葉靈鳳顯然是選錯了對象。他算是捅了馬蜂窩，更是倒了比捅了馬蜂窩還要大黴。從此在魯迅的一生中，對他的「眷顧」開始無休無止。而葉靈鳳也在這種「垂青」中，渡過了自己難言的一生。

一九三一年，魯迅在〈上海文藝之一瞥〉（同上，《二心集》293頁）中，又逮著葉靈鳳的短處大肆冷嘲熱諷。一九三四年，葉靈鳳挑起事端四五年後，魯迅在〈阿 Q 正傳〉發表時，再提起此事，痛打落水狗。葉靈鳳顯然是對魯迅的性格及罵人能力並不瞭解。在筆陣上，就是他三個葉靈鳳也絕不是魯迅的對手。當年，已自知不是對手的葉靈鳳想高掛免戰牌，但魯迅不依不饒，令葉靈鳳在一九三六年寫的〈獻給魯迅先生〉的長文中，感歎：「天長地久有時盡，此恨綿綿無絕期」，足見他的懊惱與無可奈何。

魯迅若生在今天，正中許多人下懷。罵人的最怕罵了人沒有動靜，別人見怪不怪，落個自找沒趣。魯迅是有罵必回，而且是一呼百應沒完沒了，是免費的絕好廣告。罵魯迅唯一的風險是受不了魯迅的唾液而精神分裂。今天這一條似是不用擔心，因為還可以把人告到法院，跟名人來場官司，既自保又出名，一石二鳥。

一九五一年人民文學版的《魯迅全集》中，《三閒集‧文壇的掌故》關於葉靈鳳的注釋是：「葉靈鳳，當時雖投機加入創造社，不久即轉向國民黨方面去，抗日時期成為漢奸文人。」這段注，幾乎可斷言，是以魯迅的態度和評論為依據才有的。在一九八一年人民文學版的《魯迅全集》第四卷《三閒集‧文壇的掌故》中，已經找不到了，想必是經過歷史的淘洗，魯迅給葉靈鳳扣的這頂大帽子已經摘掉了。

　　葉靈鳳對魯迅從不多說。但在〈書癡〉一文（《讀書隨筆》132頁，三聯出版社）中，葉靈鳳曾寫到：「真正的愛書家和藏書家，他必定是一個在廣闊的人生道上嚐遍了哀樂，而後才走入這種狹隘的嗜好以求慰借的人。」心中難以言說的辛酸想必都在於此。

　　葉靈鳳在〈作家和友情〉（同上，31頁）一文中，有這麼一段話：「據說魯迅也有記日記的習慣，直到病倒在床上還繼續未輟。我相信，魯迅的日記如果一旦一字不改的被發表起來，那些自命為魯迅的朋友們更不知要如何的傷心了。」

　　看上去，葉靈鳳已成魯迅的「知己」。

從錢鍾書到王朔

　　《十作家批判書》中涉及的十位作家分別為：錢鍾書、余秋雨、王蒙、梁曉聲、王小波、蘇童、賈平凹、汪曾祺、北島、王朔。當代文壇飽受爭議、為傳媒事業作出巨大「貢獻」的文人，幾乎都位列其中。別看書名高舉批判大旗，別看扉頁上那些令人毛骨悚然的廣告語：「可以毫不誇張的說，是他們親手把一大堆讀者拖進了偽文化的深淵，是他們正在製造一堆接著一堆的文化垃圾，是他們，正在糟蹋一個民族的方塊文字，以及這個民族的想像力。」不由使人為自己的「盲目」崇拜而「汗顏」，為自己的「死裏逃生」而「慶幸」。也別看書中那些令人浮想連篇的標題「《圍城》：中國現當代文學中的一部偽經典」、「蘇童的窮途末路」、「縱萬種風情，腎虧依然」……其實這是一部嚴肅的不能再嚴肅，正經的不能再正經的文學評論集，其學術性和思想深度遠非一般的讀書隨想或泛泛的評論可及。正因如此，也就給了我輩於學術之外，指手畫腳的可乘之機，就按書中原順序，來個一家之言，也算自娛自樂。

　　把錢鍾書列在首位，看重的是他學術大師的身份和影響力。從身為作家的資歷來看，錢鍾書遠不及其他人，一如從學者的資歷來看，別人遠不及錢鍾書。對作家錢鍾書的批評，只圍繞一部《圍城》展開。《圍城》是錢鍾書於一九四四年動筆，一九四六年完成的，

當時，他還要忙著寫《談藝錄》。錢鍾書三十五歲生日詩裏有一聯：「書癖鑽窗蜂未出，詩情繞樹鵲難安」，就是寫這種兼顧不來的心境。無論從寫書的時間，寫書的具體環境，還是錢鍾書本人術業專攻的方向來說，《圍城》都難以成為一部文學經典。可是，作為一部描寫文人生活的通俗文學作品，在當代，又有哪部，又有幾部作品能達到它所達到的高度？應該說，《圍城》是經典，不是學者的經典，是普通讀者的經典。

余秋雨能位列批評之二，當是衝其近些年「人人喊打」所造成的巨大的社會影響而來。余秋雨進入歷史和政治領域是一個錯誤，這是一個他無法駕馭的領域。以他在這方面的才識，不足以支撐起這一宏大的話語框架。余秋雨只是在就其知道的歷史文化的只言片爪進行抒情，和古往今來沉浸於悲秋傷春的文人並無不同。余秋雨不僅未能對歷史文化作出新的闡釋，一不小心，還時不時地露出破綻。余秋雨的鄉情散文或遊蹤散文倒是別具魅力，如〈信客〉、〈酒公墓〉、〈廟宇〉，這些散文的感情真實自然，這才是屬於余秋雨的領域，是他最擅長、最具價值的部份。不過，這也把余秋雨的「大散文」還原成了「小散文」。余秋雨的失誤就在於，「小散文」也能成大家，一口咬定「大散文」，反而把路堵死了。

王蒙排第三，過高，唯一的解釋就是其資歷和一連串國家級頭銜。王蒙的作品是特殊年代的產物。讀王蒙的新作《青狐》，感覺並不吸引人，他依然還停留在那個特殊年代的話語模式中。從這個角度看，對王蒙的批評最簡單，不管是對其文學作品的時代性、思想性，還是對王蒙本人在那個特殊年代的文化立場、信仰危機都大有文章可做。也正因為如此，我認為，對王蒙永遠也無

法作出純文學的批評。王蒙是一個有良知的作家，是一個深諳中國政治環境的作家，也是一個集傳統儒道文化於一身的大成者。他的自我調節能力，使他安全渡過各種政治文化風暴，並遊刃有餘地活躍在文化裂變的縫隙中。在那個特殊年代，王蒙沒有成為「烈士」，而且體面地活下來，本身就是一個「成功」的個案。打個也許不太恰當的比方：王蒙很像王朔，都在各自的時代背景下以文為生，通過正當途徑獲得成功，不同是王朔弄的是商業大潮，王蒙博的是政治風雲。

梁曉聲的作品讀的很少，也不感興趣。《批判書》主要把矛頭指向了他的《中國社會各階層的分析》。不用書中羅列材料，我對此也有極深的疑問。作為作家，文筆、感情和對人性的分析能力必不可少；作為社會學家，理性的頭腦、精深的專業知識和運用知識的能力則缺一不可。前者，梁曉聲有富裕，後者，看不出和一般人有什麼本質上的不同。梁曉聲甚至說，這部書他既沒有資料，也沒有做材料收集工作，只是憑見聞。對梁曉聲，這絕對是一次「力不從心的越軌」。梁曉聲的啟示是：作家千萬別亂戴學者的帽子，是非問題出錯了，就真該批判了。

王小波是我最喜歡的當代作家，令人欣慰的是，《批判書》中對王小波是持褒獎、肯定的態度。王小波的作品與《圍城》一類的通俗文學作品的命運正好相反，很難通過影視途徑得以流行，很難被廣大群眾喜聞樂見，但被文學愛好者及許多學者奉為圭臬。對王小波，我的評價是：真正具有幽默感的作家，運用文字、駕馭語言的大師，有看驕傲理性的獨立思想者，能夠安於寂寞的耕耘者。那些作家應具備，卻沒有幾個作家能具備的條件，在王小波身上都能

找到。我甚至認為，在很長的一段時間內，將很難有人能再達到王小波的高度，再現王小波的輝煌，儘管這種高度這種輝煌，只是存在於人們的心裏。

蘇童值得批評，但弄清了他的真實身份，擺正了他的真實地位，這種批評就會變得很沒意思。蘇童聰明而且勤奮，從他的小說裏就能看出來。馬爾克斯、博爾赫斯、塞林格、福克納、卡佛，蘇童的每一筆，無不模仿得像模像樣。但他既沒有特別傾向於對其中某一位的研究，也沒有在此基礎上形成自己的風格，始終有著人人都有一點的痕跡。再者，在八十年代中葉這一茬作家中，蘇童作品被改編成影視的數量，也許僅次於王朔。前者說明了蘇童並沒有致力於寫作風格寫作本質的研究。他寫作，也在爭取寫得好，但他的努力只是一個接一個地講大家聽過或是沒聽過的故事，而這些故事，距離最好的小說必須具有健康的、靈魂的深度要求相去甚遠。後者是對前者的一個佐證，說明他的作品具有較多的電影語言因素，而且非常注重大眾的口味與接受心理。蘇童是勤勞多產、作品平庸的通俗作家，他身上商業色彩很濃，這一點不易為人覺察，是因為他專心致志地講故事，不擺姿態也不出風頭。

賈平凹屈居蘇童之後。賈平凹的散文比小說好，短篇小說比長篇小說好，這並不是說賈平凹就只應該寫散文或短篇小說。任何一個像賈平凹這樣的作家，長篇小說都是無法避開的。賈平凹的長篇遭人一致詬病，不是因為他的藝術風格、故事和情節，而是缺少自己對世界的獨特理解。缺少了理解，就無法啟動他所描寫的那些「頹廢、無聊和空虛」。在賈平凹的短篇小說和一些散文

中，也存在這個問題，由於篇幅或描寫上的遮蓋，問題不突出，不易被人覺察。賈平凹能否在長篇小說上取得成功，拭目以待，很長時間沒聽到有關他的消息了，不是件壞事。

汪曾祺也未能逃脫「批判」的厄運。汪曾祺自己說，我未經歷過什麼大事，要我寫大事，我怎麼寫得出。我對這句話有這樣的理解：即使經歷了大事，我也不願意寫，非我所好。汪曾祺的興趣是寫風景、談文化、述掌故、寫小人物、間作小考證，這不僅是他的寫作，也是他的生活，可以用一個字概括：閒。你見哪個閒雲野鶴、逍遙散人憂世傷生，夜不能寐，一門心思考慮靈魂，滿腔熱血求索不止。汪曾祺老來成名，成名就成名在他的閒情逸興，和閒情逸興的文字上。寫了一輩子，閒下來了，無欲無求了，反而獨樹一幟，大獲成功。所以，對汪曾祺無須強求什麼，更無須去衡量他離文學頂峰有多遠。

北島是個詩歌天才，但是依然未能避免當代多數詩人通有的硬傷——在必要的時候，無法為詩歌注入新的思想活力。中國現當代詩人大都成名較早，隨著年歲增長，當激情灼減，詩情也就迅速萎縮，詩才早早夭折。根本原因在於，只是把詩歌停留在抒情的層面上，沒有提升至新的理性高度，情減之下，無以為繼，才盡詩亡。詩歌需要情，但情總有枯竭的一天，而情枯竭之時，卻正是思想成熟之時，對多數詩人而言，只寫情不專注於思考，只能做個「季節詩人」。文革的壓抑，使北島的情空前豐厚，亟待噴發，重新獲得「個人思想者」的權利，再加上個人獨具的語言天賦，他的詩便有了強烈的震撼力和感染力。北島是天才，不僅詩情綿長，而且能致力於詩的思考，所以他「活」得很久。但不知是什麼原因，北島的

思考並沒有深入下去，而且對自己的過去作了全面的否定。他是一個偉大的「季節詩人」。

很難得，《批判書》對王朔基本持肯定態度。批王朔最沒勁，他搞文學就是為賺錢，他寫的東西也有一定的娛樂消費價值，關鍵是他自己把什麼都說得很清楚了，再揪著王朔不放，就不由人往其他方面想了。再說王朔也不是人見人欺的主兒，他是個講故事編故事的天才，也是個打架的高手，他專打「七寸」，多少聰明人、能人被他弄得灰頭土臉。以王朔的聰明，如真能一心一意搞文學，難說不會成為大家，不過賺了錢，出了名，總得有代價，這代價值不值，就是自己的事了。

文章至此，本應結束，可又有了一點想法，不免再贅述幾句。上述十位作家中，對余秋雨、王蒙、王朔的分析應注意到，這幾位的文學活動已具有了很強的非文學動機。認清這一點很重要，畢竟，當一個人的非文學身份已超越其文學身份時，再一味地進行文學批評，就有輕重不分文不對題之嫌了。

洗盡鉛華馮亦代

　　在一間堆滿書籍的房間裏，一個好奇的孩子，手捧圖書，坐在地上，陽光透過視窗，為他專注的姿態在地板上留下清晰的剪影。這是讀完《洗盡鉛華》，在我腦海中揮之不去的一幅畫面。這幅畫面所展示的，總是讓我有似曾相識的感覺。

　　馮亦代的這段經歷，讓我產生了很濃厚的興趣，想去看看有多少文學家在童年時曾有過相似的「閣樓」上的經歷。隨手圈定了盛產文學家的俄羅斯作為調查的範圍，並列出了自克雷洛夫始，至肖洛霍夫終的二十三位文學家作為調查對象。通過查看傳記和有關回憶錄類的東西，得到如下結果：童年或青少年時代，在自己家或親戚家有過「閣樓」經歷的有十一人，占 47.8%，有克雷洛夫、普希金、別林斯基、果戈里、岡察洛夫、亞·奧斯托洛夫斯基、謝德林、列夫·托爾斯泰、車爾尼雪夫斯基、阿·托爾斯泰、費定。受到父親或母親文學影響很大的有五人，占 21.7%，有屠格涅夫、涅克拉索夫、萊蒙托夫、綏拉菲摩維支、馬雅可夫斯基。除此之外，還有六人，是契訶夫、高爾基、富爾曼諾夫、法捷耶夫、尼·奧斯托洛夫斯基、蕭洛霍夫。他們的共同特點，應該是現實生活成為造就他們的「老師」。

　　《洗盡鉛華》是馮亦代先生的一本合集，分四輯：第一輯為記友人的文章；二輯是馮先生自傳式的散文，回憶了自己書癖的始成、童年的讀書生活以及個人的一些愛好；第三輯是馮亦代先生讀國內文人作品的一些書評；最後一輯分量最重，為馮先生的拿手戲，品評西方文學作品。這一輯的多數文章，來自於馮先生的另一集子《西書拾錦》，當年為《讀書》雜誌寫的專欄文章合集。

　　馮亦代的讀書記人文章，最大特點是在中規中距中，充分展示個人的眼光和口味。他說話有分寸，不出格，態度很正統也很傳統，又不缺少自己的思想和觀點。二者合一，就很接近於孔子說的「從心所欲不逾距」。這樣的讀書文章，很適合當範文。讀書要讀出自己的想法和觀點，而不是在說話上搞怪，在態度上一驚一乍。用這樣的筆調記人寫情，人物就顯得真實而富有個性，並給人以親切感。像記丁聰，他寫道：「即使如今丁聰已年逾花甲，但我們還是稱他為小丁。一是叫了一輩子，叫慣了，改口為難；二是如果我們現在叫他老丁，我覺得這反而辱沒了他。小丁之為小丁，貴就貴在這『小』字活生生道出了他的本性。這個『小』字說明他的純真，這個『小』說明他至今童心未泯。」丁聰的特性與可貴，就在這麼簡單和平凡中，一筆不落地和盤托出。

　　第二輯中為數不多的幾篇散文，是一個讀書家對自己成長過程的極為珍貴的記錄。尤其是對童年和青少年時代。「不知什麼時候起，我變成了個愛書成癖的人，只要聞到新書裏散發出一陣紙張與油墨的撲鼻清香，我便欣喜若狂，不啻是嗅著一捧鮮花。即使在舊書店裏，屋底裏透出陣陣黴味，但只要我打開書頁，也是可以聞到舊書所特有的氣味來的。」在第二輯的第一篇文章〈書癖〉裏，馮

亦代寫下這樣的開篇。他說，我不知道別的愛藏書的人有否同感，也許只是我特有的吧！這話，很多人不會同意。這種感覺當然不止馮先生自己有。要給有了愛書的癖好找個具體的時間，難下定數。但是要找關於種下這種癖好的線索，還是有跡可尋。在〈閣樓的憶念〉裏，馮亦代回憶了自己在童年時，初次打開並進入這個神奇世界的情景。

在杭州老家的大廳樓上，有一間小小的房間，大人們入內時，從不讓孩子進去。這間屋子對童稚的馮亦代產生了謎一樣的誘惑。終於有一天，趁大人拿進去取東西，出來時忘記鎖門，小馮溜了進去。打開一隻沒鎖的大木箱，首先映入眼簾的是外麵包著發黃的報紙的大包，上面有祖父親筆寫的「點石齋」三個大字。見到《點石齋畫報》這樣的東西，我估計小孩子沒有不新奇不喜歡的。當馮亦代看完了一箱子畫報，便已不滿足於僅看畫報了，又去閣樓翻箱倒櫃，發現兩大木箱的存書。一箱子是商務印書館出版面的中譯外國小說。對史托夫的《黑奴籲天錄》和歐文的《撫掌錄》，馮亦代用「入迷」來形容自己讀到的感受。林紓的譯作則為他開啟了海外文學之窗，使他夢想自己有一天也能寫出《吟邊燕語》、《塊肉餘生述》這樣美妙的書來。另一箱書，在馮亦代眼中堪稱「寶藏」，有《西遊記》、《封神榜》、《三國演義》、《聊齋志異》等。兩箱子的書，不管看懂看不懂，一本本翻了個遍。以後的馮亦代差一點成為畫家，而終於成了讀書家。也許這就是馮亦代人生之癖的根源所在。

王世襄的「錦灰」情結

　　《錦灰堆》為王世襄老先生的一部自選集，因涉及內容「瑣屑雜蕪」，而題以「錦灰」為名。對此，作者在序言中講到：「無錢舜舉作小橫卷，畫名『錦灰堆』所圖乃蟹螯、蝦尾、雞翎、蚌殼、筍籜、蓮房等物，皆食餘剝賸，無用當棄者。竊念歷年拙作，瑣屑蕪雜，與之差似，因以《錦灰堆》名吾集。」啟卷細覽，則更覺這《錦灰堆》一名，實在是妙不可言，再貼切不過。書中涉及：傢俱、漆器、竹刻、工藝、則例、書畫、雕塑、憶注、飲食、樂舞、遊藝等十幾類地道的中國傳統文化及娛樂內容。關於明清傢俱，以及書畫之類的詳細討論，在傳統的文物類書籍中還可經常見到，而對於獵狗、放鷹、養鴿子、鬥蟋蟀、葫蘆、鴿哨之類小玩意的長篇累牘，恐怕就非常人所能設想了。也許在很多人看來，獵狗、放鷹、養鴿子、鬥蟋蟀只是紈絝子弟的無聊遊戲，但是經過幾十年仍至上百年的總結，經過實踐驗證、補充和完善，真的入了道兒，成了理兒，又何嘗不是學問。我國古籍中就有《馬經》、《雞經》、《狗經》、《豬經》等一系列相書，豈不都是在遊戲玩耍中成書，成學問的。就個人而言，不圖什麼學問、檔次，只圖個樂兒，圖個痛快，就足夠了。如同現代人喜集郵，養熱帶魚，好旅遊一般，不都是衝著個樂兒嗎？從王老先生在字裏行間流露出的情致意趣，不難看出，書中所載俱

是老人所好之事之物，可以清晰地使人感受到，老人心中那種中國人由來已久的「錦灰」情結。

　　說這種「錦灰」情結由來已久，並不過份。回溯千年，李太白是詩人，也是酒徒、劍客；喜書法，善歌舞；愛弄絲，會品竹。白居易說：「靈鶴怪石，紫菱白蓮，皆吾所好」（〈池上篇〉）。愛石本不稀奇，不過像他那樣愛的入迷癡情的，不多。讀他的〈磐石銘〉、〈雙石〉、〈蓮石〉、〈老題石泉〉，就知道石是他相依相伴的情侶。唐明皇是音樂家、戲劇家；趙佶父子是書畫名家；李煜是婉約詞大家，王國維說「詞至李後主而眼界始大，感慨遂深，遂變伶工之詞而為士大夫之詞。」（《人間詞話》）這後幾位玩物喪志，以致於國家真的成了一堆「灰」。但換個角度看，這種怡然自樂至情至性的「錦灰」情結，幾千年來也確實滲透到中國人骨子裏去了。

　　王老先生愛鴿怪癖，也堪與古人比肩。老人猶憶就讀北京美僑小學，一連數周英文作文，篇篇言鴿。教師怒而擲還作業，叱曰：「汝今後如再不換題目，不論寫得好壞，一律給『P』！」（即poor）燕京大學讀書時劉盼遂先生授《文選》課，習作呈文，題為〈鴿鈴賦〉，可謂故態復萌。年逾古稀，又撰〈北京鴿哨〉，「不覺自歎，還復自笑」：「我自幼及壯，從小學到大學，始終是玩物喪志，業荒於嬉。秋鬥蟋蟀，冬懷鳴蟲，韝鷹逐兔，挈狗捉獾，皆樂之不疲。而養鴿飛放，更是不受節令限制的常年癖好……今年逾古稀，又撰此文稿，信是終身痼疾，無可救藥矣！」老人的憨態，躍然紙上，而情結之深，也可見一斑。

　　《錦灰堆》一書，在藝術上也極具特色，語言形象、幹練、生動，選材典型，描寫細緻，篇篇致樸近人，通俗易懂。其中〈秋蟲

六憶〉一篇被黃裳先生譽為「近年來少有的一篇散文佳作。」其他
〈獾狗篇〉、〈大鷹篇〉、〈紫禁城裏蟈蟈叫〉、〈百靈〉等，亦描繪的
栩栩如生，不管是否深諳此道者，俱讀地津津有味，樂在其中。在
〈懷念夢家〉中始知，夢家先生年長作者十餘歲，因同愛古傢俱而
成為忘年之交。這一老一少常為一件古傢俱而「勾心鬥角」，成就
了二人數十年深厚的友誼，及至文革夢家先生蒙難。文末，老人無
限懷念與悵然之情，悄然灑落。〈葉義先生與竹刻〉、〈答汪曾祺先
生〉、〈老舍先生吃過我做的菜〉等懷人記事篇，亦質樸自然，君子
之交，莫逆之情，含而不露，又感人至深。圍繞著一個樂兒，睹物
思人，人事交織，描繪出一幅活生生的上至高官學者，下至販夫走
卒的三教九流眾生圖。至於學術諸篇如古代傢俱、髹漆、工藝、考
古等，更是有著非凡的學術價值和史料價值，為諸多專業研究人員
欲一睹為快之篇。

　　以前，我特別鍾情於鄭逸梅老先生的《藝壇百影》、《三十年來
之上海》、《清娛漫筆》等幾本集子，除了優美典雅的藝術因素外，
其中總有一種無法釋懷的情結纏繞著我，今天看來，仍舊是這一縷
「錦灰」情結了。不同的是，逸梅老人所記載的是上百種藝術門類
中，包括發生在許多藝術大師、政治家、學問家身上的不入正史的，
散金碎玉式的軼聞藝事。

　　王世襄老先生屬於純正的傳統文化藝術的「收藏家」。他就像
位技術高超的攝影師，把鏡關聚焦於屬於自己一代人的文化範
疇，以濃郁的懷舊之情搜索、捕捉著生命中那些行將逝去，或已經
消逝遠走的人和事。在逆時光之旅的娓娓相述中，我們輕易沉浸在
飽經世紀風雨的老人那些充滿新奇，永遠值得珍藏與珍視的人聞

軼事中。而我輩膚淺，對老人的拳拳真摯之心，和對傳統文化事業發展的強烈的責任感和使命感，卻只能用「情結」二字，草草概括。對於這筆無比豐富卻不勞而獲的財富，欣然承受之餘，我也有種莫名的沉重，不用多久，還會有人記起說起這些屬於我們自己的玩意兒嗎？

袁珂寫《中國古代神話》

　　一九八〇年至一九八四年間，上海人民美術出版社陸續出版一套《中國古代神話故事連環畫》。這套連環畫共十五冊，收了《女媧補天》、《精衛與瑤姬》、《神農鞭藥》、《大禹治水》、《誇父與刑天》等故事。我很喜歡這套連環畫。這套連環畫就是改編自袁珂的《中國古代神話》。

　　袁珂的《中國古代神話》早在一九五〇年已經出版，這個版本對我來說恐怕是無緣一見了。二〇〇六年華夏出版社重新出版了這本書，是袁珂先生在五十年版本基礎上補充修定的新版本。書出版不到半個月，已擺在了我的案頭。

　　袁珂這本書的素材主要來自於《山海經》。《山海經》記錄了中國上古時代的歷史，大體說就是從天地產生到夏商以前的歷史。《中國古代神話》的尾結在周朝，時間上比《山海經》晚了一段。司馬遷在《史記·大宛列傳》裏說：「至〈禹本紀〉、《山海經》所有怪物，餘不敢言之也。」司馬遷的《史記》從〈五帝本紀〉開始，而不是從〈三皇本紀〉始，可知對五帝之前一些相關歷史是不敢多言的。因為據《山海經》記載都是些神靈、異獸、奇鳥、怪蛇、神魚、遠方的異國和異人異事。這種神話式的描述，在史家眼裏不足取

信。即使如此，在帝王家世、民族產生方面，《史記》還是援引了不少上古神話。

《山海經》是中國古代神話的鼻祖，後世的神話、仙話、妖話、人話多是它的徒子徒孫。清人李汝珍在《鏡花緣》裏描寫的軒轅國、歧舌國、長臂國、黑齒國、君子國等異國異民的趣事，還有各種奇獸異鳥，吃了能長生不老的「肉芝」等靈異玩意兒，都是來自於《山海經》。但《山海經》遠不如《鏡花緣》好看，一個原因是《鏡花緣》有情節有故事，《山海經》則是圖書，文字記載只是解說圖畫的小片段，所以文字內容的精彩程度不高。如果從圖畫角度來說，《山海經》則是首屈一指的。魯迅曾在散文〈阿長與山海經〉中，回憶自己兒時對《山海經》的癡迷：

> 但當我哀悼隱鼠，給它復仇的時候，一面又在渴慕著繪圖的《山海經》了。這渴慕是從一個遠房的叔祖惹起來的。他是一個胖胖的，和藹的老人，愛種一點花木，如珠蘭、茉莉之類，還有極其少見的，據說從北邊帶回去的馬纓花。他的太太卻正相反，什麼也莫名其妙，曾將曬衣服的竹竿擱在珠蘭的枝條上，枝折了，還要憤憤地咒罵道：「死屍！」這老人是個寂寞者，因為無人可談，就很愛和孩子們往來，有時簡直稱我們為「小友」。在我們聚族而居的宅子裏，只有他書多，而且特別。制藝和試帖詩，自然也是有的；但我卻只在他的書齋裏，看見過陸璣的《毛詩草木鳥獸蟲魚疏》，還有許多名目很生的書籍。我那時最愛看的是《花鏡》，上面有許多圖。他說給我聽，曾經有過一部繪

圖的《山海經》，畫著人面的獸，九頭的蛇，三腳的鳥，生著翅膀的人，沒有頭而以兩乳當作眼睛的怪物，⋯⋯可惜現在不知道放在那裏了。

我很願意看看這樣的圖畫，但不好意思力逼他去尋找，他是很疏懶的。問別人呢，誰也不肯真實地回答我。壓歲錢還有幾百文，買罷，又沒有好機會。有書買的大街離我家遠得很，我一年中只能在正月間去玩一趟，那時候，兩家書店都緊緊地關著門。

玩的時候倒是沒有什麼的，但一坐下，我就記得繪圖的《山海經》。

大概是太過於念念不忘了，連阿長也來問《山海經》是怎麼一回事。這是我向來沒有和她說過的，我知道她並非學者，說了也無益；但既然來問，也就都對她說了。

過了十多天，或者一個月罷，我還記得，是她告假回家以後的四五天，她穿著新的藍布衫回來了，一見面，就將一包書遞給我，高興地說道：——「哥兒，有畫兒的『三哼經』，我給你買來了！」

我似乎遇著了一個霹靂，全體都震悚起來；趕緊去接過來，打開紙包，是四本小小的書，略略一翻，人面的獸，九頭的蛇，⋯⋯果然都在內。

又使我發生新的敬意了，別人不肯做，或不能做的事，她卻能夠做成功。她確有偉大的神力。謀害隱鼠的怨恨，從此完全消滅了。

這四本書，乃是我最初得到，最為心愛的寶書。

書的模樣，到現在還在眼前。可是從還在眼前的模樣來說，卻是一部刻印都十分粗拙的本子。紙張很黃；圖像也很壞，甚至於幾乎全用直線湊合，連動物的眼睛也都是長方形的。但那是我最為心愛的寶書，看起來，確是人面的獸；九頭的蛇；一腳的牛；袋子似的帝江；沒有頭而「以乳為目，以臍為口」，還要「執干戚而舞」的刑天。

此後我就更其搜集繪圖的書，於是有了石印的《爾雅音圖》和《毛詩品物圖考》，又有了《點石齋叢畫》和《詩畫舫》。《山海經》也另買了一部石印的，每卷都有圖贊，綠色的畫，字是紅的，比那木刻的精緻得多了。這一部直到前年還在，是縮印的郝懿行疏。木刻的卻已經記不清是什麼時候失掉了。

袁珂先生以《山海經》為主幹，對上古支離零星的神話故事進行了全面整理。先是為各種神話人物列出譜系，明確人物關係的淵源；再依據人物譜系和事件間的因果關係，再從《山海經》之外的文獻古籍和民間傳說中找來大量相關資料，對各神話事件進行連綴和修補；最後，通過生動的講述，傳神的描繪，對這件來自遠古的文化珍品進行潤色。

經過袁珂的匠心，司馬遷不敢言之的東西，在《中國古代神話》裏已混然天成。當然，這並不是說《中國古代神話》就可成為《史記》的前傳或就是對《史記》之前的歷史記載。《中國古代神話》記錄的僅是神話世界的歷史。在這本書裏，袁軻的立場始終沒變，《中國古代神話》就寫神話，不談歷史。

　　《中國古代神話》被改編成連環畫，成為對其文化特性——童稚——的最佳象徵。神話的簡單、天真、粗糙、幼稚。兒童時代的我喜歡這本書裏的神話故事，原因也許就在這裏。

　　但並不是所有人都喜歡神話故事，比方以孔老夫子為首的儒家。儒家講究的是能修身、齊家、治國、平天下的實用教訓，上古荒唐的神怪傳說正好與之背道而馳，所以儒家煞費苦心把「神來加以人化，把神話傳說來加以理性的詮釋」，為自己的主張學說服務。比如皇帝，傳說中他有四張臉，卻被孔子巧妙地解釋為是皇帝派四個人去分治四方。還有《山海經》裏的怪獸「夔」。《山海經》裏有圖有畫有字，都說明它是一隻足的怪獸，到了《書‧堯典》裏，卻變成了舜的樂官。最可氣的是當魯哀公問孔子「夔一足」，夔果然只有一隻腳嗎？孔子卻說：所謂「夔一足」，並不是說夔只有一足，而是說像夔這樣的人有一個就足夠了。不用問，孔子肯定是把夔改造成可以為他學說服務的賢人形象。隨著儒學在中國取得統治地位，神話也就不吃香了。賦予神話深刻的哲理，再把神話偽裝成歷史混進真正的歷史，成為中國歷史文化的傳統和特點。神話失掉自由天真，文化也變得老故於世。

吳祖光的「冬天」

　　文化人回憶十年動亂的書，讀過一些。但像吳祖光先生這樣，捧出的每段回憶都帶著徹骨的寒氣，說出的每個字都帶著哭音，直接像個孩子一樣哭喊著「我的冬天太長了」，還是讓人有些措手不及。吳祖光先生的「冬天」，比我想像的要冷得多。

　　陸灝講王瑤先生在「文革」的事。造反派找王瑤先生訓話，不知什麼原因，造反派要動手打他。王瑤先生一邊繞著桌子逃，一邊哀求：「大王饒命！」陸灝說：「那真是斯文掃地的年代。」

　　講述別人的歷史，無法逾越的是時空，無法消除的是隔閡。歷史就成了故事。故事能夠讓人感到恥辱，卻不能帶來痛楚。吳祖光帶來的是痛楚。他講述自己的不平遭遇，而絲毫沒有顧忌歷史。不平從他的筆下和著心底的淚流淌出來，卻成為塗抹不掉的歷史。

　　這種文學作品是我所不願面對的。行走在寒冷的冬天，每個衣裳單薄的人都不想做太長時間的逗留。《我的冬天太長了》也成為我近期閱讀的幾本書中，以最快速度讀完的一本。

　　歷史的「冬天」過去了，留在吳祖光先生心裏的「冬天」，卻始終沒能散去。「冬天」成為籠罩著吳祖光先生一生的「季節」。這種感受無法用語言描述，你只能感受到，從他心裏拿出的每件東西都是冰冷的，甚至是春天。

　　父親吳景洲，也就是故宮博物院那位有名的吳瀛先生，一生收藏成癖。這樣的事，被人提起多會引以為傳奇。更何況還有曾向國家捐獻了二四一件貴重文物的壯舉。在吳祖光眼裏，父親「拋棄了『前程似錦』的官場生涯」，成為博物院的專職工作人員，「現在看來，這完全是一種缺少『政治頭腦』的浪漫主義的表現」。那些關於父親收藏的往事，留下的，只有母親的淚水和兄妹們面對債主討債的陰影。

　　還有妻子新鳳霞。在幾十米的地下挖了七年「防空洞」之後，又一次奉命下鄉勞動，在整裝待發的早晨，臨出家門之前，終於倒在家門口；又由於醫院的誤診，而成了終身殘廢。她「被趕下舞臺時是『文革』第一年的三十九歲，整整受了十年折磨而致半身癱瘓是四十九歲」，假如沒有這場災難，「那將是新鳳霞在她的評劇舞臺上最為輝煌的錦繡十年。」還有母親，那「永世難報的恩情」……

　　那是個不吐不快的年代，也是個讓人無語相對的年代。那個「冬天」是歷史的，也是心裏的。在一篇名為〈小城春色〉的散文裏，吳祖光寫下了他的「春天」：「他視而不見，聽而不聞，儘管小城裏已經春光搖曳，他可能並沒有感覺春天的到來；他臉上沒有表情的表情，那緩緩的一瞥裏，告訴我他有的只是生活的厭倦。」

黃裳的《金陵五記》

　　章品鎮的人物小傳集《花木叢中人常在》，有一篇是寫傅小石的。章品鎮提到一件事，黃裳的《金陵五記》在江蘇出版，章品鎮請傅小石作封面。小石取材莫愁湖，作了一幅水墨畫，畫面為遠看蕭瑟的湖面之上孤聳著小樓一角。小石夫人王汝瑜說，為了畫這幅畫，小石要她扶著，拖著病軀，去莫愁湖不下十次之多，只為尋找一個畫面，以構築因黃裳的文字引起的落寞情懷。

　　黃裳的《金陵五記》，藏有一冊，隱約記得畫面並非如章品鎮所述。取出印證，果然不是。此版《金陵五記》為江蘇古籍出版社出版，封面是一張風景照片。也非湖面與樓角，而是遠山和尖塔。封面設計倒也用心，只是與章品鎮所說的意境韻味全然不同。

　　書在手裏翻了翻，便難再放下。黃裳文章之不俗，筆力之清健，卻在這樣一本遊記小書中，一覽無遺。之前，恰好讀完黃裳的兩本小本：《舊戲新談》和《筆禍史談叢》。感覺都不盡興。《舊戲新談》行文略顯倉促草率，似果未熟便上市，戲的好處和作者的妙處未得盡現。《筆禍史談叢》主要談清朝文字劫難，作者就書論史，取材精專，雖無意做學術文章，所引文字也令檻外人望塵。《舊戲新談》成書時，黃裳改補舊文，另刪去八九篇文章，再新添數篇，謙稱乃少作幼學之書。《金陵五記》中，黃裳稱：「然一些隻看題目不讀內

容即便擲去的朋友，大事譁然，以為我是在遊山玩水，雅興豪情，罪狀昭著了。真是遺憾。」讀黃裳不讀《金陵五記》，確實遺憾非常，「這種四不像的『遊記』」，敘事描寫，懷古抒情，文章博雅蘊籍，娓娓道來，波瀾不興中暗藏一番酣暢淋漓。

　　南京史跡豐饒，黃裳博學擅文。豐饒遇上博學，展開的是滿卷琳琅。塔寺、書院、樓閣、亭台、斷橋、石舫、碑銘、洲湖、矮巷、名園、古人、舊籍、詩詞、典故，黃裳或旁證博引，或略加點染，左右逢源，信手可拈，山水草木皆成案頭文章。南京是歷史的「老家」，越是熟悉它，越容易被牽著鼻子走──再一次去重複那些故事，那些雷同的表情和臺詞。黃裳博學而不泥古。他寫台城、朱雀橋、烏衣巷這些南京遍地都是的遺跡，不過是借其「孕蓄了巨大能量的古舊地理名稱」，來「挑動讀者的心弦，打開記憶的窗門，調動民族的、歷史的情感力量來幫助增強」文章的感染力。「烏衣巷是一條曲折的小巷，不用說汽車，腳踏車在這裏也只能慢慢地穿過。巷裏的人家屋宇還保留著古老的面貌，偶然也能看到小小的院落、花木，但王謝家族那樣的第宅是連影子也沒有的，自然也不會看到什麼燕子。」（〈秦淮拾夢記〉）樸素的文字，樸素的詩意，使人無需想像，就能感受到烏衣巷的真切與生動。王謝的宅院和燕子，似是在寫眼前，卻以一顆無形的石子，在歷史的記憶中，蕩漾起層層漣漪。現實因為歷史而更加真切，歷史因為現實而復活在心中。借名物於細微之處揚真情實感，是黃裳的智慧。

　　黃裳的文筆依舊樸實無華，貌似隨意，而暗含尺度，寫景抒情，點點染染，輕輕快快間流瀉出一幅淡彩水墨。「開了窗子，湖風颯然，遠處清涼山在日光下面一片紅色，上面覆了一小片青翠，倒還

195

是個休息的好地方。」(〈莫愁湖〉)「山牆已經沒有。還有一塘清水。兩棵已經枯萎了的老藤、幾塊玲瓏山石,夕陽照在池塘上面,有幾隻鴨子,受了微微的驚嚇,逃到池邊上岸去了。」(〈雞鵝巷與褲子襠〉)落沒清遠的意境,儼然是自宋詞元曲中走來。刻劃人物,最擅敘議結合,於描寫中臧否,於言行間見人物性情和命運。「柳(如是)用了這種豪爽不羈的態度去追求陳臥子,使他很不舒服,不置答。」「這次追求失敗了,女人是好勝的,追求陳不成,更進一步去找比陳資望更高的人物去」。「絳雲災後移居紅豆山莊時的生活,是快樂的,美滿的。在中國舊式文人的心目中,才子佳人,什麼事比這個還更可希求呢?無怪別人要以『神仙』目之了。不過說來也可笑。他們結合的時候,柳年二十四,錢牧齋卻已六十四了。」(〈柳如是〉)「與想像中不同的是沒有了那一臉岸然的道貌,卻添上了滿面的小心,頗有《審頭刺湯》中湯裱褙的那種脅肩諂笑的樣兒。」(〈老虎橋邊看「知堂」〉)

　　黃裳五入南京,所見所感各有不同。初次是一九四二年,他寫下了那篇有名的〈白門秋柳〉。這也是初入南京的唯一一次記載。「我們到南京時是一個風沙蔽天的日子。下關車站破爛得使人黯然。」文首便可見南京面貌與此行心情。一九四六年「旅京隨筆」五篇,遊雞鳴寺、尋「澤存書庫」、訪「盍山精舍」、嚐「美人肝」、老虎橋邊看「知堂」。行程中尚以時人時事為興趣而名勝古跡未涉,來去行色匆匆。一九四七年,暢遊各處古跡名勝,伴以精心構思遊記,並遍覽事關金陵舊籍詩詞以資撰文,渾然忘卻外事,計二十一篇,是為「金陵雜記」。一九四九年「解放後看江南」,文字不多,三篇,皆為反映新中國新南京的工農業記實報導,明顯帶有時代話

語特徵。好在文筆還是黃裳，風采不減，再加上今時今日讀當年事，也不失趣味。一九七九年，十一篇，以書信形式寫成，合為「白下書簡」。在南京的史人史事中呆的時間更長了，感慨也更多更深了，實景描寫也更加從容細膩，更有前四入南京可感懷，畢竟一別已三十年。

　　榮辱興衰，物換星移，五入金陵，黃裳的心緒始終如一。他的情懷與悲天憫人者不同，沒有立於「人上」，用憐憫的目光去看受難的人們，在驚訝與深沉中唏噓嗟歎歷史的無常。他平靜地感受著南京古巷的流風遺韻，秦淮河邊徐徐漫散的喧囂和餘輝。南京的表情留在了他目光所及之處。歷史是南京的履歷。歷史感才是南京的靈魂。黃裳以靈魂歸屬的方式，把自己的「南京」留給了文學，留給了歷史。

董鼎山的西書之旅

1

　　董鼎山的《紐約客書林漫步》和馮亦代的《西書拾錦》，是當年《讀書》雜誌被譽為「雙璧」的兩個專欄——「西書拾錦」與「西窗漫記」的文章結集。兩書出版差了近十年，到我手裏卻是相隔不久的事兒。至今還有印象的是單位捐書，某同事把一本全新的《西書拾錦》扔進了地上一堆要捐的書裏，我一眼看到，就用另一本書置換，對方有成人之美，遂抱書而歸。

　　《紐約客書林漫步》與《西書拾錦》的「神貌」迥異。譬如同是寫黑人女作家托妮‧莫里森，《西書拾錦》對莫里森的代表作《親骨肉》、對莫里森馬爾克斯式的魔幻現實主義風格進行了精闢地闡述，介紹了她的文學成就；而《紐約客書林漫步》則披露了莫里森未獲「國家圖書獎」一事的原因始末，以及由此而引起的一場文壇風波——美國文壇存在已久的人權與種族問題的紛爭。同是關於海明威，《西書拾錦》重點介紹海明威的遺著和所讀的書；而《紐約客書林漫步》則對海明威是否是 Intellectual 進行了考證，並大窺其

私生活之秘。同是對菲力浦・羅思，《西書拾錦》關注的是他《對立的生活》和《真相》兩部作品；《紐約客書林漫步》則披露羅思是一位嚴重的虐待女性狂。即使是對同一問題的涉及，兩書的著眼點也不盡相同。如對海明威的書信集與死因，《西書拾錦》是從文學與心理的角度出發，而《紐約客書林漫步》則是從社會和生活的角度出發加以研究。

　　《西書拾錦》重在從各個方面對文學作品進行細緻入微地分析。對作家的認識，是通過對作品的分析來完成的。作家的生活主要是文學創作的過程，文學成長的道路和取得的成就。作者在書中關注的角度是文學的角度，表達的是對文學的見解、觀點和思考，研究和探討的是文學範疇內的問題，通過分析文學作品來折射現實，映射思想，使《西書拾錦》更像一部美國現代文學概論或簡編，觀點鮮明，理論雄厚。《紐約客書林漫步》中收錄的文章包括兩部分，一部分取自當年的專欄文章，還有一部分是董鼎山其後數年的隨筆。《紐約客書林漫步》更注重筆端趣味，對作家的陳列多是在政治、經濟、宗教、演藝、私生活等非文學領域的，尤其是其後數年來的文章，突出地表現出對作家在婚姻、道德、生活怪癖等私人空間方面的關注，使讀者在獲得了更多的自我意識和獨特的感情色彩的同時，也從中看到十年間文化取向的變遷。董鼎山給人的感覺有點像今天令名人聞風喪膽、避之不及的「狗仔娛記」，大曝特曝名人的同性戀、虐待癖、吸毒、濫交之事，像以撒・辛格、杜魯門・卡波蒂、田納西・威廉姆斯、菲力浦・羅斯、德・波娃與法國存在主義哲學大師薩特⋯⋯這些吾國讀者眼中的神壇人物，無不在董鼎山笑睞睞的槍口下中彈倒地。《紐約客書林漫步》對作品的評析相

對較少也較粗略，但其對作家精神生活與物質生活的真實描述，對文化事件和社會政治現狀的充分展示，有效彌補了這一點。

這些不同從兩書文章的篇名便可窺知一二：

〈西書拾錦〉：〈馬爾考姆‧考利：《花葉集》〉、〈歐茨：《烏鴉的翅膀》〉、〈彼得‧狄金森：《塔富加》〉、〈普里切特：《有識之士》〉……

〈紐約客書林漫步〉：〈托夫勒被保守派賞識〉、〈利己主義復活？〉、〈為金錢而寫作〉、〈賽珍珠復活與多元文化〉、〈越戰創傷依舊〉……

這兩部「西書」，一重作品，一重作者；一部是學院風格，一部是新派代表，形成完美互補。或許這也是當年兩個專欄雙山並峙，各執風騷的原因吧！

2

幾十年的國外生活，使董鼎山可以更感性也更理性地面對西方文壇的各種現象，但他又始終是個「異鄉人」，東方學者的思維方式、文化觀依然影響著他。這種「夾縫」地位，使他就像一扇向西打開的「視窗」，幫我們用「自己的眼睛」，看到了許多「奇異的風光」。

「她除了與他共床之外，還要替他物色美貌女學生，甚至忍氣吞聲地接受他的吩咐打發他已厭倦的性伴侶。薩特的性胃口奇大，但是慕名的青年婦女巴不得以身相許，再加上德‧波娃的援手，他的性伴侶的供應源源不絕。」

　　資深傳記作家「海門在《薩特傳》中說：薩特愛好女性，甚至到了毫無忌憚，覬覦朋友妻子的地步。他有時會一手玩弄三個女性。他會一面與德‧波娃討論他們誘姦女生策略，一面又向後者道歉，承認辜負了她⋯⋯」

　　這是法國存在主義哲學大師薩特與號稱現代女權主義理論先祖的德‧波娃生活的另一面。大師們在文學以外的生活有時是糜爛不堪的。一九七八年諾貝爾文學獎得主以撒‧辛格視色如命，誘姦朋友妻子，據為己有；杜魯門‧卡波蒂、田納西‧威廉姆斯、以及尚在世的戈爾‧維達爾都是公開的同性戀者；菲利浦‧羅斯是虐待女性狂；還有德‧波娃與艾爾格林間的齟齬；至於「垮掉的一代」的文化首領艾倫‧金斯堡與威廉‧巴羅斯墮落的生活則更是令人不恥。

　　董鼎山先生在《紐約客書林漫步》中關注作家的角度是獨特的。且不去深究大師們的生活對文學構成了何種影響，或與某種思想、主義的關係如何，它至少重新證實了一個非常現實的現實：大師們也非完人。非凡的稟賦賦與了他們超人的才智，同時也把人性的弱點加倍擴大。精神財富一如物質財富，成為生活放縱的資本。文化人格與道德人格分裂。對大師的膜拜，有很大成分是對文學膜拜的具體化和延伸，而非是對人格或生活方式的。不管是否具有足夠的寬容之心，都必須承認這一半與那一半的同時存在。

　　這種承認是反傳統的。之所以能夠接受書中現實，是因為事不關己和獵奇心理。而對自己心目中的「聖人」，也許就並非如此了。一旦真有這樣的事實，則為很多人所無法接受。對大師「完人論」

的「神化」，是我們多年來在認識上的習慣與傳統，顯然亦是對現實的偏頗與悖離。

3

　　諾貝爾文學獎是中國人心中永遠的痛。讀了《諾貝爾文學獎幕後種種》和《對諾貝爾獎人選的疑問》，也許會使我們以一種更為釋然達觀的態度來對待此問題。

　　評委們的各人愛好，往往成為花落誰家的決定因素。「智利詩人聶魯達的名子曾經受了十年的爭辯，終於，到了一九六八年，他的瑞典文譯者倫奎斯特被選為評審委員，立即幫助聶魯達獲獎。」而這位倫奎斯特卻討厭英國作家，誓稱他在世必阻止英國大師格林當選。可憐同時代的大師格林，果然直至逝世也未能獲獎。

　　評委們堅稱他們不受政治因素的影響，「而一九八〇年波蘭詩人切斯拉夫·米洛什的獲獎正是波蘭工會團結運動崛起那年，」「葉芝於一九二三年獲獎，正是愛爾蘭獲得獨立以後的一年。」「評論家安倫德說，博爾赫斯竟接受智利獨裁者皮諾切特的獎章，乃是不可寬恕的。」「評委韋斯堡說，一九六五年諾貝爾獎頒於蘇聯作家肖洛霍夫（《靜靜的頓河》作者），完全是政治作用，乃是皇家學會最糟糕一舉。」政治因素顯然也是一個無法回避的問題。

　　當然更少不了人際關係。瑞典作家在國外旅行時，常受到他國作家的特別禮遇。韋斯堡在一九六五年初遇聶魯達，聶魯達一聽到他來自瑞典，立即請他晚宴，以為他對諾獎的決定有影響，其實當

時他尚未入選學會。而宗教、種族，甚至官僚主義也都對諾獎的歸屬起著重要作用。

我們可以舉出許多文壇巨匠的名子：易卜生、托爾斯泰、左拉、契訶夫、普魯斯特、納博科夫、卡爾維諾、卡夫卡……，當然還有我們的魯迅、老舍、沈從文。這些大師都沒有獲得諾貝爾文學獎，但他們對世界文學作出的貢獻，和帶給我們的巨大快樂，都遠遠超越了是否得獎的現實。不知董鼎山所說的，能否令國內作家對諾貝爾文學獎有所釋懷。

4

紐約文壇對文學作品的定位是極苛刻的。尤其是對異國作家的作品。嚴肅文學？真正的藝術品？娛樂性讀物？新聞性寫作？思想性與藝術性仍是書評的主要標準，不過不是空話，而是利器。爭論激烈時，短兵相接，刺刀見紅。

作品的銷量從不作為此種定位的依據。甚至相反，越是暢銷的作品，評論家的評論越是苛刻。神怪、偵探、驚險、色情以及公式化小說，堅決被排除在嚴肅藝術之外，甚至不承認為文學作品，而只稱為消遣讀物。此類作者也絕不會被冠以文學家或藝術家之名。書評家也不會把精力浪費在此類作品或作者身上。董先生含蓄地舉了金庸的例子，如在西方，金庸是不會受到如此高的文學禮遇的。

對文學作品的定位是個雙向問題。很多讀者把閱讀無價值的文字當成一種時尚，一種潮流。或把文學當作消費品，剪裁成各種時

髦的「服飾」而擁有了文化的體面。文學不僅未能發揮其對人類精
神的淨化和提升功能，反而把人引向庸俗與空虛。所以馬克思說：
「閱讀和寫作一樣重要；因此，讀者有夠資格和不夠資格的稱號也
是必要的。」所謂「夠資格的讀者」，即能夠對文學作品作出正確
評價正確選擇的讀者。

品味李國文

　　單就史學底蘊而言，李國文先生在當代文學作家中，可算是一時翹楚。正史稗史野史，史札索引筆記，無不涉獵，且讀得精、讀得細。他的隨筆重在銓衡士林，臧否人物，兼有歷史隨筆與文學隨筆的雙重特色。人生的坎坷遭遇，歷史的風霜加身，使他貌似波瀾不驚，實則暗流湧動；貌似調侃嘲笑，實則悲憤於胸，再輔以取之於史的真才實學，文章便如水銀瀉地，飛瀑直下，一發而不可收。以史為舟，暢流史海的文學底子文學路子，使李國文的隨筆迥異凡輩。可以說隨筆家李國文，較之小說家李國文，功力更有過之而無不及。

　　魯迅先生盛讚《史記》，「史家之絕唱，無韻之《離騷》」。既是贊其思想內容，也是對藝術成就的高度肯定。尤其是後句，把《史記》與《離騷》並舉，更是言明史著的藝術性，完全可以達到詩歌的境界。這部太史書歷時十五載，含悲忍辱完成的泣血巨著，成為歷代史家的彪柄垂範之作。孫犁先生說《世說新語》：「以之為史，則事件可信，具體而微，可發幽思，可作鑑照。以之為文，則情節動人，鋪敘有致；寒泉晨露，使人清醒。」另有許多史著，雖未有幸得到如此高的評價，但在思想內容或藝術形式的某一方面，達到的高度，也絲毫不遜於《史記》，不遜於《世說新語》。李國文的隨

筆再次印證了，蘊奇蓄秘，奧妙無窮的史家著作是一座永恆的寶藏。至於對那些懷疑古文，蔑視史籍，把珠璣當作砂礫，把良玉當作珷玞，對當代學子是否需要背習古文還另有「高見」，還在悉心考證的學者們，實在是不屑與論。

縱橫捭合的人生，荒誕不經的人物，光怪陸離的事件，黑色幽默的感觸，對歷史而言，早已是見怪不怪，不勝其煩。李國文用歷史講故事，也是勸那些到今天還在急於粉墨登場，視名為命的文人墨客與三教九流，大可不必再挖空心思，別出心裁，佯狂作秀，來點與眾不同；不必為了身份而自降身份，為了地位而自貶地位，做出小人行徑，使出卑鄙手段；更不必整天惴惴不安，百爪撓心，如喪考妣，最後落得個神經衰弱，氣血失調，早早地駕鶴西遊。這樣的人和事，只能淪為歷史的陳渣，成為下一個「李國文」調侃嘲笑的對象。

李國文老先生已過古稀之年。這樣的年歲，應該寄情花鳥，出入丹青，或徜徉林泉，品山評水。老先生似乎興不在此。從文章可以看出，老先生沒有超凡脫俗的閒情雅致，沒有事不關己的悠然和氣，反而與塵世結緣更深，遍覽滄桑的胸懷，愈加容不下蠅營苟且，魑魅魍魎。觀史論事品人，鋒芒不減，老而彌堅，口誅筆伐，極盡辛辣嘲諷。古稀老人，尚有如此豪情血性，也頗不多見。李國文說這體現了文學的一種宣洩功能—能將胸中的鬱結情緒導引出來，不至於成為塊壘。除了歷史隨筆《中國文人的非正常死亡》、《中國文人的活法》，在他的文學隨筆《樓外談紅》中，這種宣洩更是淋漓盡致，極盡所能。遍讀經史，負笈在身，才思俊逸，最後只用來宣洩，用來「嘮騷」，這其中的辛酸、無奈，又豈是「宣洩」二字所能道盡。

　　看李國文的簡歷，一九三〇年生於上海；一九五二年在朝鮮戰場從事寫作；一九五七年因小說被打成「右派」，下放勞改；一九七九年重返文壇。這就是一個人一生簡單的遭遇。二十二歲，風華正茂，意氣風發，內心一定也藏著一個成為大文學家的宏偉志願，有一個用筆寫出錦繡前程的美好藍圖。二十七歲，閱歷漸豐，文筆漸熟，當是開始渴望獨立思想的時候，卻折戟沉沙，灰飛煙滅。此後一去廿載，大好青春成為政治祭品，金色年華與草木同腐，思想萌芽在勞改的風沙中也早早夭折，失去了思想的權力，失去了安身立命之筆，失去了金色年華，對一個文人來說，意味著什麼？應該亦算是「非正常死亡」之一種。已近知天命之年重返文壇，天意命該如此嗎？雖然有〈冬天裏的春天〉、〈大雅村言〉，有〈中國文人的非正常死亡〉、〈中國文人的活法〉，對一個真正的作家，真正的文人來說，杯水車薪，何濟於事。

　　郭沫若說：「蔡文姬就是我。」歎中國文人的非正常死亡，看中國文人的活法，誰又能說李國文不是借題發揮，自歎自悼？忘情於宣瀉，專注於「嘮騷」，這也成為李國文隨筆的「硬傷」。情緒明顯大於理性，情緒對理性的過度壓抑，使宣瀉失去節制，深思如宣瀉汪洋中的一葉小舟，弱不禁風，幾不可見，拘泥於「毛」的損益，失缺探究「皮」的得失。我想，老先生也許不是不想探究，而實在是有心無力，無暇探究了吧！這個「硬傷」也許從來就不屬於他們，而是一個時代，一段歷史的傷痛。

遙想董橋的火百合花

　　掃紅的《尚書吧故事》，又是含芳吐倩的專欄文章。讀這等文章，不禁猜測，專欄作家要生得怎樣的三頭六臂，慧質蘭心，才能日復一日，不知倦怠地揮筆成錦。關於作家的職業，李敖有語，大意是說，作家和娼女一樣，不管你願不願意，每天都得幹活，誰叫這是你的工作。話雖粗魯，意思卻至理。作家尤其是專欄作家首先要有敬業精神，排除萬難為讀者為專欄的獻身精神。

　　精神可嘉，文章總歸要硬實精緻。專欄文章畢竟不同於尋常文章。專欄多因時因事而設，專欄文章也就有了時與事的大命題概念，成為時事的聲音，時間的形影。專欄之筆跋涉在命題路上，尋找的是時與事之轍的線索。生活的演進，資訊的更潤，觀念的交織，成為素材的花園，也為題材的捕捉布下迷宮。專欄寫作固然難在馬不停蹄，更難在立意的創新和題材的眾裏尋「她」。

　　董橋有文〈剪指甲的專欄作家〉，記述《國際先驅論壇報》著名專欄作家戴夫‧巴厘專欄文章的操作情況。首先是找題材。早上六點鐘鬧鐘一響，戴夫開始看電視想題目。十點十五分，題材還沒著落，只好翻看報紙。戴夫發現報紙上女人內衣褲的廣告多得驚人，每翻一兩頁就出現穿著內衣的模特兒豔照，「給人的印象是至少八成的國民生產總值靠女性內衣褲。」『可是，專業的專欄到底

不能寫女人的內衣』」，「題材要有點有分量的『肉』（meat）才行，
比如美國的貿易赤字：那是報上排在內衣廣告旁邊的重要新聞。」
有了這個題材，中午，戴夫打電話給他的女助理，他瞭解到，女人
內衣廣告多，是因為男人愛看，實際情況是誰都不會看廣告買內
衣。「戴夫於是想到這是美國貿易出現赤字的一個成因。」絕妙的
主題和題材。董橋寫這樣的故事，一定也是傾羨不已，神往有加。

　　董橋經年操筆港地文化專欄，有讀者來信質疑董橋一年來文風
的轉變，和氣過盛而鋒芒漸斂。董橋借此作〈一封回信〉，闡釋自
己的語文觀。文中董橋談到自己的專欄寫作：「你必須要體諒一個
天天寫專欄的人常常會覺得很悶，很想放縱一下自己。我始終相
信，文章要有情致，還要有故實。為了避免天天乾巴巴的千字議論，
我總是儘量設法穿插一些人、一些事，從中帶出我想傳達的資訊。」
專欄之筆是戴著枷鎖起舞，專欄文章只見優美的「舞姿」，而渾然
不覺枷鎖的桎障，起於學問，成於想像力與閱歷。學問可以惡補，
想像力與閱歷則無以經時光打磨，歲月雕琢不足以成器。日日的過
眼雲煙，時時的司空見慣，在一念如劍的專欄作家筆下，化平庸為
神奇，變鴻毛為泰山。董橋說：「我很不容易才找到適合涉筆的題
材，往往難免『吹寒問暖、送往迎來』，有點忘情了。如果有一天
我忍不住寫出我家陽臺上那盆火百合開花了，你可千萬記得饒恕
我。」我想，董橋的那盆火百合花一定綻放得豔麗可人。

卷四　百感交集

我曾長久注視過卡夫卡的眼
睛，他的驚悚、恐懼與脆弱，
閃電般喚醒我內心同樣的脆弱
與恐懼，看見了這樣的眼睛，
你就一輩子擺脫不了他對你的
傾訴與籲請。

你可以讀葉兆言

1

　　評論家說「你一定要讀董橋」。這話不能當真。「你一定要讀」這類的話，不管誰說，統統不能當真。那只是對個人喜好的表達，而不是真的「一定」，所以大可不必較真。「你一定要讀」，有個性，也太霸道。我喜歡葉兆言的文字，如果說「你一定要讀」或「你應該讀葉兆言」，彷彿別人不讀，就是做錯一樣。在《群鶯亂飛》中，葉先生自己也說：「作為一個作者，能夠把想寫的文章寫出來，還能有幾個讀者願意讀，知之，好之，樂之，就已經是很幸運了。」所以還是說「你可以讀葉兆言」吧。

　　葉兆言的文字屬於傳統一路，文風舒緩平和，文字樸素大方，清淺秀麗，正統當中帶點幽默，端莊而不沉重。這裏所說的幽默，不是搞笑、滑稽，是一種心態，一種能化壓抑或激憤為微風拂面的心態。讀書品人要表明態度和觀點，要說個參差，論個長短，度就不好把握。這個度，既是評價的尺度，更是說話的心態。過譽的文章，誇張，不好看。偏激的和尖銳的，看著過癮，火氣必然也沖。

這種文章個性突出、意思鮮明而且極具感染力，是絕好的精神酒精和情緒導火索。看這種文章，沒有火能看出火，沒有氣能看出氣，最不濟的，也會落個「心潮澎湃，久久難以平靜」。年輕人特別是學生喜歡讀這種文章。學生運動多的年代，一定也是這種文章最多的年代。好文章有很多種，不帶火氣、怨氣、酸氣、腐氣、俗氣的是一種，葉兆言的讀書品人文章算這一類。

葉兆言所擅者皆為最基本的語式，常用的辭彙和普通的文字，機理似淺而實深。在葉兆言的文章中，很難找出哪一部分華彩四射，但每一處又都讓人回味不已，受用不盡。他的這種文風，很容易讓人聯想到當年他經常為父親迎來送往的一批當代優秀作家，方之、高曉聲、陸文夫、林斤瀾和汪曾祺。這個陣容非常驚人。文革結束，這五個人先後獲得全國優秀小說獎的最高榮譽，高曉聲還得了不止一次。方之早逝，其他四人都成為著名小說家，汪曾祺更是享有大師美譽。這些小說家均以斟酌文字，經營文章為能事，他們對小說創作的追求，呈現一種獨具匠心的經營之美。葉兆言說，自己最癡迷的是汪曾祺的小說，對汪曾祺文字的模仿研究，已到走火入魔的地步。葉兆言文字的考究含蓄，脫不了早年的這些模仿研習，耳濡目染。葉兆言還提到，高曉聲曾告誡他說：「寫文章，千萬不能走氣，說廢話沒有關係，但是不要一路點題，寫文章是用氣筒打氣，要不停地加壓，走題彷彿輪胎上戳了些小孔，這樣去的文章看上永遠癟塌塌的，沒有一點精神，而文章與人一樣，靠的就是精神。」葉兆言文字的「精神」，更多是種內在的華蘊，溫溫而雅的氣質，一股綿延溫和之氣貫穿始終。他用高曉聲的「氣筒」打氣，打出的是真氣內斂，舉重若輕，而絲毫不帶膨脹亢奮的感覺。

葉兆言文章的另一個好處，是文章有「我」。王國維把詞分為「有我之境」和「無我之境」。文章，我倒是喜歡「有我之文」。此「我」，為一家之面目。不成一家之言，讀來味如嚼蠟。文風平和不是當「和事老」和稀泥，還一定要「有我」。旗幟鮮明的「有我」，在藝術表現上，往往容易陷入激烈或緊張，就與舒緩平和的態度構成一對矛盾。葉兆言讀書品人的魅力，是很好地處理了二者的關係。即使是尖銳，也化成一種敘事的平靜，心靈的平靜，使平和的文風和內在的「我」，表裏呼應。葉兆言的「我」主要表現在兩個方面：「我」的感受和「我」的經歷。就說《陳舊人物》。

2

當代人寫「陳舊人物」，除了裝模作樣的乾聊，就是捕風捉影的胡聊。少了親身經歷的東西，就只有指望悟性，希望能聽到點別具口味的點評；指望文字，希望能得到些賞心悅目的享受。悟性與文字偏又著實不乍樣。絕大多數是找來「陳舊人物」的軼聞掌故，拼拼湊湊，剪剪貼貼，便告完事。來來去去那幾件事，張三也說，李四也談，說得人耳朵起繭，事還是那些事，千人一面。有張中行、曹聚仁、鄭逸梅、黃苗子、汪曾祺諸人的「陳舊人物」，那些翻新的「舊人」，實在沒有多大重溫的必要。

葉兆言的「陳舊人物」，多數自己也不認識，只有顧頡剛、王伯祥、俞平伯寥寥幾人，曾與其祖有過深交。寫幾件沒聽過的事，寫活這幾位，自是不在話下。像王伯祥，「祖父常用一個人在書店

裏的表現，來說明他的性格。鄭振鐸進了書店，立刻丟魂失魄，把帶去的朋友忘得一乾二淨。王伯祥進書店就要發騷，紅著臉說『根本就沒有書』。鄭是到處都有書，王是只知道找他需要的書。祖父說自己最樂意與王抬槓，逼他發急，說『怎麼沒有書，這書架上是什麼』。」「有一次，談起文化大革命初期的混亂，王伯祥從學部坐三輪車回來，與車夫一路聊天到胡同口，車夫無意問起王伯祥的收入，王怔了一下，未敢如實匯報，將實際工資打了折扣，車夫仍然很憤怒，說我拉車，你坐車，這已經不平等到了，你竟然還拿這麼多錢。結果車夫再也不願意繼續向前，讓他自己從胡同口走回去。記得王伯祥重溫這件事，完全沒有取笑之意，他是研究歷史的，看問題總是有獨特的眼光，十分嚴肅地向我解釋說：『這話一點不錯，所以就會有革命，就要造反。』我當時還小，不太明白這話的含義。」但「我忘不了他談話時的認真表情」。

　　寫俞平伯，則是選取了特殊而感性的角度。「俞平伯是我所見到的老人中，最有少爺脾氣的一位。」寫了一手漂亮信，卻怎麼也疊不齊，「俞家是江南名門，數世單傳養尊處優，一向由傭人伺候，像疊信紙這種書僮幹的活從不往心上去。」「又譬如抽煙，煙灰與煙缸無關，懶得去揮一下，煙灰不斷地落在胸前衣服上。」「俞先生早年與傅斯年先生一同出國留學，可是出去沒幾天，就倉皇地跑了回來。學費當然是個問題，沒人照料也是主要原因。」因為沒人照顧，連學也留不得，可知前面諸事不是在刻意渲染大學者的古風怪癖。在上個世紀的動亂，俞平伯先生好歹也是善始善終，「雖然不得志，卻還算不上太『鬱鬱』，因為他一直活得比較天真。」

215

　　上面幾位，你可以不服，說葉兆言有家庭資源優勢。康有為、梁啟超、林琴南、嚴復老幾位，可說是絕對的「舊人」，葉兆言的描寫更勝一籌，給人「舊人新看」的感受。「康有為是塊頑固不化的老石頭，他是個認死理的傢伙，一意孤行，一條路走到黑。他的弟子梁啟超正好相反，是靈活機動，說變就變，所謂見異思遷，看誰好就跟誰學。」「康有為一生能成氣候，翻雲覆雨，與梁啟超這麼一位得力助手有極大關係，打一個很不恰當的比方，康是希特勒，梁就是戈培爾，再也找不到比他更好的宣傳部長。」如果說這種文人風格的表述，只是從表達上給人耳目一新的感覺，那麼，用同樣的風格，用專門文字，不做含糊之語，對康、梁、林、嚴等人的政治生涯、思想要義或文學主張作出明確獨到的評述，沒有極高的悟性和見識，則是萬萬不能的。講軼聞掌故，能講得妙趣橫生；談思想文化，能談得頭頭是道，別開生面，不動聲色中就露一手，葉兆言的學問也不含糊。

　　《陳舊人物》是寫舊人，歷史中的人物。《群鶯亂飛》中，回憶童年經歷，回憶父親與父輩作家的過往來去，是寫「新人」，現實中的人物。對方之、林斤瀾、高曉聲，父親的這些生死之交和君子之交，葉兆言彷彿不是在書寫，而是在復活那些逝去的生命。熟悉的人，精采的文筆，真情的投入，慧筆之下，輕易讓人忘記文字的存在，入眼的滿是活蹦亂跳，個性鮮明，煥發著旺盛的生命氣息的血肉之軀。在對父親的回憶中，更讓人看到了一個真正作家的情懷。做為一個作家，他首先要是一個能真正付出自己感情的人。無須抒情，亦未刻意，只是通過純粹的講述，把自己所有的感情，都獻給自己筆下的人物。在奉獻了自己沉默的情感後，作者也與父親

216

完成了一場靈魂的對話。葉兆言珍惜生命一樣珍惜著活在自己情感世界裏的每個人物。

3

　　葉兆言的讀書文章，時刻是閱讀的首選。《群鶯亂飛》中，葉兆言精讀泛覽李賀、賽凡提斯、莎士比亞、雨果、巴爾扎克、阿赫瑪托娃、奈保爾等八位世界級作家作品。閱讀中，他總能敏銳地抓住作家、作品或者是更為廣闊的文化背景的中樞，像用鑰匙開鎖一樣，那麼輕快地一轉，就打開一扇扇緊閉的「門」。葉兆言的睿智和博學在當代作家中並不多見。他學識豐富，豐富到不像一個小說家，更像個學者。他用學問讀書，也從書裏讀出學問。他讀書文章裏的學問，要比很多論學文章更有底氣。葉兆言讀書總是以生活常態的面目展開，就像吃飯穿衣一樣，從閱讀中，你可以感受到他對生活的迷戀。這使他的學問聞不到醫院的硝鏹水味，不帶學院的制服威嚴，深入淺出，充滿溫情。把閱讀作為體味人生的載體，使他的讀書似有了包涵生活和生命的能量。他把閱讀描繪成一顆美麗神秘的星球，又把這顆星球置於更為廣闊浩淼的星空中。他讓人領略了閱讀的奇妙，更讓人看到了人生的豐富。

　　寫文章的人多有個毛病，就是越寫越想往「深」裏寫，越說越想撿「大」的說。常是由輕鬆而寫起，一旦過了井噴期，便越寫越澀，越澀還越想寫，神經就越緊崩。由輕到重，僵不能持，常常就是這種「大」、「深」的心理在作祟。我琢磨，是不是那些精神崩潰，

死於自殺的大作家，無法排解的就是這種精神狀態。我這樣的人斷不會為此自殺，玩票的，沒活夠。但是對一個以此為生命全部，為價值體現的「精神病」抑或天才，則很難說。

葉兆言只寫小「我」，寫王、俞、朱自清、吳宓、聞一多是如此，寫康聖人、梁任公、章太炎這樣的大人物也不例外。以「小我」、「自我」看人看事，說話就正常的多，就人氣十足，而非飄飄欲仙。任你是誰，經「我」之法眼，自然也就是「我」眼中的模樣，是「獨一處」，「舊人」也就不舊，也就有了看頭。所以很多時候，「小」比「大」，更能貼近歷史的真實，而歷史的趣味，也正是蘊藏在「我」的眼中。

我喜歡葉兆言的文字，是這種文字對我可以起到「鎮靜劑」的作用。在我越寫越想「大」，越想「深」，神經也越緊張的時候，讀葉兆言，就是吃「鎮靜劑」。我會由百爪撓心，二爪撓牆，回到以正常行為示人，回到遊手好閒，觀花鬥狗的悠閒心態。葉兆言有如斯「藥效」，除去後天的磨礪，我覺得很大程度是來自於世家門風。氣質稟賦，性格心態，生活薰陶，這些不是幾句話能說清楚的。偷懶地說，葉兆言的讀書文風，有其「遺傳因素」。

《群鶯亂飛》的腰封廣告說：「葉兆言以無所不在的世俗日常演繹，給讀者帶來固有的而又久違了的文學溫馨……」那是直低內心深處的「文學溫馨」。

陳岩的「畫壇經紀錄」

　　陳岩不是畫家，說是鑑賞家，我看也不在主要。他是文物商店寶古齋的業務員，是專門收畫賣畫的。雖說是替國家幹活，那也是「畫販」。後來，他被提升為畫店經理，成了行政領導。再後來，經理被他辭掉了，他去幫黃冑搞炎黃藝術館，接著又幫黃永玉蓋萬荷堂，幹的都是籌建和管理方面的活。總之，這不是個藝術人，是個「經紀人」。

　　陳岩沒有不認識的人，沒有不閒的時候，沒有不幹的事。交往的人中，啟功、徐邦達、孫會元、劉凌倉、劉九庵等老人，是他的老師；客戶有田家英、康生、谷牧、李瑞環等人；貨源就更不得了，李可染、李苦禪、啟功、黃冑、程十髮、白雪石、葉淺予、黃永玉、范曾……這樣的名子可以列出一大串。文革那年頭不敢明目張膽地收畫，他就想出了用宣紙換畫的點子。七六年，剛打倒「四人幫」，小年輕的他就張羅著辦了第一次畫展。那時候，那些被打倒的老畫家還沒被評反，他公開展出他們的畫，文物店裏的老師傅都提心吊膽地捏著把汗。人們還只認古畫的時候，他開始看好新畫業務，力主大量屯積上面這些位畫家的畫。北京修文物倉庫，恢復文化街，他參與了；出版《寶古齋》刊物，他籌畫的；除寶古齋和榮寶齋外的，北京第三、四、五家畫店，北京畫店、燕京書畫社、丹青閣，

219

是在他的鼎力協助下開張的；齊白石在日本倉吉市的畫展，他是負責人；嘉德首次國內大型現代書畫作品拍賣會，他經歷過。黃冑辦炎黃藝術館，黃永玉蓋萬荷堂，他是「總管」。他幫襯畫家的生活，大至幫畫家換房子，改善居住條件，給年輕藝術家遷戶口，創造學習的機會；小至替人跑腿送信，下廚做飯。進口紙緊俏，他就給單位搞緊俏紙；修大葆台文物庫材料緊缺，他又去搞緊缺鋼窗。常在河邊走，哪能不濕鞋。他也有禍事上身的時候。興揪小辮子的年代，他被告貪污，私買畫家的畫，被軟禁起來。查了幾個月，查出的結果是他給單位和畫家個人做了很多好事，這事不了了之。畫家劉凌倉先生見他放出來的第一句是：「陳岩，你畢業了。」真正讓他動了肝火的是名震海峽兩岸的「范曾假畫案」。國內兩個當事人，一個是范曾，另一個人就是他。

　　陳岩把這些事寫成了本書，名為《往事丹青》，記述了從一九六二年他參加工作起到二十世紀末的畫界往事。從上面的介紹可以知道，畫界的往事，在他眼裏，不是藝術的往事，而是政治、經濟和人際關係的往事。所以，我覺得他的這本書叫《畫壇經紀錄》，也許更合適。真正的畫家寫不出他這種玩意兒。畫家的師友和知己是有的，但不會和他一樣，朋友遍天下，更不會整天滿世界竄門或是和誰膩在一起。搞創作的人要搞出名堂，最重要的是心要靜。沒有這一條，就是裝樣。藝術需要交流，但本性還是「獨」的。真正的畫家也是缺「獨」不可。

　　陳岩的記述中，有很多事讓人感慨難忘。相對重大的政治經濟事件，這些事帶給人的又是另一種刻骨銘心。尤其是對藝術家或是畫家而言。一九七〇年，陳岩被下放通縣的「五七幹校」勞動鍛煉。

220

通縣的工藝品商店請他幫忙鑑定一批字畫，數量有二十萬件，商店花二十萬元收購的。平均一塊錢一件。其中的作品有：黃賓虹三十歲至九十歲的各期作品；齊白石的大幅畫作；嶺南畫派的大量精品，光「嶺南三高」的，就是成捆的，而且動物都沒畫眼；相當數量的大幅吳昌碩字畫，書法作品真、草、隸、篆全有；還有虛谷、四任的作品；金城、姚華、馮超然的，都只能算是一般貨。陳岩在掃地的時候，從倉庫清理出的垃圾堆裏發現了六尺幅的潘天壽力作；在整理過程中，來參觀的日本商人當場花十五萬元買走齊白石的一幅畫……陳岩說，這批畫足夠建幾個大美術館，黃賓虹繪畫館、嶺南畫派美術館、海派美術館、吳昌碩美術館……

當時請陳岩鑑定這批作品的原因，是工藝品商店分兩派爭執不下，一方說物有所值，一方說根本不值這麼多錢，就請陳岩等人作個裁判。這項工作歷時一年多完成，隨著工作人員的離開，其中的很多作品也陸續散佚。後來，同行議論起此事，陳岩得知，當時這樣的倉庫還有幾個。

回單位後，陳岩目睹了一件事。有個賣貨的出售一件康熙青花大罐，收文物的老師傅說，不收，這是四舊。賣貨的說，好吧，那就白給。老師傅說，白給也不要。賣貨的當場把青花大罐摔個粉碎，沒言語一聲，轉身走了。三百年的東西，就這麼沒了。我就想，那一元一件的二十萬件字畫是怎麼來的，不用問了。較之青花罐，那些紙好歹是走運的。這件事看兩遍，眼就濕了。唉，這都叫什麼事。

畫界少不了陳岩這種人。有賣畫的和買畫的，就需要這樣的人。這個人還能給時代掌眼，就更難得了。

馮象的心理學

　　《政法筆記》中最吸引我的，是馮象對盜版需求的消費欲是怎樣形成的，所做的心理學分析。

　　馮像是從卡拉 OK 受到的啟發。卡拉 OK 的樂趣在於仿真，即通過對明星偶像的歌聲、扮相、姿態、表情等的摹仿，滿足摹仿者的表演欲及與「偶像再比較」的幻想。卡拉 OK 取消了演唱者與觀眾、歌星與摹仿者的界限。唱卡拉 OK，就是跨越摹仿者和歌星之間的物理、生理和心理距離，登上一座虛擬的舞臺，讓人走出羞怯與自卑，放聲摹仿他的歌星；在摹仿中表現自己、感覺自己。卡拉 OK 的摹仿是完全程式化了的。那些歌聲、扮相、姿態、表情，無非是音像出版商、化妝品和服裝公司等「偶像產業」按季節推出來「驚世駭俗」的一波波明星時尚的翻版。所以馮象說仿真的樂趣，與偶像合一的感覺，其實都是偶像拋出的誘餌。目的是將羞怯的摹仿者馴化為大膽的消費者，造成市場對偶像所代表的某種「生活方式」及其具體表現形式，即某些偶像化的品牌產品的需求。利用人們的摹仿慾（興趣）大規模生產摹仿（消費），是典型的品牌戰略。

　　從馮象的分析可以看出，所謂偶像，在現代消費者社會，其實是專門為消費者發明，用來教他們辨認產品及由產品構建的理想「生活方式」的符號。一人一事一物之成為偶像，能發生品牌效應，

是通過種種宣傳渠道向消費者灌輸聯想、含義，讓他們熟記偶像的性格特點和身份象徵，與之認同。然後，他們就會將偶像的特點和象徵賦予相關的品牌產品及其消費者，繼而產生與後者攀比的慾望，加入該品牌產品的忠實用戶的行列。漸漸地，品牌產品的消費就成了表明消費者社會地位和個人情趣的慣常手段。因為這消費欲起於認同、攀比和摹仿，也可以說，品牌戰略本質上是一營造偶像、鼓勵摹仿的機制。馮象進一步剖析這種機制，是最終要把觀眾或消費者也變成品牌的廣告。品牌消費，說到底，就是摹仿欲的無限膨脹和滿足。

在這種「偶像消費」心理的基礎上，馮象認為如果知識產權執法嚴厲，能有效壓制品牌偶像的宣傳而必然激發的盜版仿冒活動，那品牌就能順利佔領市場，將摹仿欲導向「合法的」消費。然而品牌戰略是競爭的產物。隨著品牌競爭的日趨激烈，競爭者勢必試圖拉近消費者與偶像的距離，轉而生產越來越大眾化的偶像，就是以卡拉 OK 為代表的仿真消費。偶像一旦成為仿真消費、重複翻版的對象，它在消費者心目中就難以保持獨一無二、不可取代的權威地位。面對每天都層出不窮的新面孔，人們對偶像朝三暮四喜新厭舊就成為再正常不過的事。為使摹仿者「真實地」模擬偶像，感覺並表現偶像的「生活方式」，偶像和仿製品的界限便不可能繼續維持。因此仿真消費的樂趣，還有來自對原作的「不敬」，甚至「褻瀆」。也就是說，撇開我們天天聽到的關於侵權與執法的種種意識形態化的解釋，用知識產權等法律法規來判定侵權的去偽存真原則，跟現代消費者社會的仿真追求，不辨事物真偽皆可互換替代而享受的消費原則，正好背道而馳。

　　由這種品牌戰略還可得出，偶像生產不會因為仿真消費可能刺激盜版仿冒就放慢拓展新市場的步伐。相反，代表最新明星時尚的品牌偶像，常常是通過廣泛流行的侵權產品進入市場、發佈消息、排擠對手。所以侵權不止的根源，就在偶像生產、仿真消費和知識產權三者間難以調和的矛盾。

　　馮象的推導和結論是否正確，是學術範疇內的問題。但他從心理學角度，對人們盜版需求消費欲的分析，確實是精彩之至，不啻於專業的心理學分析案例。

　　另外，雖然馮象稱《政法筆記》「注意不說一般讀者不會感興趣的太技術性的內容，」但我仍認為書的內容還是「太技術」。馮象本身是政法方面的專家，所選話題又都是政法學術各界倍受爭議的熱點難點，沒有「技術」怎麼能說清道明！他頂多是在學術範圍內淡化「技術」而已，遠沒有到很多人所說的「通俗易懂」的地步。

讀謝其章，説收藏

買到《創刊號剪影》，有種似曾相識的感覺，忽然想起還藏有一本內容風格都極其相似的《漫話老雜誌》。把書往書櫥裏插時才發現，兩本書的作者是同一個名字：謝其章。

《漫話老雜誌》出版於二〇〇〇年，是本下市的書，得來還有點偶然。在單位舉行的一次政治理論學習中，得了個三等獎，獎品是一張八十元的購書券。等到了書店，有點失望，是家小書店，書極其單調，多是學生學習用書，文學類多是通俗讀物，史哲類幾乎不見。看店內散亂的陳設，落滿灰塵的書，似乎大有關門大吉之意。翻遍所有書，最終選的是四本一套的泰戈爾文集和這本《漫話老雜誌》，也沒湊齊八十元。從喜好賞玩的本性來說，對這本《漫話老雜誌》的興趣，要遠濃於泰戈爾文集。

《創刊號剪影》在裝幀上比《漫話老雜誌》更細膩華麗。紙質古樸，插圖清晰，色彩逼真，本身就具有收藏價值。當然，更大的價值還是在於創刊號這一收藏門類上。作為每本雜誌出世的第一聲，創刊號最受珍視，同為收藏愛好者，我更是深知收藏創刊號之難，畢竟是每種雜誌的第一期，數量少，時間間隔長。歷史悠久的雜誌，其創刊號最為可貴；因為某種原因被迫停刊的雜誌，創刊號就尤為難尋，而越是這樣的雜誌，往往就越具有收藏價值。像魯迅

先生主編的《十字街頭》，僅出三期，就被禁止，《海燕》僅出兩期。魯迅先生在一九三六年二月二十九日的一封信中曾說：「《海燕》係我們幾個人自辦，但現在已以『共』字罪被禁，續刊與否未可知……此次所禁者計二十餘種，稍有生氣之刊物，一網打盡矣。」有的刊物乾脆就只出了一期，像一九三六年胡考主編的《萬象畫刊》，還有《學文》（一九四四年）《萬人小說》（一九四一年）。有的刊物則是因具備了特殊的意義，像抗戰時期的「地下刊物」，而成為收藏家眼中的珍品。按照珍稀、著名、書品完好的收藏原則，收藏的難度可想而知。

收藏之樂先在於尋覓與賞玩。聽到某地出了玩意兒，或是某販子剛從外地進貨回來，不管頂風冒雨，山高路遠，還是深更半夜，必是第一時間趕到。踏破鐵鞋覓得心牽夢掛之物，或是「撿漏」以低價購得珍品，都喜不自勝，難以釋手，恨不得睡覺也摟在懷裏。當然，也有「打眼」的時候，常在江湖飄，哪能不挨刀，但癡迷所致，苦辣與酸甜同是樂趣。收藏的人成千上萬，但為什麼稱得上收藏家的沒幾個呢？關鍵是很多人的收藏只是為了賞玩，只停留在「趣味主義」上，枉費了精力、財力，積攢了花花綠綠一大堆東西，卻始終弄不出個名堂，也對藏品講不出個所以然來，便難稱「收藏家」。

謝其章堪稱真正的收藏家。在他這兩本關於收藏的書中，很少就收藏談收藏。在他的書中見到的多是歷史風雲，文化波瀾，審美變遷和學人軼事。對於謝其章的藏品，我頂多只是喜歡，只是歎為觀止，但他的學識，他對文化的浸淫，以及他通過對刊物的鑑賞，

來展現過去的文化世界，構建自己的文化世界的能力、方法，卻令我羨慕不已。

對於收藏，王世襄老先生曾說：「人生價值，不在據有事物，而在觀察賞析，有所發現，有所會心，使上升為知識，有助文化研究與發展。」所以收藏對有的人來說會玩物喪志，有的人卻能卓然成家。空守著一大堆器物，人被困於物中，只是「器奴」。真正的收藏家卻能點石成金，化腐朽為神奇，啟動藏品中的文化因數、藝術因數，賦予那過去的器物以嶄新的生命力，讓它們成為見證歷史，研究學術的活資料。

要成為真正的收藏家並不容易，需要經過艱苦的學習和鍛煉，才能具備一雙慧眼一顆慧心，去發現去啟動蘊藏在藏品中的美與文化。能挖掘出藏品中的美與文化，才是收藏的大樂趣所在。吸引收藏家的永遠不是凝固的或死去的器物，而是蘊藏其中的歷久彌新的文化資訊。以探究文化藝術為目的，收藏家就成了學問家；收藏之樂就成了求知之樂，研究之樂；藏品就不再是一堆器物，而是奧妙無窮的知識、文化與藝術。從這個意義上說，真正的收藏家永遠不會失去自己的珍藏，即使他的身邊一無所有，他也是當之無愧的收藏家。

黃集偉：把傷口變成智慧

　　對桌同事流覽一堆時尚類雜誌。抬頭問我：不看嗎？我說：不看，時尚讓人找不到自己。他說：看看才知道最新的潮流，時代的發展。然後教訓我一通，落伍、封閉、不知進取。這是實話。如果再老一點，我就是遺老；年輕一點，我就是遺少，現在，只能算是「遺中」。他比我小，小的教訓老的，也是潮流，是時尚。我知道。

　　我對時尚不「感冒」，冷漠，甚至心懷恐懼。偶有春心蕩漾、心猿意馬，也頂多是拉上窗簾，「意淫」一把，有賊心無賊膽，這就是我——七十年代中期生人——的尷尬。距離新生代只有幾步之遙，卻被遺漏在時代的站臺，眼見著新人類的末班車關門、離開，成了徹徹底底地兩代人。恐懼速度，無視變化，在未知中，無所適從，失語失態，面對一個詞語的衝擊，也需渡過精神的「更年期」，一個被淘汰的軟體。

　　我的一個學生在作文中曾寫到「我迫切地需要 happy、happy，要不就 over 了」，無意中引我窺見時尚內心的容顏——疲憊。所有的光彩奪目、光華四射、光怪陸離，都在釋放同一種表情，宣洩同一種心情。在時尚中躁動不安的是疲憊的靈魂。追逐、放縱、發洩，但是不要安靜。安靜是怯弱，是妥協，是無奈？

在黃集偉眼中，時尚的表演就是張揚與自虐——張揚的自虐，自虐的張揚。〈把日子過成段子〉〈不團結就是力量？〉〈冷靜的，慢條斯理的瘋！〉〈名片名片明著騙〉〈搞的人多了，也便有了笑〉〈你醜，但你是星星〉〈你們活著，而我像活著〉〈姐姐，要「大腕」嗎〉〈天下口水一家親〉〈我喜歡私奔，和我自己〉〈適時而體面地逃亡〉〈你可以酸，如果你不窮〉……一個標題裸露一道傷口，一個語詞揭示一個創疤。所以網蟲「鋼炮」在簽名檔中對自己的描述，把自己當成靶子自虐一把，也不單是一種可以理解的叛逆精神或獻身精神：「外貌：矮，瘦，醜，惡；齙牙，而且從來不刷牙；一個星期洗一次腳；兩個月洗一次澡；三年不換衣服。形象：相當委瑣。學習：狂差。口頭禪：靠。性格：內向。缺點：沒有優點。優點：只有缺點……」

王小波說：要活下去，就必須傻，但又不能知道自己傻到什麼程度。小波哥哥總是自嘲的有趣，自虐的文雅，冰冰的，妖妖的，沒有火氣。但是千萬別把「自嘲」當成「自卑」，「自虐」當成「自賤」，悲哀與憐憫更是多餘。像「鋼炮」那樣，那些標誌性的裝束只是傷心故事的道具，心情的調料。真正的他們，在別處，在高處。他們選擇「失聲般的吶喊」，「自殺式的誕生」，他們用「『卑微』完成『驕傲』」，用「『自虐』抵達『自尊』」，與用嚴肅用深刻用純潔用高貴來實現，並不無同，內心都佈滿絕望，彌漫悲憫，都有一本聖經裝在各自的心頭，都是在把傷口變成智慧。

從〈請讀我唇〉、〈媚俗通行證〉、〈非常獵豔〉到〈冒犯之美〉，黃集偉帶著他的「語詞筆記」，一步一步，貼近時尚的內核。當他終於要「冒犯」的時候，卻突然出奇地平靜。我知道，這又是一個

與眾不同睿智無比的傢伙。不知什麼時候就偷錄了時尚的「童言無忌」，偷聽了時代的「酒後真言」，破譯之後，又把你繞進去簽字、畫押，沒留下絲毫「翻供」的機會。那些「語詞」，一道傷口或一種隱隱作痛的感覺，被時尚包裹著，隱忍在時代心頭，不流血、內瘍、麻木、粉末狀，但是智慧使得這些傷口結疤、癒合，開出豔麗妖冶的花朵，使得這些傷口成為最性感的紋身。詩人維尼說：「失望中的寧靜就是智慧」，我不敢進入時尚，是怕見時代的傷口，是缺少足夠的智慧？

那個學生說他的網名叫「受傷的男孩」。這個名子在我心裏蹭了一下，我有一種久違的感覺，成長的感覺。

張遠山和《寓言的密碼》

1

張遠山高中是學理科的，上學時不怎麼用功，所在學校理科平均成績在全區也幾乎墊底，但張遠山個人成績卻穩居全區前十。老師做不出來的題讓他做，沒有他做不出來的。理科對他的吸引力就越來越小，高考前一個月，決定改考文科。所有教他的老師一致反對，全校學生則發生了恐慌。反對的理由一是他考全國重點大學的理科如探囊取物，考文科是揚短避長；二是連你全校第一都改考理科，說明學校教學質量太差，他人的士氣會一落千丈。

張遠山還就賭上了這口氣。不過不是發奮圖強，而是再出驚人之舉：在考場上風捲殘雲，場場第一個交卷。其表現如同自暴自棄，令監考老師無限惋惜。考完後，張遠山給自己打出了分數，然後宣佈他考上了全國重點大學。成績公佈後，與他給自己打的分一分不差，大學也考上了。這樣的人我見過，我把這樣的人叫天才。

在大學裏，張遠山的天才表現在兩個方面：曠課和讀書。因為老師上課講的不是重複，就是錯誤，他聽不下去，所以乾脆不上課。

231

受了兩次處分也不上，如果被開除也不上。之所以沒被開除，是他考試都通過了，最後還拿了學士學位。他給自己定了一個讀書計畫，讀十年書，每天厚的一本，或是薄的兩、三本。讀十年書尚可歸為毅力，曠課讀書則絕對是集明智與勇氣的天才之舉。

天才加勤奮，張遠山的第一枚碩果《寓言的密碼》水到渠成，橫空出世。《寓言的密碼》是張遠山浸淫先秦諸子二十多年的結晶，也是他對中國軸心時代的核心智慧——創造力和批判力——的繼承。

寓言是虛構的故事，以明確的現實指向性和批判性見長。中國的寓言多數寫得和真有其事一樣，再以其指向性為暗示，以假亂真綽綽有餘。但寓言不是對現實的簡單翻版，而是想像和重構，是創造力、想像力和批判力的綜合產物。先秦諸子相當一部分的思想精華在寓言中得到完美體現。張遠山的目光卻投向了更為遙遠的地帶——對文化和人的心理的解讀。當我們自以為是步入了二千年前中國文明的黃金時代，才發現事情遠非如此，在進入的同時，我們也被闖入。張遠山由那些今天專對小孩子講的故事中，闖入了中國人被遺忘被塵封被掩藏被禁止得很好的文化與思想的荒園中。這是一次猝不及防的單刀直入，讓人在毫無準備中去面對眼前的一切，又要在毫無準備中承受被裸露的難堪與痛楚。在此之前，二千年前的寓言與現實世界似乎有著漫長的路程。可是兩者在奇妙地彼此進入後，那些原本薄如蟬翼的故事，就變得重如泰山。張遠山在比寓言更遙遠卻是離人心最近的地方，找到了寓言的「密碼」——現實感——中國人根深蒂固一脈相承的思想、心理、文化和積習。現實感消彌了古代和現代的雲泥之隔，暴露出文化與心理上的親密無間。

現實感讓距離成為重疊，讓人在轉瞬間由遠古回到了當下。對我們來說這是一次輕而易舉的暢遊，密碼的破譯使人無須再跋山涉水。但對張遠山來說，卻是用二十年才峻工了這條思想之路——由故事返回現實的思想之路。

以寓言為例，張遠山認為先秦諸子的意義是開天闢地式的，是中國思想文化的「軸心」。其後的中國思想文化卻拋棄和扼殺了軸心時代的核心智慧，在對先秦諸子思想成果的一味按圖索驥、東施效顰中，走進了死胡同。按張遠山的看法，中國自軸心時代之後的思想文化史，就是一部對先秦文化的鸚鵡學舌史、不求甚解史和以訛傳訛史。

我佩服張遠山以獨到的眼光對中國思想文化所作的深度還原，特別是那些看似已竭之地，在他的手裏，總能如處女地一般又噴湧出新的能量。但我不會因此同意這就是真實的歷史和歷史的真實，也不會以還原的相似程度，作為判定他價值的依據。張遠山對軸心時代智慧的汲取，是他在文化絕境、思想懸崖上奪路而出，對所有定論的理性批判和刷新。就其個人來說，這就和諸子寓言及先秦文化的產生從精神上達成一致，都是在不守成規的創造和批判中，獲得了思想上的獨立。他通過對寓言的新解，完成了對先秦文化精神的傳承。

張遠山對中國思想文化實施批判和重構的手段，是他運用得最得心應手的一件法寶——邏輯。沒有邏輯是中國傳統思想文化的一大特徵。這一點可以從數學史方面得到驗證。深諳先秦文化個中三昧的張遠山對此當然更是心知肚明。中西文化邏輯有無的差異表現在知識上是在幾何學方面，在應用上主要在辯論方面。西方從蘇格

拉底甚至更早，辯論就一直是邏輯的較量。用邏輯無法證明是錯誤的想法，他們就稱為真理；用邏輯無法推翻的東西，他們就堅定的相信，就成為信仰。中國古代的辯論則是詭辯。辯論的觀點因人而異，因時因事而變，以利益需要為準繩，忽是忽非。名為「縱橫家」就可見一斑：可縱可橫，可方可圓，進退自如，左右逢源。所以張遠山的一個觀點是最重邏輯的名家因無可匹敵而遭各家萬箭攢心而亡。中國從此再無邏輯。有了邏輯這張王牌，張遠山對先秦文化的標新立異，就顯得底氣十足。

張遠山對邏輯的運用，是從內容和方法兩方面對中國思想文化的先天不足進行糾正和彌補，同時，也是對其缺少邏輯的最好批判。我個人認為，至少在目前，國內很多思想者（特別是紅極一時的）還是在靠情緒靠音量說話，而非是憑藉思想本身的力量。在中國思想文化中引入邏輯，是極好的導向。要證明張遠山的觀點是錯誤的，除非能從邏輯上推翻他打敗他，能推翻邏輯打敗邏輯的只有邏輯自己。邏輯就是能使思想產生力量的東西。用遵循邏輯規律的方法建立思想體系才是正途。混跡於思想文化領域的紙老虎、鬼影子、道貌岸然之流，最怕的也正是邏輯這面「照妖鏡」。

2

從純閱讀角度來說，張遠山帶來的是少有的創造和發現的愉悅。讀書不是一種被動的接受，不是機械的勞作，而是一次發現和創造之旅。讀書要能讀出自己的見識。不管能不能做到，這個目標

是應該有的。《寓言的密碼》從頭至尾，充滿了智慧的閃光，譬如解讀《莊子》寓言。

「庖丁解牛」，一則有高中文化程度的人都曉得的寓言故事。在張遠山眼中，這個小小的寓言故事，卻成為進入莊子和中國哲學世界的重要門徑。張遠山認為，中國傳統的出世、入世的處世劃分，容易使人誤以為根本不存在介於兩者之間的第三種成熟的處世方式，然而中國自古以來存在著一種與儒家的「入世」、佛家的「出世」都不同，甚至更深入人心的處世態度：「間（動詞，讀如澗）世」。「間世」一語出自〈莊子〉內篇之四〈人間世〉。張遠山先從〈莊子〉內篇七篇的篇名和命題入手，對〈人間世〉這一題目做了解釋：「人間世」講的是「人」與「世」之間的一種關係：「間」。〈人間世〉之前的內篇第三〈養生主〉中的著名寓言「庖丁解牛」，正是為下一篇〈人間世〉作的鋪墊和注腳。

莊子把普通廚師暗喻為入世者，他們與世界之牛硬碰硬，生命之刀用一個月就壞了，可見入世者最自戕性靈。莊子又把聰明一些的廚師暗喻為出世者，他們在世界之牛的邊緣實行軟著陸，生命之刀使用的時間較長，性靈的磨損也較少，但用一年也壞了。庖丁作為間世主義者，卻在骨肉筋腱之間尋找空隙，使沒有厚度的生命之刀在有空隙的世界之牛身上遊刃有餘，所以庖丁的刀用了十九年，解了上千頭牛，性靈毫無損耗，完全像新的一樣。

張遠山認為，在莊子那裏，入世與出世、游方於內和游方於外都不好，都是執於一偏，只有間世才是不分內外、出入自由的逍遙遊，間世思想是莊子整個思想的根本核心。張遠山自己認為「人間世」之「間」有二義：一是間於世，二是間於人。間於世，是指獨

立於世界的不同力量之間；間於人，是指獨立於人的不同定型之間。魯迅是「兩間餘一卒，荷戟獨彷徨」。莊子則是「兩間游一鯤，曳尾獨逍遙」。但無論是逍遙還是彷徨，莊子與魯迅都是思想獨立的批判者。這種間世主義，正是批判性思想家和批判性哲學家應有的立場。莊子的間世哲學是人類智慧的奇觀，道家思想的最高結晶，與老子投機取巧的滑頭主義及其後世毫無誠信的玩世不恭，有著本質的區別。把莊子和魯迅列為一隊，發現他們思想上的共同點，以莊子哲學為偉大的生命藝術和批判立場，不能不說是開人耳目。

3

　　時間無法丈量路程。對絕大多數中國人來說，從故事到現實已是一條積重難返之路，或根本就無路可走。故事是故事，事故也是故事，連現實與思想也成為故事。故事成為中國人精神的樂園，亦是文化與思想的夢魘。在故事裏，生活被詩意粉飾，理想被夢想代替，現實被想像麻醉。進入故事，就意味著人心得到應有盡有的滿足與平衡。「故事情結」使中國人具備了把一切事情故事化的超凡能力。在這種能力的支配下，逆來順受得過且過成為美德，視而不見不聞不問成為習慣，人云亦云隨波逐流成為秩序。因此，張遠山的解讀就具有了一種不易察覺的意義，一種形式大於結果的意義。

　　二十年開山伐道的歷程，使張遠山遊刃有餘地往返於故事與現實之間。他的努力之一是還原故事為現實，解開中國人自我陶醉、自我滿足、自我傾訴的「故事情結」，顛覆把一切故事化、理想化、

簡單化的思維趨向和思維方式,從而期望通過對現實的真正理解來改善、提高生活品質,甚至於改變人生。

他的另一本隨筆《故事的事故》,和《寓言的密碼》有著相同的動機。少了二千年挾裹而下的氣勢,《故事的事故》來的漫不經心,然而漫不經心中是處心積慮的明槍暗箭,就像扉頁上作者的照片,一臉的簡單輕鬆,而眼中閃爍的卻是冷靜與睿智。張遠山重新講述古代的、現代的、別人的、自己的人們習以為常的見聞和經歷,不過不是講故事,而是剖陳事故。這之間的區別不是含情脈脈黯然淚下與心灰意冷義憤填膺,而是理性、信仰、文明與專制、盲從、庸俗及更多方面的區別。這種講述並不比尋找二千年前寓言的「密碼」輕鬆多少,這同樣需要解讀的「密碼」。若非如此,它們仍是無關痛癢的故事和寓言,儘管它們本身就是現實的。這一次,張遠山對「密碼」作了更為詳盡和直接的破譯,也就帶來感到更為強烈和直接的震撼。他甚至讓人看到一種企圖,一種要破譯整個中國文化、中國人心理的「密碼」的企圖。從寓言到事故,張遠山在原地轉了個身,《故事的事故》成為一部現代版的《寓言的密碼》。

「每時每刻都在發生各式各樣的事故,但每個人都給自己編了個好故事」。理性與信仰在由事故向故事的改寫中被習慣性地一一刪除。這種習慣似乎成為一種本能,讓人們遠離、放棄那些能使自己清醒和高尚的東西。所以,《故事的事故》很有可能被混同於那些一地雞毛式的文化或生活隨筆,對此我毫不懷疑。《故事的事故》中所講述的平凡與細小,張遠山樸實、優美、幽默的文筆,都容易使人把它當作有趣的故事來讀,儘管在閱讀中,張遠山不斷地提醒:不要把事故當成故事。

謝泳的讀書與治學

　　在《雜書過眼錄》中，謝泳借讀書闡釋了自己治學的一些做法和體會。

　　在給孩子買的一本《現代漢語辭典》中，謝泳注意到扉頁有一段獻詞：「著名語言學家，中國科學院哲學社會科學學部委員呂叔湘和丁樹聲先生分別於一九五六至一九六〇年，一九六一至一九七八年主持本詞典的編寫工作，謹向為編纂我國第一部現代漢語詞典作出卓越貢獻的兩位先生致以崇高的敬意！」謝泳從自己收藏的詞典以及相關資料中考證得出，這本《現代漢語詞典》在中國絕對不是第一部，恐怕連第二部也算不上。他認為輕言「第一」是不慎重的，這「第一」的概念是不能亂用的。他說如果現代的小學生接受了這是「第一部」的概念，編纂中國現代漢語詞典的歷史就是從這本詞典開始了，歷史哪是這麼簡單！謝泳曾對多種詞典的變遷進行過專門研究，以此來揭示文化的演進，從這個角度來說，他關注的就不僅是一本字典的問題，而是一個關係到文化發展史的問題。

　　謝泳始終是以客觀、嚴謹、冷靜的態度來對待他手中的每一本書每一份材料，他所闡發的議論和觀點都是立足於學術立場上。在讀了〈山西省疫事報告〉，謝泳充分肯定了閻錫山處理疫情的措施的科學性，並對八十年前山西的村政建設進行了細緻的研究，分析

了一個傳統社會在災難面前，為什麼會有那樣高的行政效率。他認為其中的很多做法，即使在今天也仍有啟發借鑑意義。學術是超越階級超越意識的，學者也應當具備這樣一種能力，能自覺地克制、消除階級和其他意識形態所造成的影響，樹立起「吾愛吾師，吾更愛真理」的信念，這樣才能客觀公正地對學術上的事作出學術上的評價，才能使自己的研究一開始就有一個好基礎、高起點。這種理性的態度同時也是學者對自身角色的認知。

謝泳是以二十世紀中國知識份子史料考證而贏得思想界位置的，他的工作之所以能得到思想界和學術界的認可，很重要的一個原因就是他把追求真實放在學術研究的首位。學術研究，真實永遠是最重要的，真實的材料才是最有價值的。這是他反覆強調和突出的一點。他自己也始終遵循這一原則，特別重視對第一手材料的收集和研究。在〈回憶錄是靠不住的〉一文中，謝泳說：「回憶錄是不大靠得住的，因為人的記憶是靠不住的，更何況還有先入為主的判斷在其中。所以研究歷史，回憶錄至多只可作為一般材料來使用，在沒有其他旁證的情況下，是不能當真的。在這一點上，我還是堅持過去的一個看法，傳記不如年譜，年譜不如日記，日記不如第一手的檔案。」這就可以理解謝泳為什麼對手冊、集刊、說明書、年鑑、報告、廣告、目錄、日記、字典、信札之類的東西特別感興趣。用他的話說這類東西都帶有「現場感」，能如實地展現當時歷史的真實情況，這是那些經過剪輯、轉引、臨摹而來的材料難以具備的。《雜書過眼錄》最吸引人的可以說就是這種「現場感」。

謝泳在書中記錄了民國時期兩個小學五年級學生寫的日記。兩則日記寫的都是民國農村的事，一件是關於民國農村自治費用攤派

的，一件是有關租佃矛盾的。小學生的描述充滿了對弱者的同情，但沒有以階級的觀點去評價。這就是一種真實。租佃之間的矛盾最終靠什麼來解決，小學生還不會懂，但他們記錄下來的這一個農村生活的片斷對於研究民國時期的農村現實是有意義的。這個片段所展示的恐怕要比很多推測、想像而來的民國農村的生活現狀要真實可靠的多。還有像一份老北大的展覽說明書、《申報上海市民手冊》、三十年代太原各中學國文試題、《中華書局第六次股東常會記事》、《國專校友會集刊》之類的東西，都是以工具性和記實性見長，其中所反映的當時的情況就比較客觀和真實，專門描寫這些方面的書，有時反而不如這些材料更可信。

謝泳對一些不太引人注目的社會材料總是特別感興趣，他也善於從這樣的材料中挖掘出新意義。他的研究工作，就是從過去被忽視的歷史中清理出一條線索，讓曾經有過的學術工作，為今天的研究者瞭解，使後來者的研究工作不再重新開始，而先去接上前輩知識份子曾經創造過的歷史。謝泳也以自己的工作證明，知識份子參與社會建設的方式只有符合自身的角色屬性，這種參與才是有價值有生命力的，由此，也才能體現出知識份子自身的價值。

余華溫暖和百感交集的旅程

　　《溫暖和百感交集的旅程》是羅丹從人物雕塑身上砍下來的手，無須再附著，也無須追隨，它已擁有了生命該擁有的一切。

　　《溫暖和百感交集的旅程》，余華的讀書隨筆，一本薄薄的、只有十二篇文章的小書，但是這本小書，卻有著讓人愛上文學，無法抗拒的愛上小說的巨大魅力。這魅力來自於作者對大師和名著的熱愛與崇拜，來自於作者以文學之匙打開的一個神奇世界，來自於作者那源自內心世界的「溫暖和百感交集的旅程」。

　　余華的解讀是一次創作。他把大師和名著還原在了文學世界中，用小說家的感受和文學的筆觸，去「創作」屬於自己的大師和名著。

　　「在我看來，川端康成是文學裏無限柔軟的象徵，卡夫卡是文學裏極端鋒利的象徵；川端康成敘述中的凝視縮短了心靈抵達事物的距離，卡夫卡敘述中的切割擴大了這樣的距離；川端康成是肉體的迷宮，卡夫卡是內心的地獄……」

　　「魯迅和博爾赫斯是我們文學裏思維清晰和思維敏捷的象徵，前者猶如山脈隆出在表，後者則像河流陷入了進去，這兩個人都指出了思維的一目了然，同時也展示了思維存在的兩種方式。一個是文學裏令人戰慄的白晝，另一個是文學裏使人不安的夜晚。」

「這就是我為什麼熱愛魯迅的理由，他的敘述在抵達現實時是如此的迅猛，就像子彈穿越了身體，而不是留在了身體裏。」

「就這樣，當所有的不安、所有的恐懼、所有的虛弱聲勢都聚集起來時，也就是說當敘述開始顯示出無邊無際的前景時，敘述斷了。這時候，大師和瑪格麗特的愛情開始了，強勁有力的敘述一瞬間就轉換成柔情似水，中間沒有任何過渡，就是片刻的沉默也沒有，彷彿是突然伸過來一雙纖細的手，『哧嚓』一聲扭斷了一根鐵管。」

由布林加科夫看作家的狀態；從博爾赫斯與卡夫卡身上尋找現實與虛幻的邊界；剖析歐尼斯特·海明威、威廉·福克納、陀思妥耶夫斯基的「內心世界」；像加西亞·馬爾克斯一樣仰望胡安·魯爾福……余華選擇了最為簡捷的方式展開了與大師及其作品的對話。這是平淡無奇循規蹈矩的方式，也是充滿危機千鈞一髮的方式。因為這時他們之間已沒有任何障礙、遮掩或憑藉，他把自己置於了最為浩瀚的一片汪洋中，面對的是火山最為猛烈的噴射點。在這條旅程上，隨時都有粉身碎骨的可能。慶幸的是余華讓人看到的不是如履薄冰，而是輕盈的舞蹈。在舞蹈中，余華昇華了自己的創作，也昇華了讀者的閱讀。

狀態對創作的影響是任何技術也無能為力的。它屬於決定性因素一類。作家的狀態決定了他將以何種方式建立與現實的聯繫。當布林加科夫的寫作「失去了實際的意義，與發表、收入、名譽等等毫無關係，寫作成為了純粹的自我表達，」布林加科夫也就成為展示一位真正作家狀態的理想人選。同屬於這一人選的還有卡夫卡、普魯斯特、索忍尼辛等。孤獨、疾病、戰爭等原因把他們與榮耀、富貴分開了，他們沒有了虛榮，也沒有了毫無意義的等待。於是，

他們的消失成為心甘情願，在寫作中他們解放了自己的內心。余華眼中的布林加科夫展示的不是苦難，而是文學之旅上的某種必然遭遇。所以，余華的眼中沒有同情。

作者把小說家的興趣和敏銳，投向了小說的內部世界和人物的內心世界，於是，我們開始理解創作，進入創作，並如同小說家一樣，在一次次的如履薄冰和百感交集中，去體驗創作的心跳和快樂。

「敘述中的轉折猶如河流延伸時出現的拐彎，對河流來說，真實可信的存在方式是因為它曲折的形象，而不是筆直的形象。」……「《一千零一夜》中遍佈這樣的轉折，這些貌似平常的段落其實隱藏著敘述裏最大的風險，因為它們直接影響了此後的敘述，在那些後來的展開部分和高潮部分裏，敘述的基礎是否堅實可信往往取決於前面轉折時的銜接。」

余華以一個小說家的眼光重新講述《一千零一夜》。他眼中的《一千零一夜》不再是由輝煌的、出人意料或想入非非的段落建成，而是一座充滿了「無數微小的和不動聲色的細節」的建築。那些細節是懸崖間的繩索，隱藏起敘述裏最大的風險；也是故事的神經，支配著敘述的自由行走。余華讓我們看到了藏在故事裏無處不在的風險，也讓人明白了在故事裏什麼才是最重要的。這是另一種意義上的閱讀，它展示了作為一個小說家所應具備的最重要的素質。

「博爾赫斯不需要通過幾個事物相互建立起來的關係寫作，而是在同一事物的內部進行著瓦解和重建的工作。他有著奇妙的本領，他能夠在相似性的上面出現對立，同時又可以是一致。」

尋找博爾赫斯現實與虛幻的邊界，需要勇氣，更需要智慧。余華在博爾赫斯的虛幻裏找到了無數現實的證據，但是他發現博爾赫

斯的現實不是為了證明現實的真實，而是用來使虛幻和暗示成為真實的可信的，就像在迷霧中交叉的小徑，行走是現實的，卻永遠不會到達。余華認為博爾赫斯的秘密不是藏在虛幻中，恰恰相反，現實中蘊藏了博爾赫斯最大的秘密。於是，余華由虛幻的入口進入，最終在現實的出口破譯了博爾赫斯「彷彿水消失在了水中」的秘密。一個擅長描寫虛幻的作家，往往有著一雙洞察現實與未來的眼睛，博爾赫斯是這樣，布林加科夫、卡夫卡也是這樣。博爾赫斯有足夠的能力和智慧來充分認識事物的本質，他認為「有時候，本質的統一性比表面的不同性更難覺察。」博爾赫斯把自己的寫作建立在了事物的內部，對他來說「同一個事物就足以完成一次修辭的需要，和結束一次完整的敘述。」博爾赫斯使余華著迷的不是他為自己構築的迷宮，而是他構築迷宮的方式，那種明晰、簡捷和直率的敘述方式。

內心死了。余華宣佈。威廉·福克納解放了余華的「內心」，陀思妥耶夫斯基和司湯達對此加以證實，最後在歐尼斯特·海明威和羅伯—格里耶那裏，余華終於看到這種風格由小溪彙成了河流。內心的豐富是無法描述的，任何自以為是的敘述只會成為侷限。敘述力所能及的是行為不是心理，猶如可以描述的是作品而不是寫作。這一點被確認後，余華的寫作就顯得更為堅決和果斷。

〈溫暖和百感交集的旅程〉作為正文第一篇，其實是一篇宣言，一篇關於熱愛與謙卑的文學宣言。它宣佈了余華的文學之旅是心靈之旅、情感之旅，它的出發點與歸宿是靈魂深處。作者用詩人一般的熱情，謳歌自己的熱愛和感激之情：

我對那些偉大作品的每一次閱讀，都會被它們帶走。我就像是一個膽怯的孩子，小心翼翼地抓住它們的衣角，模仿著它們的步伐，在時間的長河裏緩緩走去，那是溫暖和百感交集的旅程。它們將我帶走，然後又讓我獨自一人回去。當我回來之後，才知道它們已經永遠和我在一起了。

這本小書在作者對大師的熱愛中，完成了對小說創作技術手法的文學描繪。有足夠的理由使人相信，《溫暖和百感交集的旅程》只能是出自一個小說家之手。小說家沒有理論，不是說他不需要理論，而是他的理論應該存在於像小說一樣的敘述中，是被小說的陽光融化的冰山形成的河流。小說家的理論是流動的、七彩的、忽隱忽現的。余華說：「我能夠準確地知道一粒紐扣掉到地上時的聲響和它滾動的姿態」。小說家的訓練有素使他能夠發現那些藏在小說裏的只有他們自己才能心領神會的東西。而他的體驗又必須是獨特的。哪怕是相似的或相同的結論，也必須以只屬於自己的方式去體驗去獲得。這樣，他的那些前輩才能成為獨一無二的只屬於他自己的。在這種獨特的理解中，他們之間才能起建立奇妙和難以割捨的聯繫。他尊敬、熱愛他們，他比任何人都更強烈地感受到來自於他們的溫暖和寒冷，幸福和痛苦。在百感交集的旅程中，他開始追隨並努力使自己成為他們中的一員。

《溫暖和百感交集的旅程》打開了小說之門，它在我們心中留下一串長長的、難以磨滅的名字：川端康成、卡夫卡、魯迅、博爾赫斯、加西亞·馬爾克斯、布林加科夫、契訶夫、威廉·福克納、胡安·魯爾福、海明威、陀思妥耶夫斯基、羅伯—格里耶、司湯達、

布魯諾・舒爾茨……它使我們無比強烈的開始渴望旅行或冒險——
一次關於小說的充滿信心與懸念、充滿期待的獨立的閱讀。那將是
屬於我們自己的溫暖和百感交集的旅程。

高菁的虛構精彩論

　　讀到最後，對《野史記》有一點，不，是對作者高菁有很大的「不滿」。在那篇名為〈關於本書，我交代……〉的後記裏，高菁談了寫《野史記》的始末、筆名「高菁」的來歷、及自己寫作的一些情況，這些都沒什麼。讓我有氣的是他大談特談掌故、冷知識，還有野史與正史等話題。在旁人看來，這些同樣沒什麼，但是對我等看完後想說點什麼的兄弟來說，就大不一樣了。高菁仁兄的口水太多，把我想到的幾個話題，想說的話，都給說了出來，讓兄弟我想在這塊肥肉上咬一口都找不著下嘴的地兒。更堅定了要咬一口的決心。

　　看這本書，對這麼多年來，自己的品味還是沒有什麼改變和提高，深感失望。原以為穿過《史記》這件龍袍，就應該像太子了，結果遇人不淑，碰到《野史記》這樣的閒雲野鶴，又一拍即合，一夜之間回到原形。

　　「大學列傳」是《野史記》裏很正統很嚴肅的一章，當然，我的意思也就是說是很沒意思很不討人喜歡的一章。其他的三章則不泛花邊、八卦或高菁本人的獨家炮製。無可救藥的是，我感興趣的恰是這些不入流的道聽塗說。

　　有一篇叫〈九十年代的北京房地產〉。名字沒錯，不過不是二十世紀，是十九世紀，大清光緒年間。講的是《京話日報》創始人

彭翼仲的事。彭家原籍江蘇長洲，在彭翼仲父親一輩搬到北京。彭老太爺做了幾十年的京官，混得很不怎麼樣，全家只能住在保定寺街的一所破房子裏。庚寅年（一八九〇）陰曆五月起，北京連著下了五十多天的傾盆大雨。「以當時北京的排水系統，您可以想像成了什麼樣子，水像河流一樣從城內往城外湧，街上深的地方能淹沒大車輪子，淺的地方也能到馬腹。連明朝帶清代五百年帝都，從沒見過這麼大雨！」

彭家房子半夜牆倒了，差點沒把彭翼仲砸死。全家借了長元會館幾間房安身。等雨停了回家一看，房子是三根筋挑著個頭，牆塌了，只剩屋頂還在。沒辦法，全家東借西湊了三百兩銀子，重修了房子。也巧，有人就看好這間房子，非要買。彭家正好也不想在這住了，也找到了新房子，一進一出，連買帶賣，淨賺六百兩！彭翼仲嚐到了甜頭，用六百兩銀子做本兒，專買爛房子，修好就往外賣，「每一處房子，至少能獲利三倍。兩三年下來，老彭賺的錢已經在一萬兩以上！」

一八九五年中日甲午戰爭爆發，黃海一戰，北洋水師全軍覆沒，京師謠言四起，鬼子要進城了，大家一哄而散，京城十室九空，房價一落千丈，「嶄露頭角的房地產開發商彭翼仲，就這樣結束了自己的業界生涯。」

這是從彭翼仲生平摘出來的一件事。想是真有其事，但高苐以「野史筆法」，把它拿來當作「九〇年代的北京房地產」的話頭來說，列位看官就得琢磨著聽了。

〈我兒子比你強〉、〈首都〉、〈不要雞心式〉搭眼一看，是真真假假，虛虛實實；至於像〈民國第一催債高手〉、〈中了傳奇的毒〉則是地道的捕風捉影。不過，越是虛構的越精彩。

　　高蒂樂意寫虛實交織的文字，我也樂意看這樣的文字，這就很能看出言說者與受眾的心態。受眾看歷史，一方面在猜測歷史的真假程度有幾分，同時，又總是希望歷史能沿著自己想要的方向發展。受眾自己時時刻刻都在對歷史進行選擇。大多數受眾的選擇，就能夠給言說者造成巨大的影響，再加上言說者的主觀傾向，歷史就在這種選擇與傾向中定了型、定了性。走到今天的歷史會是這個樣子，不單是言說者自己的事，也是受眾選擇的結果。像《三國演義》、《水滸傳》，真三假七也好，全是假的也罷，不是寫成了這個樣子，實在是應大多數受眾的要求，被改成了這番模樣。

潔塵的冷與豔

1

潔塵出過一本影評《暗地妖嬈》，我手中是她的另一本感性影評《華麗轉身》。望著扉頁上作者的近照，一種含蓄寧靜的通透，柔和智慧的美，我有種預感，她不會只是一幅華美的照片，她會成為我意識中的「情節」。這個女人閃著睿智之光，充滿思索、驚奇與冷靜的眼神，直直擊中人心底最隱秘的部分。那種眼神，就像在傾聽，無論你說什麼，她都默默地聽著，不表示反對，也不表示贊同，只有信任與理解。我曾長久注視過卡夫卡的眼睛，他的驚悚、恐懼與脆弱，閃電般喚醒我內心同樣的脆弱與恐懼，看見了這樣的眼睛，你就一輩子擺脫不了他對你的傾訴與籲請。潔塵的眼神也是讓人難以擺脫的，他們一樣真誠，一樣澄澈，一個在呼喚，一個在傾聽。

年輕是女人永遠的渴望與夢想。我也深信，一個聰穎明慧的女人在其懵懂時代，歲月便會賦予她一種與眾不同的容顏潛質。但潔塵帶給人的是另一種感受，對於美，年輕，是一種單調，一個過於年輕的女人是無法帶給人如此豐富的感受的。

250

　　她欣賞沉默的男人。《蕭申克的救贖》裏的蕭申克是睿智的沉默，《教父》裏的邁克爾・科里昂是強硬的沉默，《日瓦格醫生》是憂傷的沉默，《與狼共舞》是羞澀的沉默。她說男人一沉默，夜色就來臨，女人被裹在裏面，「好奇、不解、敬重，有深入的願望和被克制的造次之心。」沉默在她是一種力量。她不鄙薄侷促無聊的男人，那是休・格蘭特。休這種男人天生就有一種「把事情弄得又淒涼又滑稽的異秉」，休生來就是請求女人原諒的。「是原諒，不是饒恕，因為這中間沒有罪惡。」沒有罪惡，就沒有仇恨。「恨鐵不成鋼的基礎是愛意。」她同情三浦友和，也許她道出的是所有像三浦這樣男人的刻骨銘心之痛。三浦在一次記者招待會上負氣發誓：「我一定要成為與她（山口百惠）般配的丈夫。」十八年過去了，三浦失言了，無論他怎樣努力，他始終都是「百惠的先生」。「公開的誓言是一條囓噬心靈的蟲子。」對於像三浦這樣性格倔強的男人來說，這條蟲子一直是錐心的。還有列奧納多・迪卡普里奧、丹尼爾・戴・路易斯、《禦法度》和《莫里斯》中的同性戀者……她的理解與寬容足以令男人們涕淚交融，九死以報。

　　對於女人，除了與羅密・施奈德、麥當娜母性的共鳴外，她對有著孤獨稟性的女性，有著比男人更為敏銳的觸覺。如金斯基，「這個女人怎麼會有這麼孤獨的背？這樣的背任什麼樣的撫摸也不會溫暖起來的。有一種女人，她很堅決地背對你，然後，把頭微微地側過來，告訴你，不要靠近她。」男人遇到這樣的女人，總是幻想用被無知擴大的溫暖與愛去感動她，愛上她，然後發現，這是一個不能愛的女人，愛了，就進了絕境。從絕境裏出來的男人，已不再是原來的男人，他懂愛了，卻不再去愛。

　　潔塵的細膩與理智，讓我開始懷疑感性與理性原本就是一回事。不過是在不同性別身上，有著不同的表現形式罷了。男人身上的偉大感性，是理性思維的極端表現，從而成為一種獨特的氣質，或脆弱，或敏感，或憂鬱，或偏執，所有那些藝術家與哲學家是最好的例子。當女人的感性成為一種極至，又何嘗不是偉大的理性，她們對自身對男人的理解，對感情的執著與義無反顧的投入。這在他們都是一種的神奇，一種偉大的獻身。

　　潔塵說：「華麗轉身，具備這種姿勢的女人須得兩個條件，一是美貌，一是才華。還要有一個前提，轉身的決心和毅力。」她的眼神她的文字告訴我，她是這樣的女人。但我還要補充一點，必須還要有一個能夠欣賞、能夠承受這殘酷之美的男人在場，那一瞬的冷與豔，才能成為彼此生命中至關重要的情節。

2

　　我彷彿躺在河底，隨著河水起伏、波動，緩緩地飄移。我睜開眼睛，看到樹枝、枯葉、落花、廢棄的空瓶、斷開的絲帶從河面飄過。陽光浮在水面，一閃一閃的有些刺眼。有雲的時候，浮物飄過的時候，投影輕輕地覆蓋了我的身體。普魯斯特在《追憶逝水年華》中的原文，我已記不清。這位元意識流大師的許多文字，留給我的只是一些模糊的印象，倒是他所描述、營造的那種意境，總是清晰而準確地縈繞著我。

　　潔塵的影評集《黑夜裏最黑的花》，就是一條淹沒我感官的河流，那些癡男怨女的猶疑、困惑、執迷、瘋狂、無助，那些世間戀情的果斷、清澈、纏綿、無奈、絕望，那些莫明其妙不可思議的人和事，那些流逝與懷念、激情和感動，還有那些華麗的語詞、妖嬈的心思，刺目的、陰柔的、有秩的、無序的、孤單的、成群的，一意孤行、從從容容地從我面前漫過。

　　生如夏花，死如秋葉，一切絢爛之極終要歸於平淡。領略過愛之複雜難解沉重，為愛傷痕累累歷盡劫難的人，算是不枉此生了。九死一生後，能恍悟到一切並非蒼天太苛，有潑墨式的海誓山盟生死不渝，就一定有無聲無色無雨無晴的愛情留白。能把濃墨與留白一併沉進最深沉最深沉的夢中，甚至到驚不起一個了無聲息的殘夢，這樣的人是有福的了。不知道潔塵在感情上是否有過不枉此生的經歷，但她一定是有福的。她說愛情對生活而言，永遠是一種錦上添花的東西。的確，「花」之燦爛，「花」之易毀，都易掩蓋生活本身的質地。極致的愛情，視「花」如「命」，「花」已毀「錦」必亡，剩下來的總是殘骸。普通的愛情，在淚水裏洗過泡過，色褪了，「花」毀了，但「錦」常在，經過之後，人像得一場大病，病癒之後，還得攙扶著上路。所以她眼中的愛情始於絢爛始於激情，卻總能歸於平淡，釋然地任那條河流，任河面的樹枝、枯葉、落花、廢棄的空瓶、斷開的絲帶向遠方飄去，有心酸，有淚水，也有幸福。

　　河流，無論激越澎湃，還是暗流湧動，都永不停息永無疲憊。河流永遠充滿動感。人的情感首先是一條河流，才能在不息地湧動中，不斷更新，不斷豐盈。河流姿容萬千，心思百態，沉默也是富饒的滄桑。《黑夜裏最黑的花》是一條流動的豐富的河流。流動與

豐富的極致是妖嬈，妖嬈的極致是簡單，簡單到只有看不見的流動。王家衛的《東邪西毒》裏說：別以為騙女人簡單，女人越簡單，就越直接。簡單是大方無隅，大象無形。簡單的女人最聰明也最厲害。簡單的女人重愛情，不唯愛情。她們也為愛情心動，也為愛情流淚，但雙手攥緊的永遠是自己的日子。愛情是別人的，生活是自己的；電影是虛幻的，生活是現實的；激動是為別人，冷靜是為自己；悲傷著別人的悲傷，幸福著自己的幸福。看看潔塵從容地遊走在愛情與生活、虛幻與現實、激動與冷靜、悲傷與幸福之間，就知道簡單的女人從不缺乏對愛情正確的判斷力，更不缺乏對生活正確的判斷力。

愛情是愛情，生活是生活，發出這樣歎喟的人是不年輕了。但潔塵的文字還是像少女一樣輕盈、清澈、明麗，有著年輕的溫度。很長時間以來，我以為自己已完全沉醉在了那些沈鬱、犀利、深刻的文字中，潔塵的文字，讓我又為一種簡單的近乎自然的美而感動。很高興，還能為這樣輕盈的文字而感動，我知道，只要還能被這樣的文字打動，我就不老，也還多情。

劉原：喪家犬也有鄉愁

　　一個人在夜晚安靜地坐著或是把目光投向遠方，最適宜從靈魂深處尋找精神的故鄉。有幾年是以這樣的方式渡過一年的最後一個夜晚。自己陪著自己擁坐在爐火邊，慢慢溫暖寂寞與冰凍的記憶。這樣的夜晚會讓人想到許多事情，也會因為這份難得的清靜反而什麼也不願想，只是一個人懶散地坐著，把自己還給自己。或是偶爾到院子裏走走，才發現不知何時雪已落滿。院子的一邊是高樓，有燈火和電視螢幕的流光溢彩，我把它們拋在身後，讓靜謐與雪成為世界的主角。

　　這樣的夜晚使人安然入眠，但不會睡得太沉；這樣的夜晚人會有夢，雪一樣輕柔短暫的小夢。

　　第二天一早踏上回家的路。路上是厚厚的雪。世界因為雪與靜謐，愈發空曠、窈遠，就像昨夜的夢境。我想對著天空對著世界大聲呼喊，卻不知該喊些什麼，也不知道是什麼讓我有了呼喊的衝動。很多年後知道了那種感覺叫鄉愁，是精神在無依中漂泊的感覺。那個清晨，我開始尋找「故鄉」。

　　劉原的鄉愁來自於精神與生活的雙重漂泊。他獨在異鄉，鄉愁幾乎是他筆端唯一悠長的流露。回到故鄉也許可以治療情感上的鄉愁，但無法治癒精神上的鄉愁。生他的故鄉不是他精神的故鄉。情

感上的鄉愁令人黯然，精神上的鄉愁卻使人窒息。《喪家犬也有鄉愁》完成於生活的漂泊中，訴說的卻是精神的鄉愁。

我想劉原很難找到自己的「故鄉」，我甚至懷疑它的存在。或許正因如此，才看到現在這樣一隻幽默而詭異，嬉皮而蒼涼的喪家之犬。「陌生的故鄉就以這樣的姿態侵入堅硬而冰冷的夢境：落葉飛旋，霜草委頓，一條瘦得嶙峋的狗在巷口沉思。」只有以喪家犬的姿態，喪家犬的眼神，劉原才能最大限度地靠近、看清自己的「故鄉」。在夢中尋找故鄉是蒼涼而絕望的。

劉原的敘事風格和觀察視角很容易讓人想起王小波。劉原自己也說：我在努力模仿王小波。但王小波是無法模仿的，一如劉原也是無法模仿的。王小波的情色湧動著人性的溫情，王小波的幽默源自對人性奧秘的洞悉，王小波令人著迷的是他對自由的深情關注。王小波自詡是一隻「特立獨行的豬」。這只豬幽默而智慧，煥發著人性獨一無二的光輝。劉原則是一隻潦倒的「喪家犬」。情色在他眼中從容而坦白，他的幽默近乎於自殘，他不願深刻，深刻是他所蔑視與不屑的，他的輕浮與無聊已超過了許多所謂的深刻。他們共同傾心的是尊嚴和自由，並都對此予以了詩意的表達。

一句「喪家犬」道盡了蒼涼與絕望。蒼涼與絕望是一團迷霧，隱藏起憂與喜，隱藏起在人生狂飆中賓士的痕跡。我難以判斷是什麼讓劉原在精神上背負了如此沉重的蒼涼與絕望。〈國門蒼涼──尋找張惠康〉與〈冬季到上海看阿康〉是全書惟有的兩篇一掃油滑與不恭，而每一字都充滿悲憫的正襟端坐之文，也是兩篇足以令人黯然垂淚數回的文章。不知是不是目睹耳聞了太多這樣的事，才使劉原成為今日之劉原？

　　這樣的文字不用多，只兩篇已足以讓人看到作者的俠骨柔腸。就像古龍筆下放肆不羈的俠客，劉原一邊謀醉於三教九流出沒之地，一邊冷眼打量著這個世界的荒誕與不平，然後有意無意地拂過心頭那柄無形的利刃。利刃鋒芒猶在，也已鏽跡漸生。眼見著夢想與現實的距離成為難以逾越的鴻溝，卻只能任時光老去。四顧茫然，一聲歎息。

　　喪家之途上，劉原捕捉到了世界的另一面。真實而悲涼、殘酷而令人同情的一面。這一面被虛假的幸福所裝典，被神聖的光環所籠罩。虛假與神聖在喪愛犬眼中是同樣的可笑。喪家犬的使命就是嘲笑與顛覆，用鋒利的抓牙撕掉遮羞布一般的虛偽。那一刻，利刃吐露的鋒芒刺痛我們的眼睛。

　　生活是寓言，事件也只是段子。但寓言揭示真理，段子裸露真相。喪家犬在形而下的角落裏擁抱了自己形而上的世界。

　　喪家犬也有鄉愁。鄉愁是喪家犬的慰藉，鄉愁是喪家犬的詩意。

我的「王小波年代」

1

王小波死後，其作被奉為圭臬。我也喜歡王小波，與奉王小波為自由思想者楷模的擁躉相比，我的層次要低得多。我是外行看熱鬧，喜歡的是王小波超群的語言、幽默和想像力。

王小波的語言是天才的語言。什麼是天才的語言？就是像王小波那樣的語言。天才的語言是無法描繪的，任何描繪只會降低它的成色。王小波的語言好像沒有經過一個磨礪的過程。從早期地下文學圈裏流傳的《綠毛水怪》，到一舉成名的《黃金時代》，其語言成色始終如一。王小波的語言是藝術品，從形式上具備了獨立的生命。

王小波的幽默在中國人的作品中是少見的。幽默比文字要容易模仿得多。當代很多作家都喜歡模仿王氏幽默，結果多是皮笑肉不笑。王小波的幽默，不管是黑色幽默還是其他什麼顏色的幽默，都透著熟透了的感覺。幽不出王氏之默的原因是還半生不熟，或是受「藥物」作用，根本就熟不了。王小波被當代自由思想者追任為先驅，就是因為他幽出了別人沒幽出和不敢幽的默。

　　王小波的作品，特別是那部《青銅時代》，讓人見識了什麼叫想像。王小波的想像力讓我感到恐懼。不是對想像內容的恐懼，而是想像的能力讓人恐懼。我甚至懷疑，正是這種超乎異常的想像，耗盡了這位偉大作家的生命能源。

　　讀王小波的時候，還在學校裏當老師。我最願意教的是畢業班，因為可以有大量的時間讀書。這有點不好理解，教畢業班應該是最忙最累最沒有時間的。其實很簡單，畢業生上課做練習的時間要比其他年級的學生多很多，一做就是一兩個小時，我看書也就可以一看一兩個小時。課外，打著畢業班老師任務重的幌子，能推掉很多鎖務，又有了大量的讀書時間。而且畢業班教久了，教學重點難點都爛熟於胸，備課的效率也高。我從未因為看書影響工作質量。我只是把應該屬於浪費掉的時間充分利用而已。

　　厚厚的五本王小波作品集就是這樣讀完的。我還記得讀《白銀時代》時，正好是一次監考，讀到寫我舅舅作畫的一段，好像是書的結尾部分，實在忍不住了，又不能出聲笑，便踱到教室最後一排座後，轉身背向學生，混身抖個不停──算是笑完後，轉過身來，又一本正經的走上前臺。

　　這段時間，讀了一些部頭較大的書。在開始讀《史記》的時候，由於工作需要，離開了講臺，離開了學校。讀王小波的那段日子，對我來說，不僅是一段寶貴的閱讀時間，也是一種難得的閱讀心境。川端康成、契訶夫、歐·亨利，閱讀的時候不求甚解，如行雲流水，輕快地能飛上天。

　　後來就不是這個樣子了。時間變得寶貴，也因為我開始動筆寫，閱讀成為有所圖。有所圖的閱讀是心懷鬼胎，心事重重。在閱

讀中開始學著算計和討價還價，絞盡腦汁從書裏貪點便宜。閱讀的心境已昨是今非。我開始懷念讀王小波的「時代」。

可能把動筆寫作為讀書的原因和動力，而失去閱讀的原始心境，就相當於佛家的「看山不是山，看水不是水」，王國維的「衣帶漸寬終不悔，為伊消得人憔悴」階段。閱讀帶給人收穫的同時，也把人變老，變世故。書能把人讀死，說的應該就是這個道理。

想在閱讀中「活下去」，「活」得健康，就一定要再讀出來，回到「瞎看的童年」——「看山是山，看水是水」，「驀然回首，那人卻在，燈火闌珊處」。也就是有一天，我只是因為好玩，只是因為又想起王小波，而不是為了要為他製造點文字，重新又捧起他的時候。

2

在我讀書一度處於難以緩解的緊張與焦慮中時，是兩個姓葉的人把我解放出來。一個是葉靈鳳，一個是葉兆言。曾經讀過葉靈鳳，是好幾年前。三本《讀書隨筆》讀了一本半，甚是索然，便不了了之。書簽還留在原處。讀李廣宇的《葉靈鳳傳》，想起了葉靈鳳的《讀書隨筆》，忍不住又找出來開始讀。葉兆言的讀書隨筆，以前在報紙上讀到過。此時再讀，就像一個強迫症患者吃到鎮靜藥，我崩緊的神經終於鬆懈下來，重新安靜地進入書的世界。

也許，這就是大讀書家文章的妙處所在。我無法準確地說出它好在哪裡，但所有的感受都在裏面了。

讀《讀書隨筆》，想起了摩羅。有一段時間很迷摩羅的書，連讀了他的《因幸福而哭泣》和《不死的火焰》。摩羅的風格很好辨認，情緒憂憤激蕩如鬥士，神情莊重嚴肅如聖徒。對摩羅的苦悶、憤怒、吶喊、高潔，當時很是神往。讀書我不是喜新厭舊的人，而且是很懷舊的，但不久之後，熱情就退了，也不想重讀。與摩羅的大思想、大觀點和大情感相比，葉靈鳳或是葉兆言可謂平凡之極。

摩羅的文章是飲料，其中最重要的一種原料是魯迅，當然還有陀思妥耶夫斯基、索爾仁尼琴式的思想者。摩羅以情為容器，把魯迅之類思想者的思想，「勾兌」成一種新風格的「讀者文摘」式「液體」。飲用的人如果能品嘗出這一點，而轉向從原料中直接汲取營養，大過其癮，摩羅的「飲料」就難以滿足人的胃口了。

葉靈鳳的讀書隨筆是白水，沒有什麼味道，一覽而明。葉兆言文則是一壺好茶，且濃且淡，混然天成，可一品再品，餘味繞舌。

這是不同的風格，我無意區分孰高孰低。我甚至是非常感謝摩羅的，他是個高明的「勾兌師」。當我處在充滿激情，容易激動與憤怒的年級，他給了我健康的一切。他讓我見到了正直、寬容與博愛，引導我走向魯迅以及俄羅斯的思想者們。這是我讀書「發育」中寶貴的成長經歷。

陳傳席言詩有「三遠」：「登高壯闊天地間，黃雲萬里起風煙。」——此「高遠」也；「群山萬壑赴荊門，生長明妃尚有村。」——此「深遠」也；「采菊東籬下，悠然見南山。」——此「平遠」也。高遠之意突兀；深遠之意重深；平遠之意沖融。高遠氣勢高闊；深遠渾涵汪茫；平遠平淡天真。又言：少年多喜深遠；老年多喜平遠。讀書亦然，心志不同，所需所感自不相同。無須強求。

3

在書櫥前，常是左右徘徊，上下搜索，卻彷徨無計。不是無書可讀，而是想看書的太多，好書太多，反而難以取捨，無從下手。幾本關於現代學人的小書《量守廬學記》、《量守廬學記續編》、《勵耘書屋問學記》、《師門五年記　胡適鎖記》，想讀；李澤厚的《中國思想史論》和《中國美學史》，應該一讀；聶紺弩的《中國古典小說論集》、胡山源的《文壇管窺──和我有過往來的文人》、賀麟的《文化與人生》，還是林賢治的《時代與文學的肖像》，又或者是《文學肖像》、《銀元時代》……最後挑選了許淵沖的回憶錄《追憶逝水年華》。

饑不擇食。讀書饑餓卻陷入擇「食」困境，主要是因為迫切地想魚與熊掌兼得。這種挑書的心情很不「從容」。錢理群講魯迅小說，曾提出「從容美學」的概念。魯迅對自己的短篇小說最滿意的是〈孔乙己〉。因為〈孔乙己〉「從容不迫」。文學創作上的「從容」是個頗難定義的概念，只可意會，難以言傳。魯迅的「從容」觀點，可歸結為三個方面：一是有必要的物質基礎。溫飽無憂才有著書的條件。二是感情要平和。「感情正烈時，不宜做詩，否則鋒芒太露，能將『詩美』殺掉。」三是漢語本身的問題。「可惜中國文是急促的文，話也是急促的話，最不宜於譯童話；我又沒有才力，至少也減少了原作的從容與美的一半了。」在書寫的過程中，第二個原因常見。願望強烈，心情迫切，感情激動，讀得猛，寫得急，難以自

控。或者帶著任務讀書，一天必須要讀多少書，寫多少字，一個月要完成多少文章，目標之下，心情總是處於焦慮中。如何才稱得上從容？卻不僅是感情、心態的事。應當還包括思想的深度，技巧的熟練，時間的寬裕種種。甚至對不同的人來說，有不同的標準。

但不管挑書和書寫是否從容，讀書卻是能使人「從容」下來的。啟讀許淵沖的《追憶逝水年華》，完全沒有了挑書時的浮躁，忘記了有許多書誘惑的紛擾，忘記了白日的喧囂和疲憊，只在作者如詩如樂的回憶中，在閃爍著智慧光輝的青春歲月中，靜靜地去品味一段充滿了浪漫與芬芳的花樣年華。

許淵沖的回憶是一場夜晚的煙花盛典，一顆接一顆的煙花，在記憶的夜空綻放，美麗而短暫。我們明明知道，在無盡的天空深處，還有璀璨的繁星，但眼前的一切，已足以使人忘情。作者的回憶是一條潺潺的溪流，在森林、淺草、岩石處歌唱、跳躍，一路播灑著自己的甜蜜和歡樂。我們明明知道，在懸崖和高山，它更願以一萬條瀑布的心緒來傾訴，但眼前的一切，已足以使人忘情。用煙花書寫夜空，以小溪傾訴瀑布，浩如煙海的往日時光，又如何能夠波瀾不驚！許淵沖的回憶並不「從容」，也絕難平靜。但是，回憶錄中片片閃爍的人生，又是那麼從容與平靜！

煙花綻放後的夜空，別有一番清麗；小溪匯成平湖，是生命的蘊藉與昇華。

因書之名

買一本書或讀一本書，只是因為一個書名，有相當一部分書是這樣買的、看的。

《上學記》。「上學」而非「求學」、「求知」或「求真」。相較前者，後者不是每個人都會有的經歷或感受。事不關己或望而生畏，自然讓人卻步。書的作者是何兆武，一位哲學翻譯家、史學家，有大學問的人。原來這麼有學問的人也和我們一樣是「上學」的，一件嚴肅、沉重的事，變得輕鬆而普通。「上學」，也可以是一個有趣的故事。有趣的事是值得一看的。這樣的名字還有《野史記》、《語文閒談》、《語文常談》。

《我的冬天太長了》。立刻拿下。不為別的，我能「看懂」這個名字，像看到一雙熟悉的眼睛。這是吳祖光先生的一本散文集。我愛這個名字，勝過愛書的內容。我喜歡聽關於「我」的事，我與「我」彷彿總是有著無法言傳的意會。「冬天」。「冬天」綿長的寒冷與苦楚是看不見也摸不到的，而我能隱隱感覺到那來自「冬天」的寒意。是否在我的心裏也有一個看不見的「冬天」？「我的冬天太長了」。積攢了一個「冬天」的寒氣一下子湧了出來。淚都成雪了。

能「看懂」的名字，輕易引人共鳴。藏典寓意的名字，則令人回味。黑澤明的自傳名為《蛤蟆的油》。名字來自一個日本民間故

264

事：在深山裏，有一種特別的蛤蟆，它和同類相比不僅外表更醜，而且還多長了幾條腿。人們抓到它後，交其放在鏡前或玻璃箱內，蛤蟆一看到自己醜陋不堪的面目，不禁嚇出一身油。這種油，也是民間用來治療燒傷燙傷的珍貴藥材。晚年回首往事，黑澤明自喻是只站在鏡前的蛤蟆，發現自己從前的種種不堪，嚇出一身油……

《蛇與塔》。有蛇又有塔的故事，是《白蛇傳》。聶紺弩說：「一望而知，是取白娘子與雷峰塔，寓意婦女到哪裡，對婦女的壓迫、輕視、玩褻便到了哪裡。」這本書是聶紺弩對婦女命運的關注。

名字本身就可以是一個故事。

名字自甘其小，自取其輕，事情可未必是小事。稗，《說文》釋為「禾別也。」杜預語「稗，草之似穀者。」說的是稗的非正規、非正統。「稗是上不了臺面的米穀。」孟子說：「苟為不熟，不如夷稗。」是對不熟之穀與夷稗的雙重貶義。在對「不熟」的貶義之先，已有了對「夷稗」的貶義。總之，「稗，小一號，次一等，差一截。」《小說稗類》以稗為名，當然是反語。陳傳席的雜文集叫《悔晚齋臆語》，卻是少有的明白書。

《錦灰堆》和《故宮退食錄》則有人棄我取之意。一堆「灰」在我眼中也是「錦秀絕倫」；茶餘飯後的事，於我卻是至關緊要的頭等大事。耍物鎖事在王世襄、朱家溍那裏，搖身一變，都成寶貝。化腐朽為神奇本身就是最大的神奇。

《東寫西讀》、《指名道姓》，書如其名。前者東張西望，東拉西扯，盡顯作者以讀書為樂的本色。後者對當代全國知名的主持人、文化人、藝人、官人，毫不留情，直指要害，針針見紅。豈止是指名道姓，簡直是入骨三分。二書作者陸灝和潘朵拉，都是報紙的專欄寫手。

書名在有意無意中也會成為作者自身的象徵。《望舒草》，一位有著「丁香花」一般清幽的詩人：戴望舒。《流雲小詩》，雲從天空掠過，宛如一首簡短動人的小詩。這美是屬於美學家宗白華的。沈從文不是高山，是「河流」。「河流」總是在低處，聲息渺渺地浩蕩著自己的永恆。《長河》是他的化身。

關於「夢」的名字。《西湖夢尋》與《陶庵夢憶》。公子張岱的一生，可謂「事如春夢了無痕」。《三生花草夢蘇州》。夢中自己化作了家鄉蘇州的一株花草。龔自珍的詩道出了蘇州人尤玉淇對家鄉的深清。《維新舊夢錄》。百日維新，彈指一揮。歷史夢醒，不知是否有恍然如昨的感受？《故宮沉夢錄》。故宮裏沉積了多少人的夢？是沉積的舊夢，賦予了這座宮殿神秘的靈魂。都是「《畫夢錄》」。「人生到處知何似，應是飛鴻踏雪泥」。生命之足留下的痕跡，是凝固的「夢」。

寒夜客來，圍爐夜話，三兩盞淡酒，幾碟小菜必不可少。《寒夜客來》一本談吃的小書。俗事不俗，俗事雅說。還有舊事不舊，舊事新說的，是《舊戲新談》、《陳舊人物》、《江南感舊錄》、《清華圓感舊錄》。

最妙的一組書名，是四位科學家的文集：《穿過地平線》、《彼岸的低達》、《看風雲舒捲》、《凝動的音樂》。書名本身沒有什麼奇特高深，妙就妙在用在四位科學家身上，卻產生了無比貼切並充滿詩意的效果。如果不說作者，你能猜出他們是誰？地質學家李四光、橋樑專家茅以升、氣象學家竺可楨、建築學家梁思成。

無可替換的名字。

與序有關的二三事

　　許慎《說文解字》，解字有故事的趣味，其序則有《史記》之風範。胸襟高遠，氣勢奪人，文史通融，凝練生動，是中國古代文字史的絕唱，不朽的篇什。古人惜字，也惜篇章。一篇序，容下一部史。「天地」編一套閒書系列，請董橋寫序，董橋說，即是閒書，何必有序，撩起正氣，反而不閒。因此，是為不序。以不序為序，古風留在了董橋懷裏。常為別人寫序，某日，董橋忽然覺悟，得此殊榮，多是被人視為老朽，從此抗拒這份光榮。

　　抗拒這份光榮的，還有張遠山。張遠山自己的書，不請人寫序（收入叢書的除外）。或是自己寫，或是找自己的文章「代序」。不請別人寫，自己也不給別人寫。唯一的例外，是他給王怡的《載滿鵝的火車》作序。這篇序言，不是求來的，是王怡的書打動了張遠山。張遠山心甘情願地破例。王怡的這本書有沒有張遠山的序言無所謂，都是一本好書。很多年過去了，不知道張遠山是否還恪守著自己的信條。

　　認識黃永玉的文章，是從他的序開始。我有幾本黃永玉的畫集，看畫之前卻先被畫集的序言吸引住。那些序都是黃永玉自己的散文。印想很深的有一篇是講邂逅李叔同的事，後來專門讀老頭的散文，知道那是截選自散文《蜜淚》。老頭把這些序稱為「與畫無關的序」。因為這些序不談畫或者畫畫的事。讀他的序，總會想到

他的畫；看他的畫，又總是有他的文字從眼前浮出來。老頭的文章和他的畫、他的人一樣，自由率意，準確生動，帶著「飛揚跋扈」的幽默。老頭散文集的序，是他夫人寫的。

　　請人作序，都希望得到別人的好評。可總有不給面子的主兒，那對作者的涵養是極大的考驗。茅盾為陽翰笙作序的故事，傳為美談。一九三○年初，戲劇家陽翰笙的長篇小說《地泉》再版時，特地請茅盾為其作序。茅盾卻直言不諱地說：「你的書是用革命公式寫成的，要我作序，我只有毫不留情地批評它。」陽翰笙坦然地笑了笑說「批評也是好事。」於是依然固執地懇求茅盾寫序。茅盾果真在序中不講情面地批評道：「這部小說從總體上看，是一部很不成功的，甚至是失敗的作品，因為它描寫人物運用的是臉譜主義手法，結構故事借助於『方程式』，語言上也是用標語口號的言詞來表達感情的……。」茅盾把序文交出後，覺得自己的批評如此尖刻，陽翰笙一定不會採用。時隔不久，《地泉》再版了。茅盾十分好奇地翻過扉頁一看，發現自己那篇批評文章竟然隻字未動地印在裏面。茅盾棒書良久，不禁歎道：「雅量，真是雅量！」如此的雅量難得，茅盾的坦誠也令人起敬。

　　蔣百里是著名的軍事學家，也是文史學者。他留德歸國後，寫了洋洋五萬言的《歐洲文藝復興史》，梁啟超閱後大為讚賞，蔣便請梁為此書作序，不料梁文如泉湧，序成也是五萬字，覺得不好意思，便另寫一短序，而把長序改為著作出版，反過來請蔣百里作序。這是對彼此學識的惺惺相惜。

　　與正文無關的序，未必無趣；嚼碎正文骨頭的序，多煞風景。這就如同看電影，在海報裏，就把該說的不該說的，全部老實交待。如此為序，不要也罷。

閒説文人舊墨

　　陳獨秀的字好，對書藝也很有見解。他認為寫字如作畫，天分與功夫都不可缺。功夫煆煉內勁，天分表現外秀。字要能達到內勁外秀，那就有點樣子了，即所謂「中看」了。他曾見過沈尹默寫的一首詩，對沈說：「詩很好，但字則其俗在骨。」沈尹默虛心接受。

　　沈尹默先生是大書法家。提起他，就想起人民文學出版社出版的四大名著，書名至今還是用沈先生的題字。沈先生把陳獨秀的話放進了心裏，自此字練得更加勤奮。儘管世人對沈先生的評價越來越高，但陳獨秀卻仍認為「然其字外無字，視三十年前無大異也。」把陳獨秀和沈尹默的字對照來看，很有意思。沈尹默的字，沒什麼不好，只是總有點「端著」，即使是張便條也不例外，好像人在睡覺時，也講究衣冠楚楚。陳獨秀的字不見得比沈要好，但路子架勢「野」。也許陳獨秀看不慣的就是沈尹默的「端架」。

　　我不懂字，只是愛看。翻閱方繼孝的《舊墨四記》和《舊墨五記》，大大飽了一次現當代文人手札墨蹟的眼福。方繼孝醉心於近現代名人手札墨蹟收藏，分學人卷、文學家卷和藝術卷，陸續出版為《舊墨記》系列。《四記》和《五記》「展」出的，是他收藏的上百通現當代文學家的手札墨蹟。

　　現當代文學家中，不乏書法家。陳獨秀、魯迅、蘇曼殊、郁達夫、柳亞子、沈從文，自不必說。郭沫若、周作人、王統照、成仿吾、鄭振鐸、嚴獨鶴、馮沅君、巴金、葉公超、劉大傑等人，也卓然成家。而夏丏尊、茅盾、鄭伯奇、胡山源、俞平伯、曹聚仁、夏承燾、浦江清、樓適夷、李廣田、蕭軍諸位，亦是出手不凡，大有可觀。看著上述諸位的手筆，如此真切的氣足神完，只能由衷感慨：這一代人的成就，仰止亦難。

　　為字而字，就容易遷就字，易生心桎而失去書寫趣味。心中只有字，便「字外無字」。文人字可觀之處，是寫字卻不遷就字，章法即「我」，「我」即筆墨。意由心生，寫的是個性精神，這樣比較容易看到字裏的人，而字外有「字」。

　　陳傳席在〈大書法家忌言為書法家〉一文中，曾言：「古今無一大書家非飽學之士（當代偽書家例外），王羲之為右將軍，其〈蘭亭序〉一文流傳千古，為歷代文學精品。歐陽詢撰《藝文類聚》一百卷，仍學界之豐碑也。虞世南編撰之《北堂書鈔》一百六十卷，皆後代學者必備之書。顏柳皆國家要員，皆有詩文遺世。顏真卿更編撰《韻海鏡源》三百六十卷，為最早之按韻編排之類書。宋之蘇、黃、米、蔡皆大文人，元之趙孟頫、倪瓚皆大詩人。今之毛澤東、于右任、謝無量、魯迅皆大詩人兼大學問家，書法餘事也，然其書法無人能過。」「不能文而能書者，古今絕無一人。」

　　「書法餘事也」，方能「字外有字」。其中自有一番玄機。

　　翻啟《四記》、《五記》，墨香撲面。一大堆寸珍墨寶，滿紙的濃淡芬芳。孫郁在《舊墨四記》序中寫道：「回溯以往，與一個個

有聲有色的人物相逢，看別人的字跡間的氣息，常生出一點幻想，
要與那些有趣相識相交。攀識古人，乃讀書人逃逸現實的一種歇
息……」。這也是收藏家的個中情懷了。

殘缺的漫畫史

1

　　義大利人曼弗雷多‧古埃雷拉寫的《成人童話──連環漫畫史》，應該不只是這樣一本薄薄的小冊子。漫畫史是個大有可談的題目。不過有一點幾乎可以斷定，在這本講述世界漫畫史的作品中，沒有介紹中國的漫畫。

　　原因很簡單，由中國人翻譯這樣一本外國作品，再怎麼刪繁就簡，提綱擊領，也不會把本國部分一字不留的刪節掉。

　　這是件遺憾的事，但並非不能接受、不能容忍。因為這並不能決定什麼。一種文化不會因見於或是不見於史冊而影響其存在的價值。當然，更不會影響我們對它的喜愛和它所給我們帶來的享受。

　　中國漫畫的影響力確實有限。主要原因，我想，有三個。

　　首先，是在中國有一種獨特的，類似漫畫而非漫畫，極為有影響的繪畫藝術形式存在著：連環畫。它的影響力與藝術成就，毋庸多言。雖然與「連環漫畫」一字之差，但卻是兩種概念。在《連環漫畫史》中，可以看到，絕大多數連環漫畫，特別是產生巨大影響，

已深入人心的，從故事腳本到藝術形象，都是原創的。米老鼠、唐老鴨、三隻小豬、丁丁、鐵臂人（大力水手）、蝙蝠俠、面具人、蛛人等等，莫不如此。連環畫則是改編現成作品為腳本，改變一種表現方式，把原本由文字或語言塑造的形象，講述的事情，變為以圖畫來表達。無論《水滸》、《西遊記》、《鏡花緣》、《宋史》、《中國古代成語故事》、《中國古代判案故事》以及各種演義故事、民間傳說，或是三皇五帝、刑天、杜十娘、湯裱褙、楊家將、王昭君、謝瑤環、包公，概不出其外。至於繪畫技法。不管懂不懂藝術，懂不懂技法，只要看過的人，大概都不會否認，連環漫畫的繪畫相較連環畫，要簡單得多，更容易掌握。連環畫的繪畫，濃縮了一部中國繪畫史，漫畫是不具備這種功能的。

中國地道的、有影響力的連環漫畫，我知道有《王先生和小陳》、《三毛流浪記》。後者在當時所產生的巨大的轟動和影響，是今天的人們難以想像的。鄭淵潔創作的童話《皮皮魯和魯魯西》、《舒克和貝塔》，如果最初是以漫畫方式誕生的，當是極好的作品。

看《連環漫畫史》，不難感受到，連環漫畫的產生、影響和發達程度，與現代化程度有著密切關係。這是第二個原因。

連環漫畫的消費者，不僅有兒童，成人才是主流。這種充斥著懸疑、驚險、兇殺、荒誕、色情內容的成人童話，正是適應於現代工業文明而產生的一種文化形態和表達方式。「摩登時代」的機械與緊張，導致了它的產生。印刷業和資訊業的發達，促成了它的傳播。聲像光電製作的先進，使它漂洋過海，在影院或電視螢幕上，以動畫或真人的方式得以呈現，得以為另一種文化傳統、文化風格的群體所瞭解或接受，乃至影響、衝擊、改變另一種文化意識。顯

然，當時中國的現代化進程尚不足以提供「組裝」連環漫畫這台「機組」所需要的「零件」，及其高速運行所需要的充足能量。

最後要說的一點，是我們的藝術追求與文化傳統。我們講求的是詩性與唯美，而非幽默與激情；我們的傳統是固守與玩味，而非獵奇與刺激。

這些都預示著中國連環漫畫在世界漫畫之林的偏寂。

2

上海美術史是個絕對不缺乏談資的話題。海派文化的發源地，一大批響噹噹的金石書畫家。僅這些，便足以在中國近現代美術史中雄據一方。

當然遠不止這些。還有好玩的《點石齋畫報》、永也不會長大的三毛、黃永玉筆下的漫畫家和獨一無二的上海美術片。

當然還遠不止這些。在打折書店挑了本《上海美術史札記》。作者黃可在寫上海美術史前，把手頭資料歸整了一下，先出了這本《札記》。不是全史，僅是「札記」，內容綱要也基本出來了。除了上面提到的，還有美術院校和社團、各種美術期刊雜誌和畫報、左翼美術家聯盟、漫畫史，以及重要畫家、藝術家和與上海美術發展有密切聯繫的人。

作者對兒童美術予以了密切關注，用大量篇幅介紹了上海早期兒童報刊和兒童書籍中的兒童美術，左翼文藝運動中的兒童美術，上海美術電影製片場攝製的美術電影等等。這很難得。兒童是美術永遠的朋友。

　　但還不應只有這些。作者對上海的連環畫隻字未提,在我眼中是不可原諒的疏忽。很不應該。現代早期的連環畫製作和美術片一樣,發源都在上海,而興起、癡迷在全國。前者小名叫「小人書」,後者小名是「動畫片」。作為一種特殊形式的美術作品,上海小人書的成就之巨大、對幾代人的影響之深遠,不可估量。做美術史實在不應該把連環畫漏掉。

　　早期上海現代連環畫的發展,或者說早期現代連環畫的發展情況,可參閱黎魯的《連壇回首錄》。這是記錄新中國連環畫發展史不多見的一本書。

圖說老上海

人見人愛的《點石齋畫報》

　　一八八四年五月，上海《申報》的訂戶發現，送來的報紙間還夾著一本薄薄地畫冊，八頁，封面為彩色，上寫《點石齋畫報》，內容有文有圖，以圖為主。從此以後，每十天都能收到一本這種隨報附送的畫報。這事一直延續了十四年，一八九九年《點石齋畫報》停刊。

　　看《點石齋畫報》，不得不承認上海人真是精明。用圖畫作為《申報》功能延伸，來佔領底層市民市場。看圖識事，自然非常符合小市民的閱讀需求。後來，受它吸引最大的莫過於兒童。它圖文並茂，故事完整，內容新奇古怪，繪製又異常精美，小孩子一見，沒有不感興趣的。馮亦代講述自己童年的讀書經歷，首先說起的就是《點石齋畫報》，眷戀之情不減。他也說到當時大人們是不願意小孩子看的，因為畫報裏講了很多流氓穢事。王元化初到上海，對上海的流氓大開眼界，也不由想起《點石齋畫報》，很想找來看看，可是一直無緣一見。《點石齋畫報》有一支二十餘人的創作隊伍，

主筆是吳友如，江蘇吳縣人，曾應邀北上進宮作畫。《點石齋》的繪畫風格非常統一，一色工筆線描，細膩生動，精緻纖巧。畫風香香豔豔，圓圓滑滑，浮浮靡靡。魯迅說吳友如最擅畫「流氓拆梢」、「老鴇虐妓」之類，是因為他看得太多了的緣故。魯迅是醉翁之意不在吳友如這壺「酒」。吳友如繪畫出色，名氣最大，是出頭的椽子。但若論畫流氓，我看點石齋的其他繪者，像金蟾香、周慕橋、何明甫、吳子美等人，都擅長得很，而尤以金蟾香為最。

《點石齋畫報》畫了很多流氓穢事，但絕不全是此類，就以前五圖為例：第一、二圖報導的是中法北甯之戰，第三、四、五圖，分別報導介紹了西洋的潛水艇、輕氣球和水雷（〈水底行船〉、〈新樣氣球〉、〈演放水雷〉）。除了報導國家時事和西事，民間新聞的內容也很豐富，有使人向善的，像〈路不拾遺〉、〈純孝感人〉、〈窮途可憫〉等，有教人愛國的〈刺血請援〉等。有一則名為〈溺女宜拯〉的新聞，說某翁八十歲壽辰時，前來祝壽的人每天不下千人。不知情者覺得奇怪，何以有這麼多的親友。原來浙江嘉興府嘉善縣東鄉一帶，溺斃女嬰之風頗盛，老翁中年之後立願收養被遺棄的女孩，共有七八十人之多，長大後又為她們建立家庭。棄女們都知道自己的身世，願遵照老翁家傳，也收養棄女，這樣過了二十年，收養的棄女達一千人。這老翁的德行實在是讓人敬佩感動。畫報記載這樣的事，當然於世風有益。《點石齋畫報》的內容用魯迅的話說，應是「神仙人物，內外新聞，無所不畫」。

《點石齋畫報》的歷史文獻價值，毋庸多言。今天，在膚淺如我輩者眼中，單是那審美上帶來的樂趣，便使人愛不能釋。前後四千餘圖，《點石齋畫報》為圖說老上海的魁首。

畫卷上的「《二十年目睹之怪狀》」

　　戴敦邦是我非常喜歡的一位畫家，一位連環畫名家。他的《戴敦邦新繪上海百多圖》，腳本來自清末吳研人的《滬上百多談》，也就是《二十年目睹之怪狀》的作者。這「多」亦即「怪」，與眾不同。多紹興人的衙門師爺、多徽州人的典當朝奉、到四馬路多受騙的鄉下人、多販米出口的奸商、多假洋鬼子打扮的滑頭、多坐轎的郎中先生、多臭蟲的客棧、多肇事的汽車……多挾炸彈的革命黨，可見當時之政治風雲；賣拳多山東人、收紙錠灰多紹興人、藥店多寧波人、醬園多海鹽人、多報販的望平街、多水果行的小東門、多彙劃莊的後馬路、羅家弄多瓷器店……此彼時商業特色；紗場門口多流氓，此一則《點石齋畫報》也有記載，紗場年輕女工多，逢上班下班，便有流氓在門口等候，攔路調戲。可知當時社會風氣。《百多圖》中事，即使今天的「老上海」恐怕也未必知之。

　　戴敦邦的畫獨出於線條，奪目於色彩，畫面又一反國畫留白傳統，而尤喜華麗充實。《紅樓夢故事》、《逼上梁山》、《長恨歌》，以及《鏡花緣》、《封神演義》封面，均能體現這一特點。《百多圖》戴氏線條波桀點畫，起伏靈動，或如枯藤老樹，或如疾風勁草，全然書法韻味，將毛筆線條之美發揮至極盡。純線描的畫面，保持了戴氏內容充裕，滿目琳琅的風格，可惜為黑白構圖，較之彩圖遜色不少。但畢竟是戴敦邦，又是不俗的腳本，一部畫卷上的「《二十年目睹之怪狀》」，開啟了活生生的老上海。《戴敦邦新繪上海百多

圖》二十四開本，百圖，印量極少。當年我到某單位圖書館辦事，
偶遇此書，一見傾心，念念不忘，遂以令人不恥之手段，買通圖書
管理員，得來複本。

說說畫畫上海老行當

　　《賀友直畫三百六十行——說說畫畫上海老行當》，一本名信
片集子，畫風有《點石齋畫報》的影子。《小巷世家》、《擺渡舢板》，
猛一看，還以為是《點石齋》。不過，還是有很大不同。《點石齋》
構圖像《清明上河圖》，多用長焦廣角深景，《三百六十行》多為近
景特寫。畫法也不同。《三百六十行》較之《山鄉巨變》或《李雙
雙》，更為粗獷；但不比《十五貫》峻峭鋒利。線條以這種剛柔度
塑造出的形象，略帶稚氣而不失質樸生動，一掃《點石齋》的油滑
和輕浮。

　　上海老行當有招牌式的，像「拿摩溫」、「康白度」。中醫師陳
存仁遺稿《銀元時代生活史》提到，上海很多人會說流利的洋涇浜
英語。他們並沒有正式學過英文，後來吃的又是洋行飯，或者是給
洋人打工，不得不說發音不正、文法不對的英語，拼拼湊湊，洋人
聽懂就行了。「拿摩溫」、「康白度」，皆是洋涇浜英語。「康白度」
說的是買辦或洋商經紀，「拿摩溫」指工頭。茅盾《子夜》一開頭，
是一段對摩登上海夜景的掃描，光怪陸離的夜上海，讓從鄉下來的
吳老太爺一下子暈了過去。而「康白度」們便是得這摩登上海之水
的「遊魚」。夏衍的報告文學《包身工》裏，有對人性淪喪的「拿

摩溫」的真實記述。董橋有一次跟一位老上海喝茶，聽到鄰座有人很謙虛地對他的茶友說：我只會說洋涇浜英文！老上海忍不住小聲說：他也配？不屑之情洋溢的，是對洋涇浜英語的自矜。這也能成一門學問，足見當時社會的發達程度和時髦程度。舞女大班，也是招牌一面。白先勇〈金大班的最後一夜〉亦或是穆時英的作品，都有對舞女大班的生動描寫。賀友直的文字和圖畫，會使人對這些形象有更加深刻和感性的理解。

有的行當，上海有，別地也有，像黃包車。但只有上海及周邊的地區叫黃包車，在北京則叫洋車。如有作家要寫老北京，不叫洋車，而叫成黃包車，則有不識民俗之嫌。「小書」攤、拉洋片在今天是已消失了的行當。上海的小書攤，和我小時見的本地小書攤，沒有什麼差別，連擺書的架子都很像，有小孩子在看，也有大人在看。本幫麵館這樣的麵館應該還在，只是那原汁原味的面，只能留在記憶裏了。「黃牛」、「野雞」，則是難以消失的行當。

除了畫，還有說。賀友直「說」老行當，說得也是極為生動。他描寫〈電車賣票〉裏的賣票員：

上一站上車的，還有幾個沒有買票，悶聲勿響，他打招呼：「買票啊，勿買，查著罰啊。」車到東新橋，幾個人搶著下車，他攔住一個：「票？」「……」「嘸買，買。」隨手撕下一疊最高值的票。逃票的服服貼貼掏錢受罰。

文字簡約幹練，人物動作形神一氣呵成，頗得小說創造的精髓。賀友直的文筆毫不遜於畫筆。

作為一位連環畫畫家，賀友直曾擔任中國美術家協會常務理事、上海美術家協會副主席、上海市文聯委員和中央美術學院教

授，學位研究生導師等職務，在很多國家舉行過畫展，這是屬於連環畫畫家的榮譽。

因畫而生的《老上海奇聞》

戴敦邦和沈寂合作的《老上海 小百姓》，是本新書，比較好找。這倆人合作也很合適。寫老上海是沈寂的拿手戲，他的《大亨》、《大世界傳奇》都是寫老上海的佳作。華君武先生對沈文很是欣賞，又認為要畫此類題材非戴敦邦莫屬，便為二人牽線，由戴敦邦為沈文配插圖。二人一合作就是十幾年。

我感興趣的是沈寂的另一本書，名為《老上海奇聞》。此書的文字作者是沈寂，插圖作者有四位：賀友直、戴敦邦、王亦秋、韓伍。此書有兩點特殊之處。一點是這是本因畫而生的書。四位畫家中，戴敦邦此前與沈寂合作過《大亨》、《大世界傳奇》。兩書出版後，引起讀者和出版界的注意，少兒刊物《哈哈畫報》為了讓小讀者瞭解舊上海的歷史和社會，請沈寂寫一段段小故事，介紹上海從開闢租界直至解放的一百年內，發生的種種掌故奇聞，一連載就是三年。三年中，為沈寂配插圖的就是賀友直。鑑於二人合作的效果之佳，《哈哈畫報》又為沈寂闢《名人軼事》和《童年趣聞》專欄，都由賀友直配畫。《哈哈畫報》請沈寂寫上海清末歷史題材的故事，請王亦秋配畫。韓伍以「戲畫」見長。沈寂為《上海灘》寫《菊壇軼聞》，就請他配圖。為了紀念與四位畫家的合作，沈寂編文出了這本《老上海奇聞》，彙集了四位畫家的配畫作品。

　　另一點特殊之處是這四位畫家都是當代連環畫名家。賀友直毋庸多言，其他三人也是當代連壇重鎮。沈寂的文字乾淨俐落，平易樸實，琅琅上口，最適兒童閱讀。為這樣的文字配以連環畫插圖，確實是編輯的神來之思。賀友直、王亦秋直接是以連環畫的形式為沈文配圖，這種繪畫形式使老上海的歷史掌故、社會風情得到獨立、完整、生動的表達。沈寂就對賀友直的插圖讚賞欽佩不已，說自己的文章是賀畫的「配文」。此書對我而言，尤露連環畫這一插圖形式。

一位外國畫家筆下的舊上海

　　作家和畫家聯手描繪上海的，不獨中國人，還有外國人。這本書名為《海上畫夢錄——一位外國畫家筆下的舊上海》，作畫者是奧地利畫家希夫。

　　對希夫，我的瞭解並不多，知道在二十世紀三四十年代，他旅居中國上海等地二十年，再就是奧地利政府在首都維也納為他建立了「希夫博物館」。

　　看希夫的畫，讓我想起了豐子愷那種小中含大，平中見遠，淺中有深的特點。豐子愷畫的是漫畫，從技法到意境，流露的全然是國畫和書法的味道。希夫也是畫漫畫，運用的是素描、水彩、油畫，甚至中國畫的多種繪畫技法，功力深厚。而最見藝術家功力的，卻是在畫中體現出的畫家對中國社會，特別是底層社會的熟悉。街頭的流動飯館、停靠在河邊的舢板，拉洋車和拉縴的苦力們、收容所

裏的兒童、路邊的妓女，希夫一方面把目光鎖定在舊上海街頭巷尾
的芸芸眾生身上，另一方面，又把畫筆伸到了外國俱樂部和豪華的
公寓裏。身著低胸晚裝的仕女，穿著禮服的紳士和醉生夢死的外國
大兵，寫有外國招牌的大商店、把食品當「藝術」來欣賞的浮華場
面，成為他畫面的另一面。他用真實的筆觸畫出了水火不容又同在
一個天空下的舊上海。從時間跨度和內容含量看，希夫所展現的是
一幅歷史的畫卷。為希夫配文的是奧地利知名學者、社會活動家，
也是研究中國文化的專家卡明斯基教授。他對希夫的畫和中國社會
都有著深刻的理解，是難得的配文人選。中文譯述者錢定平，也是
位很有建樹的譯者，曾譯過德國小說《朗讀者》。

連環畫裏的上海灘

上海人民美術出版社在一九九七年出版的一套連環畫《上海灘
故事》，是一套帶有故事性的細說老上海大事件的畫本。全套書分
九冊，九個故事，講了當時轟動上海灘的九樁事件，包括上海軍火
大亨張雲久的軍火遭劫的〈軍火大亨〉；一九三七年，中國銀行的
〈十二億大劫案〉；上海「綿紗、麵粉大王」榮德生被綁架的〈上
海灘綁票奇案〉；講述一九三八年日軍入侵上海後，抗日隊伍忠義
救國軍司令丁錫山經歷的〈血染浦江〉；描寫上海大亨虞洽卿的〈申
江鉅子〉；講藝人經歷的〈金少山絕藝戲楊虎〉等。這套連環畫展
現的是老上海的另一張臉孔，披露的都是震驚一時的事件黑幕或內
幕。這套書是上海人民美術出版社在上世紀九十年代連環畫出版陷

入最低谷後，出版的一套作品，製作保持了典型的上美連環畫版本風格，六十四開、線裝、普通軟封。此套書印量一萬。若在連環畫出版高峰期，這個數量是罕見地量，但在今時，卻成為庫存量書。在台東一家專營打折新書的小書店，我購得三兩套，按原價打折，便宜之極，物超所值。這家小書店在商潮中沒做強硬支撐，風華一逝，早早關閉。這套書中最有名繪者是金奎、崔君沛和羅希賢。這套書極有可能成為這些畫家在這種舊版本製作中的絕響。

代跋

文為迷悟之道

　　王禹錫行第十六，與東坡有姻連，嘗作〈賀知縣喜雨詩〉云：「打葉雨拳隨手去，吹涼風口逐人來，」自以為得意。東坡見之曰：「十六郎作詩怎得如此不入規矩？」禹錫云：「蓋是醉中所作。」異日又持一大軸呈坡，坡讀之云：「爾復醉邪？」（《王方直詩話》）

　　把敲打樹葉的雨滴比作拳頭，把吹人背涼的冷風比作嘴巴，似乎十分形象，但在蘇東坡這樣的詩人眼中，這種實俗的比喻，根本就不入門牆。這位王禹錫，你可以說他臉皮厚，自我感覺良好，但也不得不佩服他的執迷，你不說好我不甘休。蘇東坡前次評得直白，一本正經，後次語出妙諷，態度戲謔，想必也是被這位十六郎給逗樂了。

　　袁枚在《隨園詩話》中也記載了一則評詩故事：霞裳初見余時，呈詩十餘首，余不忍拂其意，盡粘壁上。渠亦色喜。遂同遊天臺，一路唱和，恰無一言及其前所呈詩也。往返兩月，霞裳歸家，急奔園中，取壁上詩，撕毀摧燒之，對余大笑，余亦戲作恒宣武語曰：「可兒！可兒！」

　　袁枚說：「詩文之道，全關天分，聰穎之人，一指便悟。」袁枚評劉霞裳的詩不發一言，不著一字，而劉霞裳最終能大悟大笑，

287

足見其天分悟性。難怪連袁枚也要贊其聰明。關於劉霞裳,《隨園詩話》中還曾提到幾次。一次是袁枚寫了一首〈詠蘆花〉,很費了一番心思,而劉霞裳則寫道:「知否楊花翻羨汝,一生從不識春愁。」令袁枚大吃一驚。還有一次,袁枚作詩〈贈樂清張令〉云:「我慚靈運稱山賊。」劉霞裳覺得「稱」字不亮,不如改成「呼」字。袁枚稱:「凡此類,余從諫如流,不待其詞之畢也。」這兩件事,可見劉霞裳是學有所成。

王禹錫「迷」者,劉霞裳「悟」者,我以為這兩個人正合成了作文之道——迷悟。沉溺其中,忘乎所以,眼中除去自己的詩文,別無旁物。面對別人的挖苦、諷刺,也無動於衷,不退半步,那時臉皮之厚,常令人無可奈何。而一旦迷於作文,又會急於求成,很多作文的規矩、文中的缺點,都會視而不見,所以還要有悟性。執迷不悟,只會南轅北轍,欲速不達,最後淪為笑話。悟性有的為天賦,即心有靈犀,一點就悟,像劉霞裳,最後詩文能令老師吃驚,還能成為老師的「一字師」;有的則以勤補拙,孜孜以求才茅塞漸開。不管何時得悟,始終是迷而後方悟。迷未必得悟,而不迷,則無從得悟。小迷,得小悟;大迷,得大悟;時有迷,則時有悟。還要看悟後又如何。悟後一勞永逸,萬事皆休,則文章止於此,不復進焉。必須悟後再迷,迷再求悟,反覆不息,才算真正走上了文無止境的通衢。此時再看前時的文章,就會有「到此已窮千里目,誰知才上一層樓。」的感覺。

想想自己最初投稿,就很有些王禹錫的味道。貿貿然把「醉中所作」寄給了當地一家報紙的文學專欄,爾後,又投以「復醉所作」,想是編輯終於「忍無可忍」,回信指出不足,並建議多讀多練。至

此才從醉中清醒，安下心來一字一字的啃磨。這磨出的第一篇文章再投出，立即發表。這當是我的第一次迷悟。

　　以後才知道，自己冒然闖入的這家文學專欄，具有極高的水準，極高的聲譽，在專欄中發表文章的多是專業作家或學者，在書店中隨便逛逛，就能見到他們的著作。此時再想想自己當初的大「顏」不慚，不覺赧然。也終於明白了自己當初磨出的那篇文章，並非真就具有專欄的水平，不過是編輯用心良苦，欲使自己早日感悟而已。多讀多練，至今猶記。

語言文學類　PG0653

在文字的密林中漫步

作　　者／李　泉
主　　編／蔡登山
責任編輯／孫偉迪
圖文排版／楊尚蓁
封面設計／王嵩賀

發 行 人／宋政坤
法律顧問／毛國樑　律師
印製出版／秀威資訊科技股份有限公司
　　　　　114 台北市內湖區瑞光路 76 巷 65 號 1 樓
　　　　　電話：+886-2-2796-3638　傳真：+886-2-2796-1377
　　　　　http://www.showwe.com.tw
劃撥帳號／19563868　戶名：秀威資訊科技股份有限公司
　　　　　讀者服務信箱：service@showwe.com.tw
展售門市／國家書店（松江門市）
　　　　　104 台北市中山區松江路 209 號 1 樓
　　　　　電話：+886-2-2518-0207　傳真：+886-2-2518-0778
網路訂購／秀威網路書店：http://www.bodbooks.com.tw
　　　　　國家網路書店：http://www.govbooks.com.tw
圖書經銷／紅螞蟻圖書有限公司
　　　　　114 台北市內湖區舊宗路二段 121 巷 28、32 號 4 樓
　　　　　電話：+886-2-2795-3656　傳真：+886-2-2795-4100

2011 年 12 月 BOD 一版
定價：350 元

國家圖書館出版品預行編目

在文字的密林中漫步 / 李泉著. -- 一版. -- 臺北市：秀威
　資訊科技，　2011.12
　　面；　　公分. -- (語言文學類；PG0653)
　BOD 版
　ISBN 978-986-221-849-5(平裝)

855   100018746

讀者回函卡

感謝您購買本書，為提升服務品質，請填妥以下資料，將讀者回函卡直接寄回或傳真本公司，收到您的寶貴意見後，我們會收藏記錄及檢討，謝謝！
如您需要了解本公司最新出版書目、購書優惠或企劃活動，歡迎您上網查詢或下載相關資料：http:// www.showwe.com.tw

您購買的書名：_____

出生日期：_____年_____月_____日

學歷：□高中 (含) 以下　　□大專　　□研究所 (含) 以上

職業：□製造業　□金融業　□資訊業　□軍警　□傳播業　□自由業
　　　□服務業　□公務員　□教職　　□學生　□家管　　□其它_____

購書地點：□網路書店　□實體書店　□書展　□郵購　□贈閱　□其他

您從何得知本書的消息？

　□網路書店　□實體書店　□網路搜尋　□電子報　□書訊　□雜誌
　□傳播媒體　□親友推薦　□網站推薦　□部落格　□其他_____

您對本書的評價：（請填代號　1.非常滿意　2.滿意　3.尚可　4.再改進）

　封面設計____　版面編排____　內容____　文／譯筆____　價格____

讀完書後您覺得：

　□很有收穫　□有收穫　□收穫不多　□沒收穫

對我們的建議：_____

_____

_____

_____

11466
台北市內湖區瑞光路 76 巷 65 號 1 樓

秀威資訊科技股份有限公司 　　收

BOD 數位出版事業部

....

（請沿線對折寄回，謝謝！）

姓　　名：＿＿＿＿＿＿＿　　年齡：＿＿＿＿　　性別：□女　□男

郵遞區號：□□□□□

地　　址：＿＿＿＿＿＿＿＿＿＿＿＿＿＿＿＿＿＿＿

聯絡電話：(日) ＿＿＿＿＿＿＿　　(夜) ＿＿＿＿＿＿＿

E-mail：＿＿＿＿＿＿＿＿＿＿＿＿＿＿＿＿＿＿＿